Jean Wiersch

# Havelbande

Die Handlung dieses Romans ist frei erfunden. Die Orte und die historischen Ereignisse hingegen sind authentisch. Auch die Figuren, denen der Autor in diesem Kontext eine Rolle zugewiesen hat, entstammen seiner Phantasie. Darum sind eventuelle Übereinstimmungen mit lebenden oder verstorbenen Personen zufällig und nicht beabsichtigt.

Originalausgabe Juni 2015
5. Auflage 2018


Tel.: 0561/766 449 0, Fax: 0561/766 449 29

Titelfoto: © Dr. Jens Friebel, Brandenburg
Druck: Totem, Inowroclaw, Polen
ISBN: 978-3-95475-104-4

**www.prolibris-verlag.de**
**www.facebook.com/Prolibris**

Jean Wiersch

# Havelbande

Brandenburg Krimi

Prolibris Verlag

## Prolog

Die Nacht, diese gefräßige Finsternis, war verflogen, und Elfriede Lindner öffnete die Augen. Sie beobachtete, wie das weiche Licht der morgendlichen Dämmerung allmählich das Zepter übernahm. Hinter dem lang gezogenen Beetzsee, der ganz in der Nähe ihres Bauernhauses Felder und Wiesen wie ein breiter Fluss zerschnitt, zeichnete sich bereits der Morgen mit einem hellen Streifen am Horizont ab.

Elfriede atmete tief ein. Dann drehte sie den Kopf zur Seite, dahin, wo auf dem Nachttisch der Wecker stand. Halb sechs, noch immer war es zu früh um aufzustehen, zumal auf dem verwaisten Hof weder Mensch noch Tier nach der Bäuerin riefen. Die letzten Enten hatte sie zu Weihnachten geschlachtet, danach hatte Alfred keine mehr großziehen wollen. Auf ihren überraschten Blick hatte er geantwortet: »Einmal muss Schluss sein und auch ein Bauer sich zur Ruhe setzen dürfen.«

Und damit hatte Alfred wahrscheinlich vollkommen Recht. Er hatte schon vor ein paar Jahren die Freude an der Landwirtschaft verloren, die er wie jeder andere im Dorf zum Zwecke der Selbstversorgung nach dem Prinzip »von der Hand in den Mund« betrieben hatte, ohne aber große Vorräte für Herbst und Winter anzulegen. Denn seit der Wende konnte Elfriede alles was sie brauchten, bequem bei Hanna im Dorfladen kaufen. Dort gab es nun selbst im Februar Erdbeeren, auch wenn die zumeist eine längere Flugreise hinter sich hatten. Seiner Entscheidung, auf dem Hof nicht mehr zu arbeiten, blieb Alfred treu, es sei denn, dies ließ sich nicht umgehen. Wie etwa vor zwei Jahren, als Elfriede nach der Feier zu Alfreds siebzigstem Geburtstag auf den nassen Fliesen des Flurs ausgerutscht war und sich den rechten Arm gebrochen hatte. Da musste Alfred noch mal ran, auch wenn er das nicht ohne beißende Kommentare getan hatte.

Ihr Alfred. Müsste er nicht längst zurück sein?

Gewöhnlich kam er gegen vier, also kurz bevor es richtig kalt wurde unten am See. Dann hörte sie erst den Hund, der das Herrchen erregt ankündigte, als wäre das zwei Wochen auf Reisen gewesen, und dann Alfreds Fluchen, weil er mal wieder nichts oder nicht die richtigen Fische am Haken gehabt hatte. Aber in dieser Nacht hatte Bruno, der in die Jahre gekommene Schäferhundmix, nur ein einziges Mal kurz aufgebellt. Da war es gerade halb drei gewesen, weshalb Elfriede sich wieder umgedreht und einfach weitergeschlafen hatte.

Aber jetzt war es Zeit, dass Alfred endlich nach Hause kam. Sie horchte angestrengt durch das offene Fenster. Doch da draußen regte sich nichts, rein gar nichts. Wie im Märchen lag der Hof in einem tiefen Dornröschenschlaf.

Schließlich siegte Elfriedes Ungeduld, und sie setzte sich im Bett auf. Es knarrte, als sie den Rücken gegen das Kopfteil lehnte. Ein leichter Schauder befiel sie.

Und dann spitzte Elfriede die Ohren. Hatte sie gerade ein Geräusch auf dem Hof gehört? Ganz behutsam schob sie die Beine aus dem Bett und suchte mit den Zehen die Pantoffeln. Ja, da war etwas. Es kam eindeutig von draußen, und Elfriede versuchte, das metallische Klacken mit dem Bild in Einklang zu bringen, das gerade vor ihrem inneren Auge erschien. Darin hatte Alfred sein Fahrrad in den Schuppen gestellt und den Riegel wieder zugeschoben. Klack.

Mit steifen Beinen schlurfte sie zum Fenster und legte die Hand hinters Ohr. Wieder hörte sie das eigenartige Klacken. Einmal, zweimal, dreimal in schneller Folge. Aber das Geräusch kam nicht vom Schuppen. Es hörte sich eher an, als rüttle jemand an der Haustür.

Und da fiel es ihr wieder ein. Sie hatte gestern Abend, nachdem sie Bruno noch einen Markknochen zu seiner Hütte gebracht hatte, die Tür abgeschlossen und ganz vergessen, dass Alfred zum Angeln gegangen war.

Dafür bekam sie nun die Quittung. So, wie sie ihren Alfred kannte, brachte der es glatt fertig, noch minutenlang vor der Tür zu stehen und wie ein bockiges Kind an der Klinke zu rütteln, anstatt ans Schlafzimmerfenster zu kommen, um nach ihr zu rufen. Aber genau das konnte Alfred nicht. Bei ihm musste alles so sein, wie er es angeordnet hatte. Die Haustür hatte also offen zu sein und er hatte nicht wie ein Dieb zum Fenster zu schleichen und um Einlass ins eigene Haus zu bitten.

Wieder rüttelte es an der Tür, heftiger noch als zuvor. Elfriede ahnte, wie in Alfred die Wut zur Raserei wurde. Also beeilte sie sich, obwohl mit jedem Schritt die Angst wuchs, wieder auf den glatten Fliesen auszurutschen. Doch wenn sie nicht gleich die Tür öffnete, brächte der alte Dickschädel es glatt fertig, eine der kleinen Butzenscheiben einzuschlagen, um nach innen zu langen und die Sperre im Kastenschloss zu entriegeln.

»Ja doch«, rief Elfriede, als sie endlich die Zwischentür zur Veranda erreichte, »ich komme ja schon. Du musst nicht gleich das ganze Dorf wecken.«

Obwohl es in dieser Hälfte des Hauses noch sehr schummrig war, verzichtete Elfriede darauf, das Licht anzuknipsen. Schließlich lebte sie seit über fünfzig Jahren in dem Haus, konnte sich also blind orientieren.

»Nun hör schon auf damit, Alfred. Du machst mich ja ganz irre und den Hund auch.« Erst als Elfriede die letzten Worte sprach, den kleinen Riegel an dem Kastenschloss hatte sie schon nach rechts geschoben, wurde ihr bewusst, was sie da gesagt hatte.

Und den Hund auch.

Aber wo war der? Von Bruno, der seinem Herrchen auf dem Hof eigentlich nicht von der Seite wich, war nichts zu hören. Kein freudiges Bellen, ja nicht einmal ein bettelndes Winseln konnte Elfriede ausmachen. Und auch Alfred war zu ruhig dafür, dass sie ihn ausgesperrt hatte. Er müsste eigentlich fluchen wie Luzifer höchstpersönlich.

Und da wusste Elfriede, dass sie den Sicherungsbügel nie hätte nach rechts schieben dürfen. Aber für derlei Einsichten war es in diesem Augenblick zu spät. Wie von einem Orkan gepeitscht, krachte die Tür gegen die Wand. Elfriede erstarrte. Vor ihr stand er, der Leibhaftige. Mit weit aufgerissenem Schlund. Und seine Augen funkelten wie das Höllenfeuer. Genauso, wie es der Pfarrer in seinen düstersten Schilderungen beschrieben hatte.

# 1

Mit der Sorgfalt eines englischen Butlers rührte Barrus braunen Rohrzucker in dampfenden Ingwertee. Er liebte dieses Getränk auch an Tagen sengender Hitze, wie diesem dreizehnten August. Und er mochte den hellen Klang, den der Löffel bei jeder Umrundung am Rand der Tasse ertönen ließ. Ein Spiel konzertanter Pings in C-Dur, wie von der Triangel in Brahms vierter Sinfonie.

So schaffte Jo Barrus es, sich mit diesem Samstag zu versöhnen. Wieder einmal hatte er den Wochenenddienst abzusitzen. Wie es im Moment jedoch aussah, würde der Vormittag wie eine friedliche Schäfchenwolke an ihm vorüberziehen. Es würden keine hässlichen Spuren zurückbleiben, keine Bilder von toten Menschen oder von Lachen dunkelroten Blutes, das aus ihren Körpern gesickert war.

Also beschloss Barrus, zu den schönen Dingen des Lebens überzugehen, und zog das Schachbrett dichter zu sich heran. Ein Meisterwerk alter Handwerkskunst, wie es der Verkäufer des kleinen Ladens auf der Pester Seite der ungarischen Hauptstadt versichert hatte. Und auf dieses Brett positionierte Barrus die zweiunddreißig Schachfiguren. Die schwarzen für Karpow, den Weltmeister, dienst abzuleisten hatte, was aber in letzter Zeit gerade an Wochenenden der Fall war. Damit wollte Edith sicherstellen, dass sich die jungen, dynamischen Kollegen zu Hause von den anstrengenden Ermittlungen unter der Woche erholen konnten. Jo, hatte seine dienstliche Leiterin Edith Hoppe eines Tages zu ihm gesagt, kannst du nicht die Wochenenddienste übernehmen? Männer in deinem Alter haben doch niemanden mehr zu versorgen, und Gisela ist ja auch nicht mehr da.

Das, fand Barrus, ging Edith zwar überhaupt nichts an, aber sie hatte natürlich Recht damit. Denn Gisela orientierte sich seit gut einem Jahr um. Mit sechsundfünfzig wohlgemerkt. Ihre Energie, hatte sie Barrus in knappen Sätzen erklärt, als sie begonnen hatte, nur noch bunte, wallende Gewänder zu tragen, müsse in andere Bahnen gelenkt werden.

Und in denen war kein Platz für Barrus, sondern nur für Giselas neuen Meditations- und Yogalehrer. Ein dreißigjähriger Zopfträger, von dem Barrus wegen seiner äußeren Erscheinung annahm, dass er seit seinem ersten Tag auf dieser Erde ausschließlich von Wasser und Brot lebte. Und in den Harem dieses Gurus war Gisela gezogen. Mit lautem Omm und all ihren Räucherstäbchen, die zu Barrus' Freude nun wenigstens nicht mehr die Wohnung zuqualmten.

Grübelnd saß er noch ein Weilchen in seinem Stuhl, bevor er das Schachbrett zur Seite stellte und sein weißes Leinensakko aus dem Schrank nahm. Schließlich hatte nach seiner Überzeugung auch ein Mörder einen berechtigten Anspruch, ordentlich empfangen zu werden. Erst recht, wenn er der Polizei mit seinem unaufgeforderten Erscheinen tage- oder sogar wochenlange Arbeit ersparte.

Im Flur drückte Barrus auf den Knopf, mit dem man den Fahrstuhl rief, und stand schließlich exakt fünf Minuten nach dem störenden Anruf neben dem immer noch ziemlich aufgeregten Wachhabenden.

»Wo ist er denn, dein Mörder?«, fragte Barrus und steckte den schwarzen Bauer von d4, den er noch immer in der Hand hielt, in die linke Hosentasche.

»Er sitzt in unserem Aufenthaltsraum«, antwortete Meier. »Ich habe ihm zwar ein Glas Wasser hingestellt, aber er rührt es nicht an. Er pfeift lieber.«

»Er pfeift?«, wiederholte Barrus mit zusammengezogenen Augenbrauen.

»Ja, er pfeift. Vielleicht hat er ja doch einen an der Waffel.«

»Was pfeift er denn?«, fragte Barrus.

Meier hatte darauf wie so oft nur eine Antwort. Er zog die Schultern hoch. »Keine Ahnung. Irgendein Lied eben.«

Da Barrus ziemlich sicher war, dass er aus Meier in den nächsten Sekunden nicht viel mehr herausholen würde, wandte er sich von dem Wachhabenden ab und machte ein paar gleitende Schritte in Richtung des Aufenthaltsraumes, wo er sich neben die offene Tür stellte. Von dort lauschte er mit geschlossenen Augen dem Pfeifen. Als Barrus das Lied schließlich erkannte, betrat er den sonnendurchfluteten Raum und setzte sich dem Pfeifer direkt gegenüber. Den uniformierten Beamten, der bislang auf den Mann aufgepasst hatte, schickte er mit einer stummen Kopfbewegung hinaus.

Du bist also ein Mörder, ging es Barrus durch den Kopf, als er den etwa fünfzigjährigen Mann in Augenschein nahm. Und du pfeifst ein Lied, als seist du auf einer patriotischen Mission. »Das ist die italienische Nationalhymne«, stellte Barrus schließlich fest.

Der Mörder unterbrach das Pfeifen und schaute Barrus lange an. »Fratelli d'Italia, Brüder Italiens.«

»L'Italia s'è desta«, ergänzte Barrus die nächste Zeile der italienischen Hymne, die er oft genug vor Fußballspielen zwischen Deutschland und Italien gehört hatte.

»Ganz richtig, Italien hat sich erhoben«, übersetzte der Mörder, der seine Worte mit einem schwachen Nicken begleitete.

»Ich heiße Jo Barrus und gehöre zur hiesigen Mordkommission«, stellte sich Barrus vor und versuchte, in dem Gesicht des Mannes, der ihm seelenruhig gegenübersaß, irgendetwas Mörderisches abzulesen. Aber da war nichts, jedenfalls nicht das, was er suchte. Er fand nur müde Augen und einen Körper, dem jede Spannung zu fehlen schien.

Dann schob der Mann plötzlich seinen Oberkörper über den Tisch, so dass seine Stirn die von Barrus fast berührte. »Sind Sie gut, Herr Barrus?«

»Gut?«, wiederholte Barrus den Kern der Frage und setzte sich in seinem Stuhl zurück.

»Ja. Mich interessiert, ob Sie ein guter Ermittler sind oder nur jemand, den man am Wochenende hier hinsetzt, damit er aufs Telefon aufpasst?«

Barrus rutschte in seinem Stuhl noch weiter zurück. Dann verschränkte er die Arme vor der Brust. Wäre er ein paar Jahre jünger, hätte ihn eine solche Frage zu einer unüberlegten Handlung getrieben. Aber in seinem Alter? Da war es klüger, irgendetwas aus der Mimik des Mannes abzulesen, was ihm später helfen würde, seine Aussage richtig einzuschätzen. Und das, was Barrus sah, verwunderte ihn sehr. Der Mann erinnerte ihn nämlich nicht an einen kaltblütigen Killer aus einem der vielen Fernsehkrimis, sondern eher an seinen ehemaligen Musiklehrer Habermoos, einen Mann mit rundem, leutseligem Gesicht, einer glänzenden Halbglatze, sowie warmen, wenn auch müden Augen.

»Ich bin ein guter Ermittler, aber für zu alt befunden worden«, erklärte Barrus kurzerhand seinen Status und wunderte sich sofort über die eigene Offenheit einem Fremden gegenüber.

»Wie alt sind Sie denn?«, fragte der geständige Mörder.

»Neunundfünfzig. Und da ich in einem knappen Jahr in Pension gehe, kann wohl niemand mehr etwas mit mir anfangen. Ich bin Überhang, wie man das heute nennt.«

Der Mann nickte erneut.

»Wollen Sie trotzdem mit mir reden?«

Der Mörder lehnte sich nun auch zurück, drückte den Rücken durch und lächelte tatsächlich genauso, wie es Herr Habermoos immer getan hatte, wenn seine Schüler im Unterricht den richtigen Ton trafen. »Vielleicht?«, sagte er. »Wenn Sie gut sind, und das werden Sie sein müssen, dann könnte es sein, dass ich mit Ihnen rede.«

Jetzt nickte auch Barrus, allerdings aus einer gewissen Dankbarkeit heraus. »Dann sollten wir in mein Büro gehen«, schlug er vor. »Es liegt in der zweiten Etage, wir können den Fahrstuhl benutzen.«

»Gerne«, sagte der Mörder. »Nur eine Frage noch.«

»Bitte.«

»Kann ich das Wasser vielleicht stehen lassen?«

Barrus blickte auf den Tisch. Das Glas war noch immer randvoll. »Sie mögen kein Wasser, oder?«

Der Mann schüttelte den Kopf.

»Was mögen Sie denn?«

»Rotwein«, sagte der Mörder. »Wenn Sie vielleicht einen Rotwein hätten? Ich glaube, dass man mir für längere Zeit keinen geben wird.«

Barrus nickte verständnisvoll und deutete auf die Tür. »Ich habe einen schönen Syrah im Schrank. Einen fruchtigen Franzosen.«

Im Fahrstuhl beugte sich Barrus nach vorn und drückte seinen breiten Daumen auf die Taste mit der Nummer zwei. Die Türen schlossen sich fast geräuschlos, und Barrus' Blick streifte im mannshohen Spiegel das Abbild des Mörders. Der schien mit sich stumm bewegenden Lippen zu beten, was bei Barrus eine erste Fragenkette auslöste. Wofür oder für wen sprach der Mann zu Gott? Für sich selbst vielleicht, für sein Opfer oder gar für seine Familie? Hatte der Mörder überhaupt eine Familie? Barrus' Musiklehrer Habermoos jedenfalls hatte keine gehabt. Galt das auch für den Mann, der mit noch immer geschlossenen Augen an der Fahrstuhlwand lehnte?

Fragen über Fragen, die Barrus würde stellen müssen, weil es ihm und den später mit dem Fall befassten Ermittlern half, in die Persönlichkeit des Mörders einzutauchen, Rückschlüsse auf sein Motiv zu ziehen und letztendlich für den Richter klarzustellen, wer hier warum gemordet hatte. Er würde den Katalog der dafür vorbereiteten Fragen abarbeiten, wie er das immer getan hatte und wie es die Dienstanweisung vorsah. Aber reichte das aus, um über das Leben eines Fünfzigjährigen zu urteilen? Im Gegensatz zu seinen jüngeren Kollegen hatte Barrus schon lange Zweifel daran. Er konnte ihre hämischen Blicke auch jetzt auf der Haut spüren, ihre Vorwürfe hören: Jo, der alte Mann der Mordkommission mutiere langsam vom Ermittler zum Gerontologen und lege inzwischen mehr Wert auf Lebenserfahrung als auf wissenschaftliche Erkenntnisse. Und es half auch nicht, wenn er gebetsmühlenartig immer wieder darauf hinwies, dass ältere Menschen nicht nur um geschichtliche Abläufe wussten, sondern zumeist auch Teil dieser waren.

Mittlerweile war der Fahrstuhl in der zweiten Etage angekommen und verkündete dies durch einen dezenten Klingelton.

»Bitte nach rechts.« Barrus ließ dem Mann den Vortritt und deutete mit dem ausgestreckten Arm in den menschenleeren Flur. Als der Mörder ihn betrat, bemerkte Barrus, dass der Mann ein wenig humpelte, und ging deshalb etwas langsamer hinter ihm her. Hatte er sich bei der Tat eine Verletzung zugezogen?

In seinem Büro bot Barrus dem Mann den Platz unmittelbar vor seinem Schreibtisch an. Er selbst öffnete den Schrank in Beamtengrau, aus dem er vorhin sein Leinensakko genommen hatte, und griff nach dem Syrah, der verbotenerweise, aber wohlbehütet neben einem Merlot und einem Malis auf seinen Einsatz wartete.

»Auf Ihr Wohl«, sagte der Mörder, als Barrus eingegossen und sich hinter den Schreibtisch gesetzt hatte.

»Auf das Ihre«, prostete Barrus zurück, steckte seine fleischige Nase in das Glas und atmete das Aroma des Weins ein, wie es ein Pferd tat, das den Duft einer sommerlichen Kräuterwiese durch die Nüstern zog. Dann griff Barrus in die oberste Schreibtischschublade und stellte ein mattschwarzes Diktiergerät zwischen sich und den Mörder. »Das muss ich laufen lassen«, sagte er.

»Hm.«

»Samstag, der dreizehnte August neunzehnhundertvierundneunzig. Vernehmung eines Mordverdächtigen durch Hauptkommissar Jo Barrus.« Er blickte dem Mörder direkt in die Augen. »Wollen wir beginnen?«

Der Mann nickte. Dann fiel ihm ein, dass eine solche Antwort auf dem Aufnahmegerät nicht zu sehen sein würde, und schob ein deutliches Ja hinterher.

»Wie heißen Sie?«, lautete Barrus' erste Frage.

»Nikolaus Hueber. Na ja, eigentlich Enzo Cardone, aber nennen Sie mich ruhig Nikolaus Hueber.«

Barrus, der mit einem mühelosen Einstieg in die Vernehmung gerechnet hatte, zog die Stirn kraus. »Wie soll ich das verstehen? Hueber oder Cardone? Vielleicht könnten Sie sich ja für einen Namen entscheiden.«

Der Mörder schüttelte den Kopf.

»Können Sie also nicht«, übersetzte Barrus für das Gerät. »Na, dann nenne ich Sie eben Cardone, wenn sie eigentlich so heißen.«

Wieder schüttelte der Mann nur den Kopf. Nun dachten beide nicht mehr an die Aufnahme.

»Ja, was denn nun?« Barrus wurde etwas lauter. »Ich habe meine Zeit nicht auf dem Jahrmarkt gewonnen.«

Der Mörder griff in sein Sakko und holte einen italienischen Reisepass hervor. Barrus schlug das Dokument auf und legte es vor sich auf den Tisch. »Also doch Nikolaus Hueber.«

»Sag ich doch.«

»Und geboren sind Sie am zwölften August neunzehnhundertvierundvierzig in Mühlbach/Südtirol.«

Wieder schüttelte Hueber den Kopf, was Barrus an den Rand der Verzweiflung brachte. »Aber das steht hier in Ihren Papieren.«

»Ja, das steht da. Es stimmt aber nicht. Ich sagte ja, Sie müssen gut sein.«

»Gut?«, wiederholte Barrus und klappte den Reisepass wieder zu. »Herr Hueber, nur fürs Protokoll. Ich muss Sie belehren, dass Sie auch von Ihrem Aussageverweigerungsrecht Gebrauch machen können und das Recht haben, einen Rechtsanwalt hinzuzuziehen. Wenn Sie aber ein Verbrechen nur vortäuschen, machen Sie sich strafbar. Das ist dann kein Spaß mehr. Haben Sie das verstanden?«

Nikolaus Hueber nickte.

»Gut. Und wie entscheiden Sie sich?«

»Ich nehme Variante eins und sage nicht aus.«

»Was?« Barrus glaubte nicht richtig zu hören. »Sie sagen nicht aus?«

Hueber schüttelte den Kopf. »Nein.«

»Aber warum sind Sie dann hierhergekommen?«

»Ich habe es mir anders überlegt.«

Barrus war gerade dabei, jede Menge Luft für einen lauten Brüller in die Lunge zu pumpen, als sein Telefon erneut klingelte.

»Ja«, sagte er, als er den Hörer abgenommen hatte.

»Hier ist noch mal Meier.«

»Jetzt reicht es«, wetterte Barrus. »Ich schicke den Mann wieder runter zu dir. Mach mit ihm, was du willst, aber solange wir keine Leiche haben, kann ich ihn auch nicht festhalten.«

»Barrus, das ist nicht dein Ernst.«

»Und ob! Was würdest du denn an meiner Stelle tun? Er macht von seinem Aussageverweigerungsrecht Gebrauch, und wir haben nicht mal ein Verbrechen, das wir ihm vorwerfen könnten.«

»Doch, haben wir«, sagte Meier.

»Und wo?«, fragte Barrus, der am liebsten das Gespräch beendet hätte, um Nikolaus Hueber endlich zur Tür zu bringen und in Frieden wieder zur Partie Karpow gegen Kasparow zurückzukehren.

»Hier hat vor ein paar Minuten ein Paddler angerufen, der über den Beetzsee fuhr.«

»Und?«

»Und dort hat er am Schilfgürtel einen Mann liegen sehen, einen toten Mann. Deshalb habe ich eine Streife rausgeschickt, um die Geschichte zu überprüfen.«

»Und?«, fragte Barrus wieder.

»Tja, der Mann ist wirklich tot und liegt auch noch an der Stelle, die uns schon der Typ beschrieben hat, der gerade bei dir sitzt.«

Vor Barrus' Augen breitete sich plötzlich ein dunkler Nebel aus. »Und wie hat er es gemacht?«, fragte er.

»Was?«

»Wie hat er den Mann getötet?«

»Das wissen wir noch nicht. Die Leiche hat keine sichtbaren Verletzungen.«

»Na dann«, sagte Barrus, rieb sich mit Daumen und Zeigefinger die Nasenwurzel und legte auf. Er wandte sich wieder an Nikolaus Hueber. »Wir haben die Leiche gefunden. Sie weist aber keine sichtbaren Verletzungen auf. Wie haben Sie es gemacht?«

»Das ist aber das Letzte, was ich sage.«

»Einverstanden.«

Hueber griff in seinen Janker und förderte ein dünnes Laguiolemesser zu Tage. »Das ist die Mordwaffe. Ich habe sie damit abgenickt.«

»Abgenickt? Was soll das sein? Und was heißt *sie*? Wir haben einen toten Mann, keine tote Frau gefunden. «

»Ich habe doch gesagt, dass ich keine weitere Aussage mehr mache.«

# 2

Erst mal zum Leichenfundort. Die Fragen mussten warten. Barrus hatte sich nach wenigen Augenblicken wieder gefangen und dann die Spurensicherung, den Gerichtsmediziner und vor allen Dingen Manfred Feller angerufen, der seit zwanzig Jahren sein Fahrer zu allen Tatorten und treuer Begleiter bei jedem Einsatz war.

Und nun saß er auf dem Beifahrersitz des Dienstwagens, der wie auf Schienen über den dunkelgrauen Asphalt glitt. Nur zwanzig Kilometer lagen zwischen Brandenburg an der Havel und Neu Fanum, dem winzigen Dorf, von denen es in der alten Markgrafschaft so viele gab. Zwanzig Kilometer entlang eines Paradieses aus saftigen Wiesen, dunklen Wäldern und dem lang gezogenen Ufer des tiefblauen Beetzsees. Da kaum Verkehr herrschte, würden sie keine halbe Stunde brauchen. Also drückte Barrus sich tief in den Beifahrersitz und legte die Schläfe gegen das Seitenfenster.

»Josef …« Feller, der wie immer mit der vorgeschriebenen Geschwindigkeit fuhr, sah zu Barrus hinüber. »Stimmt es wirklich, dass der Typ sich zwar gestellt hat, aber nicht mit dir reden wollte?«

Barrus nickte stumm, hielt die Augen aber weiter geschlossen. »Ja, es stimmt.«

»Komisch«, stellte Feller fest und verstummte für einen kurzen Moment, um dann aber doch weiterzureden. »Erst kommt er freiwillig zu dir und dann schweigt er sich aus.«

»Ja, das ist merkwürdig«, stimmte Barrus kurz angebunden und in der Hoffnung zu, Feller würde endlich seinen Mund halten, ohne dass er ihn direkt darauf hinweisen müsste.

Aber Feller konnte Barrus' Gedanken nicht lesen und stellte die nächste Frage. »Hat er dir auch nichts zu seinem Opfer gesagt?«

»Nein, Manfred, auch das hat er nicht getan. Aber das wird ja noch daliegen, hoffe ich.«

»Ja«, sagte Feller und rückte endlich damit heraus, was er bereits in Erfahrung gebracht hatte. »Ein Bauer aus Fanum und er liegt in einer Schubkarre.«

Jetzt riss Barrus doch die Augen auf. »Meier hat gemeldet, dass der Paddler ihn an einem Schilfgürtel gefunden hat. Von einer Schubkarre war bislang nicht die Rede.«

»Doch, die Leiche liegt in einer Schubkarre.«

Als der Passat am Ende des Wirtschaftsweges hielt, der westlich aus Neu Fanum hinausführt und genau am See endet, schob Barrus seinen massigen Körper aus dem Wagen. Er folgte Feller in Richtung Schilfgürtel. Doch nach wenigen Schritten blieb er laut fluchend stehen. Feller drehte sich zu ihm um. Er kannte Barrus eher als lethargischen Menschen, deshalb überlegte er, was ihn plötzlich so erregte.

»Josef, was hast du?«, fragte er, als er mit einem eilig eingelegten Zwischenspurt wieder bei Barrus ankam.

»Nichts«, wehrte Barrus ab und strich wie ein scharrendes Huhn seinen Fuß durch das knöchelhohe Gras. Dann zog er den rechten Unterschenkel nach oben. Er mochte Feller eigentlich, aber die Fürsorge, die sein Kollege an den Tag legte, seit Gisela gegangen war, ging Barrus langsam aber sicher gehörig auf die Nerven.

»Ich scharre nur wie ein Pferd«, brummelte er, »um Schwung für die letzten Meter zu holen.« Dann musterte er die Sohle seines Schuhs. »Verdammte Scheiße!«

Feller folgte Barrus' Blick. »Im wahrsten Sinne des Wortes. Das ist Gänsekot.«

»Sag bloß.« Barrus setzte den Fuß wieder auf den Boden. Dann schlüpfte er aus den Schuhen, zog auch die Socken aus und grollte barfuß dem Schilfgürtel entgegen.

Dort warteten die Kollegen bereits auf die Spezialisten der Mordkommission. Ein Team des Kriminaldauerdienstes blickte erleichtert in die Richtung, aus der Barrus angestapft kam, einer der beiden Beamten winkte ihm sogar zu. Doch Barrus dachte nicht im Traum daran, dem Kollegen den Gefallen zu tun, offiziell den Tatort zu übernehmen. Er steuerte mit ernster Miene zuerst den Toten an.

»Die Leiche ist nicht übel zugerichtet. Wie es aussieht, hat er sich also nicht gequält«, sagte Feller, als er neben Barrus den Toten erreichte.

»Vielleicht. Es wäre ihm zu wünschen. Wer hat ihn eigentlich identifiziert?«, fragte Barrus und runzelte die Stirn.

»Der für die Beetzseedörfer zuständige Revierpolizist. Er hat Alfred Lindner sofort erkannt. Der Hof des Kollegen liegt wohl direkt neben dem von Lindner«, erklärte Feller.

»Und wo ist der Kollege jetzt?«

»Im Dorf. Er bringt der Ehefrau die Nachricht vom Ableben ihres Mannes.«

»Und der neue Gerichtsmediziner, dieser Doktor Bremer?«, fragte Barrus weiter. »Ist der eigentlich schon da?«

»Noch nicht«, antwortete Feller. »Aber wenn mich nicht alles täuscht, kommt da gerade sein roter Kastenwagen.«

Barrus blickte zum Rand der Wiese und registrierte, wie der Gerichtsmediziner seine Tasche über die Schulter warf und einen Pilotenkoffer aus dem Fahrzeug zog.

»Guten Morgen«, grüßte Doktor Bremer keine zwei Minuten später und stellte sein Gepäck neben die Schubkarre. »Ich bin doch wegen ihm hier, oder?«

»Wegen wem denn sonst?«, fragte Barrus.

»Ihretwegen«, behauptete Bremer und befühlte die linke Wange des Hauptkommissars. »Vornehme Leichenblässe, kalte und feuchte Haut … Wenn Sie sich hinlegen und die Augen schließen, erkläre ich Sie sofort für tot.«

»Ja, ja«, sagte Barrus und wischte die Hand des jungen Gerichtsmediziners aus seinem Gesicht. »Machen Sie nur Ihre Witzchen.«

Doktor Bremer grinste breit. »Ist Ihnen der gestrige Rotwein nicht bekommen?«

Barrus versuchte eine wegwerfende Handbewegung. »Sagen Sie mir lieber etwas zu dem Toten.«

Bremer ging in die Knie und holte angestrengt Luft. »Senk- und Spreizfuß«, stellte er schließlich fest.

»Was?« Barrus glaubte nicht richtig zu hören.

»Sie haben Senk- und Spreizfüße. Dagegen sollten Sie unbedingt etwas tun. Ansonsten können Sie Probleme mit der Körperhaltung bekommen.«

»Was?«, fragte Barrus wieder und sah nun auch nach unten, dahin, wo er noch immer barfuß im knöchelhohen Gras stand.

»Ich könnte Ihnen einen guten Orthopäden empfehlen.«

»Machen Sie sich mal um meine Füße keine Sorgen. Die haben mich bisher noch überall hingebracht. Erzählen Sie mir lieber etwas über den Toten.«

»Was wissen Sie schon?«, fragte Bremer und sah breit lächelnd zu Barrus auf.

»Nichts«, musste der zugeben, »außer Name und Wohnort.«

»Das ist alles?«, staunte Bremer. »Viel ist das ja nicht.«

»Kann sein«, sagte Barrus, beugte sich zu Bremers Ohr und deutete mit der Kinnspitze auf die Leiche. »Er hat ihn abgenickt«, flüsterte er.

»Er hat was?«

»Der Mörder«, sagte Barrus. »Er hat ihn abgenickt. Können Sie mit dem Begriff nichts anfangen?«

»Doch, doch«, sagte Doktor Bremer und blickte suchend in die Runde. »Kann jemand mit anfassen? Wir müssen ihn umdrehen.«

Gemeinsam mit Barrus holte Bremer den Toten aus der Schubkarre und legte ihn bäuchlings ins Gras. »Woher wissen Sie, dass er ihn abgenickt hat?«

»Der Mörder hat es mir gesagt.« Dann beugte sich Barrus wieder zum Ohr des Gerichtsmediziners. »Was ist das denn, abgenickt?«

»Abgenickt?« Bremer griff in seinen Pilotenkoffer und angelte eine Stricknadel heraus. »Abgenickt ist ein Begriff aus der Jägersprache. Dabei wird das Wild durch einen gezielten Stich ins Genick getötet.«

Dann setzte er die Nadel in die Wunde am Nacken des Toten und drückte sie tief in den Einstichkanal.

»Meine liebe Fresse«, staunte Bremer nur zwei Sekunden später. »Das war kein Anfänger. Genau zwischen den Os Occipitale, dem Hinterhauptbein des Schädels und dem Atlas, dem ersten Halswirbel. Durch diesen Stich wurde das Nervenzentrum für Atmung und Blutkreislauf zerstört, was zum sofortigen Tod führte. Ungefähr so, wie bei einer Hinrichtung per Genickschuss oder einer Enthauptung, nur eben nicht so blutig. Und so wie der Stichkanal verläuft, hat er mit links zugestochen.«

»Gut«, sagte Barrus und zeigte mit dem ausgestreckten Arm auf Feller. »Manfred, du rufst sofort alle her, die wir üblicherweise brauchen. Und du Kollege«, er nickte dem uniformierten Beamten zu, der aus sicherer Entfernung das Geschehen beobachtete, »du organisierst hier mal so etwas wie eine Absperrung. Ich will niemanden dichter als einhundert Meter dran haben.«

Dann griff er sich Fellers Funkgerät, um Meier zu bitten, die Leiterin der Mordkommission zu informieren. Aber dazu kam er gar nicht. Er hörte sich stattdessen an, was der wachhabende Polizist zu melden hatte und schloss für einen Moment die Augen. Dann griff er sich mit der freien Hand an die pulsierende Schläfe. Als sein Arm mit dem Funkgerät nach unten sank, verstand er, was Nikolaus Hueber gesagt hatte: Mit »Ich habe *sie* abgenickt« war keine Frau gemeint, sondern der Fakt, dass Hueber zwei Menschen getötet hatte. »Sie haben die Ehefrau gefunden. Tot. Und Sie, Doktor«, sagte Barrus mit Blick auf Bremer. »Sie können die Stricknadel gleich in der Hand behalten. Auch diese Leiche hat eine klaffende Wunde im Nacken.«

## 3

Eine halbe Stunde später spielte sich auf dem Hof, der einmal Alfred Lindner gehört hatte, bereits das ab, was jeden Tatort mit einem Mordopfer kennzeichnet. Männer und Frauen in weißen Papieranzügen trugen schwere Aluminiumkoffer; sie nickten Barrus kurz zu und verschwanden dann in dem Bauernhaus, in dem Elfriede Lindner noch immer auf dem Küchentisch lag.

Barrus hatte für diesen Vormittag erst einmal genug Leichen gesehen. Er setzte sich auf den umgekippten Mühlstein, der lieblos links neben die Tür in die Ecke gelegt worden war, wo ihn weiß-violett blühende Trichterwinde bereits bis zur Hälfte zuwucherte.

Auch Doktor Bremer kam aus dem Haus und lehnte sich mit dem Rücken gegen die Hauswand. Schweigsam hielt er eine braune Papiertüte in der Hand.

»Warum die Tüte?«, fragte Barrus.

»Weil es dann keiner sieht.«

»Aber es wissen ohnehin alle, auch wenn Sie die Flasche wie ein New Yorker Straßentrinker in einer Tüte verstecken.«

»Und wenn schon. Ich unterliege nicht dem Diktat Ihrer Vorschriften«, rechtfertigte sich Doktor Bremer.

»Aber man könnte an Ihrem Sachverstand zweifeln«, warnte Barrus. »Und das kann tödlich sein für jemanden, der noch am Anfang seiner Karriere steht.«

»Und wenn schon«, wiederholte Bremer. »Manche Situationen erfordern außergewöhnliche Verhaltensweisen. Und heute sind gleich zwei dieser Situationen eingetreten.« Bremer nahm den Blick hoch und sah Barrus an. »Wollen Sie auch einen Schluck?«

»Um Gottes Willen«, stöhnte Barrus. »Bei der Hitze macht mir Ihr Zeug sicherlich sofort den Garaus.«

»Na, dann eben nicht. Aber es hilft gegen die Qualen im Kopf, die tote Menschen auslösen«, sinnierte Bremer weiter und seine Worte verfehlten ihre Wirkung nicht.

Kopfschüttelnd, aber mit ausgestrecktem Arm gab sich Barrus geschlagen und griff nach der Tüte. Doch kaum hatte er den ersten Schluck getrunken, knickte er in der Hüfte ab, als hätte ihn der Schlag eines Schwergewichtsboxers getroffen. »Uiiii«, prustete er los. »Was ist das denn?«

Bremer lächelte. Seine Wangen waren leicht gerötet. »Stroh Rum. Ich habe ihn aber schon leicht verdünnt.«

»Verdünnt?«, schimpfte Barrus. »Was verstehen Sie denn unter verdünnt?«

Bremer wiegte den Kopf hin und her, als müsste er den Alkoholgehalt seines Schnapses schätzen. »Sechzig Prozent hat er bestimmt noch«, gab er zu.

Barrus wollte es nicht glauben. Aber dieser Jungspund von Gerichtsmediziner brachte es wirklich fertig, an den Tatort eines Verbrechens Schnaps mitzubringen, der im Mund sofort Feuer fangen würde, sollte man ein Streichholz an die Zunge halten. »Sie sind verrückt, Bremer«, erklärte er und spuckte in die Trichterwinde. »Können Sie nicht einen vernünftigen Rotwein mitbringen?«

Bremer drehte die flache Rumflasche zu und steckte sie in die Tüte zurück. »Wir können es ja so machen, dass Sie beim nächsten Toten den Schnaps mitbringen und ich den Wein. Anschließend tauschen wir, wie es die Kapitäne der Fußballmannschaften mit den Wimpeln machen. Kurz in die Kamera grinsen, Handschlag, fertig.«

»Ich denk drüber nach«, sagte Barrus. »Aber erzählen Sie mir bis dahin endlich etwas über die beiden Toten.«

»Was wollen Sie hören?«

»Alles, wenn es geht.«

»Dann fange ich am besten vorne an«, sagte Bremer und setzte sich neben Barrus auf die Treppe. »Sie sind beide noch nicht lange tot.« Bremer zog eine silberne Taschenuhr aus der Hose, die Barrus bei einem so jungen Mann nicht vermutet hätte, und ließ mit einer kurzen Daumenbewegung den Deckel aufspringen. »Jetzt haben wir es kurz vor elf … Er könnte zwischen zwei und vier Uhr getötet worden sein und sie zwischen fünf und sieben. Und beide sind durch einen Stich über den Nacken ins Gehirn geradezu hingerichtet worden.«

»Und weiter?«, fragte Barrus.

»Was, und weiter?«

»Das kann doch nicht alles sein, was Sie herausgefunden haben. Gibt es keine Zeichen, die der Täter uns hinterlassen hat?«

»Zeichen?« Bremer zog die Augenbrauen hoch.

»Na irgendwelche Schmetterlinge auf der Zunge oder ein Brandmal neben der Einstichstelle. So was in der Art.«

»Nö, gibt es nicht.«

Barrus erhob sich, machte einen Schritt nach vorn und steckte die Hände in die Hosentaschen. »Sie verstehen mich nicht, oder?«, fragte er. »Es kommt doch kein normaler Mensch daher und tötet ein altes Ehepaar mit einem Stich, dessen Ausführung ein halbes Medizinstudium erfordert. Der Typ ist entweder ein Psychopath oder auf irgendeiner Mission. Und solche Leute hinterlassen in aller Regel Botschaften.«

Bremer zuckte mit den Achseln. »Warum fragen Sie ihn nicht einfach? Ich denke, er hat sich gestellt.«

»Er redet nicht.«

Bremer nickte. »Ich kann Ihnen auch nichts sagen. Aber an so etwas Ähnliches habe ich unten am See auch sofort gedacht. Vielleicht ist ja der Stich das Zeichen. Ein militanter Tierschützer, der sich an Anglern vergeht, die große Fische auf ähnliche Weise töten wie es Jäger tun.« Plötzlich schüttelte Bremer den Kopf. »Aber dazu passt der Tod der Frau nicht, die höchstens ihre Möhrchen hackt«, sagte er.

Dann tauchte plötzlich Fellers Kopf am Küchenfenster auf. »Barrus«, rief er in den Hof hinaus. »Hier sind zwei Nachbarn, die mit dir reden wollen.«

»Worüber?«

»Über die beiden Toten«, antwortete Feller. »Es scheint wichtig zu sein. Ich schick dir Nina mit raus.«

Barrus nickte und ließ die beiden von Nina Hermann auf den Hof führen. Dann schritt er mit ihnen über das bucklige Feldsteinpflaster zu einer Sitzgruppe, zückte sein Notizheft, das er in seiner Hosentasche bei sich trug und drückte die Kugelschreibermine heraus.

»Sie sind also die Nachbarin?«, fragte er.

»Ja«, antwortete die Frau, die auf einem der weißen Plastikstühle Platz genommen hatte. »Und das ist mein Mann.« Sie legte ihre runzlige Hand in die Pranke eines dickbäuchigen Riesen.

»Mein Name ist Barrus. Ich komme von der Brandenburger Polizei, und das ist meine Kollegin Nina Hermann. Sie wollen mir also etwas über die Toten erzählen.«

Die Frau zog den Mund schief wie ein Kartenspieler, der den Skat schon bei achtzehn hätte aufnehmen können, es aber nicht gemacht hatte. »Ja«, sagte sie. »Wissen Sie, wenn der Alfred wieder mal zum Angeln unterwegs ist, sehe ich hin und wieder nach der Elli, weil doch der Andi, was ihr Sohn ist, das nicht mehr so gut schafft.«

Der Riese nahm den Kopf zur Seite, drückte den rechten Daumen gegen den Nasenflügel und entleerte eine Ladung Rotz in den nächsten Rosenbusch. »Weil er den janzen Tach besoffen is«, knurrte er und nickte, was wohl andeuten sollte, dass Widerrede überflüssig war.

»Ja«, sagte Barrus und schaute wie gebannt zum Rosenbusch, in den der Riese soeben den Inhalt seiner Nase geschnieft hatte. »Was können Sie mir denn über Alfred Lindner erzählen?«

Der weiße Gartenstuhl knarrte bedrohlich, als die Nachbarin sich nach vorne beugte. »Eigentlich nichts, Herr Kommissar. Der Alfred ist ja aus Fanum und wohnte hier schon immer mit der Elli, was seine Frau war, und dem Andi. Nu ja, jetzt hat sie eben der Herrjott zu sich genommen.«

Sie sah Barrus mit Hilfe suchenden Augen an. Der zog deutlich sichtbar den Kopf ein, denn er befürchtete, die Frau, die vor ihm auf dem Gartenstuhl hockte, würde auch gleich den Daumen an den Nasenflügel legen. Aber sie hatte nur eine naheliegende Frage.

»Was soll denn nun aus dem Andi werden, Herr Kommissar?«

Daraufhin riss ihr Mann beide Arme hoch, als wären es die Schranken eines ländlichen Bahnübergangs. »Dann wird er nur noch saufen, die Schnapsdrossel, die verdammichte«, fauchte er und machte damit in aller Deutlichkeit klar, wie es hier um die Nachbarschaft bestellt war.

Darauf hatte Barrus allerdings überhaupt keine Lust und formulierte schnell die nächste Frage. »Und wie heißen Sie eigentlich?«

»Luise Neubert. Und das ist mein Mann Egon.«

»Gut, Frau Neubert. Wie kommen Sie denn in das Haus Ihrer Nachbarn? Ich meine, Sie haben doch bestimmt einen Schlüssel, oder?«

Egon Neubert schob die Hand seiner Frau weg. »Hier is zwar immer offen, aber für alle Fälle liegt der Schlüssel unterm Abtreter. Und wenn er da och nich is«, er griff in seine blaue Latzhose, »hab ick een Diederich«, sagte er und präsentierte das Utensil für die amtliche Mitschrift.

»Und der Andi? Wann haben Sie den das letzte Mal gesehen?«

Die beiden Neuberts schauten sich kurz an und überlegten. »Gestern«, sagte Luise schließlich. »Gestern Mittag. Da ist er mit dem Fahrrad ins Dorf gefahren.«

Der Riese stützte beide Hände auf den Knien ab. »Die Elli wird schon dot jewesen sin, Herr Kommissar. Der Dokta hat nämlich jesacht, datt se jeden Tach abkratzen wird, so schwach wie die mittlerweile war. Und da wird der Halunke sich die letzten Kröten aus de Anrichte jenommen und im Dorfkruch versoffen ham. Sie finden ihn bestimmt irjendwo im Straßenjraben, wo er sein Rausch auspennt, datt Miststück.«

## 4

Barrus überließ Feller die weitere Tatortarbeit und machte sich auf den Weg zum Dorfkrug. Er stieg die drei Stufen zur Kneipe empor und stieß die Tür zum Gastraum auf. Der Raum war für einen Samstagvormittag gut gefüllt, wie Barrus fand, was aber auch kein Wunder war bei dem Polizeiaufgebot in einem so kleinen Dorf. Neugier verbindet eben. Doch zu sehen war nicht viel, denn fast undurchdringlicher Tabakqualm waberte durch die gesamte Gaststube.

»Lassen Sie mal die Tür 'n bisschen auf.« Der Wirt stand hinter dem Tresen, zapfte Bier und lächelte Barrus zu. »Sonst könn wa die Luft inne halbe Stunde am Stück schneiden.« Barrus erwiderte das Lächeln und ließ die Tür weit offen. »Und ihr«, rief der Wirt in Richtung des Stammtisches, an dem sieben geisterhaft wirkende Schatten hockten, »Ihr lasst mal 'ne Weile eure Stumpen aus.«

Barrus war dankbar für diese Geste und steuerte gleich den ersten Tisch an. Der Dorfkrug war das, was er erwartet hatte. 70er-Jahre-Möblierung, auch kam nicht der Eindruck auf, dass hinter der mit brauner Ölfarbe gestrichenen und bereits stark angeschlagenen Schwingtür ein Spitzenkoch seinem Job nachging. Barrus tippte auf Bockwurst mit und ohne Senf sowie auf Pommes rotweiß. Noch bevor er weiteren Gedanken nachhängen konnte, fühlte er sich von acht Augenpaaren fixiert, dem einen des Wirtes und den sieben vom Stammtisch.

»Nur was trinken oder auch was essen?«, wollte der Wirt wissen, der eine Runde Pils an den Stammtisch gebracht hatte und nun vor Barrus auftauchte.

»Ein Wasser bitte und vielleicht eine Bockwurst.«

»'n Wasser und 'ne Wurst«, wiederholte der Wirt und angelte schon mal einen Pappuntersetzer aus dem Spender, der neben einer Plastikorchidee auf Barrus' Tisch stand.

»Sie könn auch was Richtiges haben«, stellte der Wirt in Aussicht.

»Und das wäre?«

»Leber mit Bratkartoffeln und Salatgurke, Brathering mit Bratkartoffeln und Salatgurke und Hamburger Schnitzel mit …«

»Bratkartoffeln und Salatgurke«, ergänzte Barrus.

»Nee, mit Schampis und Kroketten«, korrigierte der Wirt. »Heute is Sonnabend.«

»Was sind denn Schampis?«

»Sie könn och Champignons sagen, versteht hier nur keener.«

Barrus beließ es bei Wasser und Bockwurst.

»Reporter?«, fragte der Wirt.

»Polizei«, antwortete Barrus und präsentierte seine Kriminalmarke. »Können Sie mir vielleicht sagen, wann Sie den Andi Lindner das letzte Mal gesehen haben?«

Der Wirt sah hinüber zum Stammtisch. »Andi, Kundschaft«, rief er und verschwand dann in seiner Küche.

Daraufhin wandten alle am Tisch versammelten Stammgäste Barrus ihren Kopf zu, als wäre Andi Lindner gerade mehrfach geklont worden. Dann erhob sich einer der Herren und steuerte auf ihn zu. Bei dem Kerl waren Superlative wahrlich keine Übertreibung. Er war groß und schwer und erinnerte Barrus an die jüngere Variante von Egon Neubert, dem Rosenrotzer. Vorsichtshalber rutschte Barrus mit seinem Stuhl ein Stück zurück. Dabei fiel ihm auf, dass auf dem blauen T-Shirt des Mannes ein Symbol aufgedruckt war. Es zeigte die Seitenansicht eines Schutzhelmes, über dem sich zwei Streitäxte kreuzten. Dazu trug der Kerl eine sehr feste schwarze Hose mit gelben Leuchtstreifen.

»Sie sind bei der Feuerwehr, richtig?«

»Bin ick«, antwortete der Hüne.

»Sind Sie zu einem Einsatz gerufen worden?«

»Nö.«

»Ich dachte. Weil Sie doch die Einsatzkleidung tragen.«

»Nö. Ick hab frei heute. Is Sonnabend.« Dann beugte sich der Feuerwehrmann nach vorn und stützte seine Pranken auf Barrus' Tisch. »Watt woll'n Se denn schon wieder? Is nich langsam jenuch?«

»Womit?«, fragte Barrus.

»Sie sind bestimmt von irjend so 'ne Zeitung, oder? Wie Aasgeier kreisen Se doch um den Alfred rum. Und ditt ham Se nun davon, datt er nun dot is.«

»Sind Sie Andi Lindner?«

»Nö«, sagte der Riese. »Der is nich zu sprechen für euch Heinis. Wir tun die Familie nämlich beschützen.«

»Vor mir?«

Der Hüne nickte. »Vor wen denn sonst?«

»Alfred Lindner ist tot, das ist richtig. Können Sie sich vorstellen, warum man ihn umgebracht hat? Es wäre schön, wenn Sie mir das sagen würden, denn ich komme von der Mordkommission«, sagte Barrus und zog erneut seine Kriminalmarke hervor.

Jetzt wurde es offenbar Ernst. Das spürte auch der Feuerwehrmann. Er stieß sich vom Tisch ab, griff mit beiden Händen in den Gürtel und zog seine Hose höher. Dann stopfte er das herausgerutschte T-Shirt wieder an Ort und Stelle.

»Der Alfred war zweiundsiebzig. Da brauch man mit sowatt nu och nich mehr umme Ecke komm«, spie er aus.

»Womit?«, hakte Barrus nach.

»Außerdem hat er mir inne Feuerwehr dett Loofen beijebracht, als ick noch bei de Jungspunde war. Da halt ick zu ihm, watt sonst. Wer weeß denn überhaupt, ob datt stimmt, watt die Ithaka sich da ausspinn? Et war Kriech damals.«

In diesem Moment betrat der Wirt wieder die Gaststube und stellte ein Glas Wasser und einen Teller mit Bockwurst und Brötchen vor Barrus hin. »Lass den Herrn jetzt in Ruhe, Rainer. Wir wollen hier keinen Ärger. Also ab mit dir.«

Nachdem der Riese sich verzogen hatte, winkte der Wirt einem anderen Herrn am Stammtisch zu. »Andi, und du kommst jetzt endlich her. Der Herr ist von der Polizei und will mit dir reden. Es geht um deine Eltern.«

Und dann erhob er sich wirklich, Andi Lindner. Ein unscheinbares Männchen, vom Alkohol gezeichnet und ohne erkennbare Muskulatur.

»Was ist denn? Sind Sie endlich fertig auf dem Hof?«

»Sind Sie Andi Lindner?«

»Ja.«

»Und Sie sitzen hier seelenruhig im Dorfkrug, wo doch Ihre Eltern ermordet worden sind?«

»Ja und? Soll ich sie wiederbeleben, oder was?«

Barrus schüttelte den Kopf. »Aber merkwürdig ist das schon, finden Sie nicht?«

Lindner schüttelte nun auch den Kopf. »Nee, aber trinken und essen Sie mal in Ruhe, und dann lassen Sie uns zum Hof gehen. Da können wir ungestörter reden als hier.«

Auf dem Lindnerhof war die Tatortarbeit noch immer in vollem Gange, weshalb Andi den Weg zur Scheune einschlug, wo er die Tür zu einem kleinen Verschlag aufschob. »Hier stört uns niemand«, sagte er und angelte eine Flasche Wodka aus einer Seemannskiste. »Das war immer mein Rückzugsort, wenn es mal wieder Stress mit dem Alten gab.«

»Sie meinen Stress mit Ihrem Vater?«

Lindner nickte.

»Was hat denn der Feuerwehrmann vorhin gemeint, als er sagte, dass es langsam gut ist und dass die Italiener sich da was zusammenspinnen?«

»Das wissen Sie nicht?«, fragte Andi und schob den Flaschenhals an seine Lippen.

»Was?«

Andi schluckte das scharfe Zeug hinunter, ohne mit der Wimper zu zucken. »Das stand doch Anfang des Jahres in jeder Zeitung. Mein Alter war ein Nazi«, sagte er, und es klang, als wäre es die normalste Sache der Welt. »Haben die Ithaka rausgefunden, kurz nach der Wende.«

Barrus schüttelte den Kopf. »Ich lese keine Zeitung.«

»Er war überzeugter Nazi, immer schon, und er hat nie aufgehört einer zu sein, auch wenn er das zu DDR-Zeiten wohlweislich nicht raushängen lassen hat. Aber in der Familie ... Wissen Sie, wie das ist, mit einem Vater unter einem Dach zu leben, der im tiefsten Herzen Nazi geblieben ist?«

»Nein«, sagte Barrus wahrheitsgemäß und nickte zu der Seemannskiste. »Sind Sie deswegen zur See gefahren?«

»Vielleicht«, antwortete Andi. »Ich war nie ein Mensch, den man als Globetrotter bezeichnen könnte. Ich liebe die Mark Brandenburg und habe mich hier immer wohlgefühlt. Aber mit diesem Vater, das war die Hölle! Ich war ungefähr sechs Jahre alt, als ich ihm dabei zugesehen habe, wie er sich nach der Stallarbeit auf dem Hof gewaschen hat. Es war ein heißer Sommer, wie in diesem Jahr. Er stand mit freiem Oberkörper neben der Pumpe und lächelte mich an. Dann, als er einen Eimer Wasser über seinen Kopf goss, sah ich den blauen Buchstaben unter seinem linken Oberarm. Ein großes A. Es sei ein Muttermal der ganz besonderen Art, hat er mir damals erzählt. Eines, das nur Männer tragen, die der Mutter Erde gegenüber in außerordentlicher Weise die Treue gehalten haben.« Lindner legte eine Pause ein, in der er einen tiefen Seufzer von sich gab.

»Erst viele Jahre später, als man mit uns während des Geschichtsunterrichts ins ehemalige Konzentrationslager Sachsenhausen gefahren ist, erst da ist mir klargeworden, was es mit diesem besonderen Muttermal auf sich hat. In Sachsenhausen hat uns ein alter Herr durch die Gedenkstätte geführt, ein ehemaliger Häftling. Der hat uns seine Tätowierung auf dem Unterarm gezeigt. Die hätte ihm die SS beigebracht, hat der alte Mann erzählt. Und sie würde sich deutlich von denen unterscheiden, die die SS-Männer selbst unter dem linken Oberarm trügen. Ich habe den alten Mann gefragt, was er damit meine. Denen sei die Blutgruppe dort eingeritzt worden. Von wegen Muttermal in Form eines A! Was glauben Sie, wie es mir danach ging?«

»Erzählen Sie es mir«, forderte Barrus.

»Wieder zu Hause, bin ich sofort zu meinem Vater gegangen. Ich habe ihn im Schweinestall gefunden. Und ich habe ihn geradeheraus gefragt, ob auch er wehrlose Menschen vergast hat?«

»Und, was hat Ihr Vater geantwortet?«

»Nichts«, sagte Andi und hielt Barrus seine rechte Wange hin. »Sehen Sie die Einkerbung auf dem Jochbein?«

Sie war nicht zu übersehen, stellte Barrus fest.

»Das war seine Antwort. Er hat die Forke umgedreht, mit der er gerade den Schweinstall ausgemistet hatte. Und er hat den Stiel auf meinem Körper tanzen lassen. Ich habe nie wieder nach seiner Kriegsbeteiligung gefragt, aber ich wusste fortan, dass ich die erste Möglichkeit beim Schopfe packen würde, um mein Elternhaus zu verlassen.« Andi nahm erneut die Wodkaflasche hoch und führte sie an die Lippen. Als er zwei Schlucke getrunken hatte, stellte er sie wieder ab und verschränkte die Hände im Schoß.

»Wissen Sie, wo Ihr Vater im Krieg eingesetzt war?«, fragte Barrus.

Andi nickte, ohne den Blick von seinen nervösen Händen zu nehmen. »Ja, zum Beispiel in Sant'Anna di Stazzema, einem kleinen Dorf in der Toskana. Die Vergangenheit meines Vaters hat mich natürlich nicht losgelassen. Es ist unglaublich, wozu Menschen fähig sind, und ich wollte wissen, ob mein Vater unter diesen Bestien war. Deshalb habe ich heimlich, wenn meine Eltern auf dem Feld waren, in den Schränken gewühlt. Ich hätte es vielleicht besser nicht getan, denn so habe ich entdeckt, wozu mein eigener Vater in der Lage gewesen war. Es war schrecklich.«

»Haben Sie die Sachen noch, die Sie damals gefunden haben?«

Lindner stand auf und ging zu einer Wand des Verschlages. Dort zog er einen Ziegelstein heraus und präsentierte Barrus dann eine schwarze Blechdose.

»Es sind Fotos«, sagte er und hielt Barrus die Dose hin. »Als ich erfahren habe, dass man den Alten getötet hat, wusste ich, dass Sie mich fragen werden, ob ich mir einen Grund dafür vorstellen kann.«

»Und Sie glauben, der sei hier drin?«

»Schauen Sie sich die Fotos an, die in der Dose sind!« Andi öffnete die Blechdose, aus der er einen Stapel Fotografien nahm. »Sie sind allesamt in Sant'Anna aufgenommen, am zwölften August neunzehnhundertvierundvierzig, genau an dem Tag, an dem das Massaker stattgefunden hat. Mein Vater mit Karabiner vor der Kirche, mein Vater mit einem Wehrmachtsoffizier unter einem Olivenbaum, mein Vater, wie er in Jägerpose den Stiefel auf seine Trophäe stellt. Nur dass diese Trophäe kein Reh, sondern ein Mensch ist. Es gibt weitere Fotos, und sie werden allesamt nicht besser. Immer präsentieren diese Bestien ihre Trophäen, unter denen sogar ein Pfarrer ist. Sie scheinen sich auf einem der Fotos diebisch darüber zu freuen, dass sie dem Geistlichen irgendetwas abgenommen haben. Rechnen Sie doch mal nach, Herr Kommissar. Der Alte ist gestern oder heute umgebracht worden. Und, klingelt's? Gestern vor genau fünfzig Jahren hat das Massaker stattgefunden.«

Barrus nickte. Dann nahm er das Foto in die Hand und hielt es ins Licht, das durch ein schmales Fenster kam. Aber der Gegenstand in der Hand des Wehrmachtsoffiziers war trotzdem nicht zu identifizieren. »Was kann das sein?«, fragte er.

»Ich weiß es nicht genau«, musste Andi Lindner zugeben. »Aber ich könnte mir vorstellen, dass es ein Buch ist. Allerdings kein Gebetbuch, dafür ist es zu groß. Vielleicht …« Andi ging noch mal zu der Wand und griff wieder in das Loch. Dann zog er ein altes und sicher sehr wertvolles Buch heraus. »Das habe ich auch bei seinen Sachen gefunden. Vielleicht ist es das auf dem Foto. Kriegsbeute.«

Barrus nickte nachdenklich und sah sich auch die anderen Fotos an. Es war, wie Andi es vorausgesagt hatte. Sie wurden nicht besser. Schließlich schob er sie wie ein Kartenspiel zusammen und hielt sie mit beiden Händen fest. »Darf ich die Fotos und das Buch mitnehmen?«

»Dafür habe ich sie Ihnen ja gegeben. Ich habe sie jetzt über zwanzig Jahre in meinem Besitz, und ich glaube, er hat es immer gewusst, mein Herr Vater. Nur hat er sich nicht getraut, danach zu fragen. Ansonsten hätte er nämlich zugeben müssen, dass meine Frage, für die er mich so brutal verdroschen hat, gar nicht so weit hergeholt war.«

»Und Ihre Mutter?«, fragte Barrus.

»Die hat geschwiegen. Bis vor ein paar Wochen. Da wollte sie plötzlich wissen, ob ich alte Fotos vom Vater an mich genommen habe.«

»Und was haben Sie geantwortet?«

»Ich habe das getan, was meine Eltern über all die Jahre mit mir getan hatten. Ich habe sie angelogen.«

»Und warum glauben Sie, dass die Fotos der Polizei helfen können?«

»Meine Mutter hat danach gefragt, als bekannt wurde, dass Akten der Alliierten über deutsche Gräueltaten während des

Krieges in Italien entdeckt worden sind. Sie hatte bestimmt Angst vor einem Prozess. Auf den Bildern sind ja Nazi-Kumpane meines Vaters abgebildet. Darunter bestimmt auch welche, die damals das Weite gesucht haben, um wenig später wieder in einflussreichen Positionen aufzutauchen.«

»Worin genau war Ihr Vater in Italien verwickelt? Was hätte man ihm vorwerfen können, wenn es zu einem Prozess gekommen wäre?«, fragte Barrus.

»In Sant'Anna di Stazzema hat es damals ein Massaker gegeben. Die SS hat nicht nur das Dorf dem Erdboden gleichgemacht, sondern auch die etwa dreihundert Einwohner und mehrere Hundert Flüchtlinge aus der Küstenregion getötet, die sich dort aufgehalten haben. Man hat das Dorf nach dem Krieg zum Teil zwar wieder aufgebaut, das Massaker aber hat die italienische Regierung totgeschwiegen.« Lindner sah Barrus herausfordernd an. »Es war übrigens nicht das einzige Kriegsverbrechen der Deutschen«, sagte er, »über das man nach dem Krieg kein Wort mehr verloren hat.«

»Warum das?«, fragte Barrus. »Es gab doch bestimmt genug Beweise.«

»Davon können Sie mit Sicherheit ausgehen«, erklärte Lindner. »Aber das Westeuropa der Nachkriegsjahre schmiedete seinerzeit mit dem großen Bruder aus Amerika an einer Allianz gegen die Russen und deren Verbündete. Und dabei wäre jede Abrechnung mit dem neuen NATO-Verbündeten Deutschland eher hinderlich gewesen. Also wanderten die Akten allesamt in einen Schrank der Militärstaatsanwaltschaft in Rom, der in der allerletzten Kellerecke stand, wo er sogar mit der Tür zur Wand zeigte. Den sogenannten *Schrank der Schande*. Erst vor ein paar Monaten hat ein ehrgeiziger Staatsanwalt den Schrank umgedreht und mit der Aufarbeitung dieser Kriegsverbrechen begonnen. Seitdem sickern immer mehr Details des grausigen Geschehens durch. Die ersten Journalisten waren schon hier, hat Rainer ja vorhin im Dorfkrug erzählt. Aber ob meinem Vater außer der öffentlichen Ächtung wirklich etwas passiert wäre? Schließlich liefert Deutschland seine Staatsbürger nicht an andere Länder aus.«

»Eines aber verstehe ich nicht, Herr Lindner. Wenn Sie glauben, dass auf den Fotos möglicherweise einflussreiche Ex-Nazis zu sehen sind, von denen sich Ihre Eltern Hilfe erhofft hatten, warum haben Sie die dann nicht an Ihre Mutter herausgegeben? Vielleicht hätte es Ihrem Vater im Fall der Fälle helfen können?«

Andi Lindner lächelte, als hätte er gerade eine Wette gewonnen. »Weil ich genau das nicht wollte«, sagte er. »Er sollte für seine Taten büßen, und zwar schon hier auf Erden. Was hätte ich davon, ich wüsste ihn in der Hölle? Dort hätte ich ihn nicht besuchen können, um mich an seinem Unglück zu freuen.«

Barrus war erstaunt über die Einsichten des Mannes, der offensichtlich in den letzten Jahren mehr Zeit mit Schnapsflaschen als mit Büchern verbracht hatte, und fragte sich, wie lange Andis Gehirn dem Angriff des Hochprozentigen noch standhalten würde? Dann nahm er die Fotos erneut aus der Dose und drehte sie um.

Volltreffer. Mit deutscher Gründlichkeit standen auf jeder Rückseite die Namen der abgelichteten Personen. Immer von links nach rechts, ganz wie bei den Bildunterschriften im Märkischen Kurier.

Bei einer Namensreihe blieb Barrus hängen und betrachtete das Foto erneut. Auf dem stand Alfred Lindner einträchtig neben einem gewissen Major von Abendorf und einem Mann mit dem Namen Ernst Reiter, der ein altes Buch in der Hand hielt. Aber die Männer trugen Zivilkleidung und die Umgebung schien auch nicht die Toskana zu sein. Sie standen vor einer riesigen Kirche, und die war eingebettet in ein herrliches Bergpanorama.

Er reichte Andi das Foto. »Kennen Sie die Männer, die neben Ihrem Vater stehen? Die Namen sind ja auf der Rückseite vermerkt.«

Andi sah sich das Foto lange an, wendete es mehrmals hin und her. Dann hob er den Kopf. »Nein. Den Namen bin ich außer auf den Fotos noch nie begegnet.«

»Und wissen Sie vielleicht, wo das Foto aufgenommen wurde?«

»Nein. Aber es sieht aus, als wäre es in den Alpen gemacht worden.«

»Ja«, sagte Barrus und dachte sofort an Nikolaus Hueber, der aus Südtirol kam. »Eine Frage habe ich noch, Herr Lindner.«

»Bitte.«

»Besaßen Ihre Eltern außer diesem Buch noch weitere wertvolle Dinge?«

Andi musste lächeln. »Sie waren Bauern. Nein, wertvolle Dinge hatten sie nicht. Und ob das Buch da überhaupt wertvoll ist, kann ich nicht sagen.«

## 5

Kriminaldirektorin Hoppe saß hinter ihrem Schreibtisch, vor ihr eine Tasse Kaffee und der Computerbildschirm, der sie jeden Tag erneut in den Bann zog, seit der Direktionsleiter auch alle Führungskräfte angewiesen hatte, mit der modernen Technik umzugehen. Und das In-den-Bann-Ziehen war im Fall der Kriminaldirektorin wörtlich zu nehmen, denn Edith Hoppe hatte einen solchen Spaß an ihrem PC entwickelt, dass an manchen Tagen noch um dreiundzwanzig Uhr Licht in ihrem Büro brannte, obwohl die kriminalpolizeiliche Lage das überhaupt nicht hergab.

Barrus drückte die nur angelehnte Tür mit dem gestreckten Zeigefinger auf und steckte, während er eintrat, die Hände tief in die Hosentasche. »Edith, du bist ja auch da«, schauspielerte er große Verwunderung.

»Josef, red nicht um den heißen Brei herum. Du weißt, dass sie mich bei einem Mord auch samstags von zu Hause holen. Also, was kann ich für dich tun?«, fragte Edith, ohne vom Monitor aufzuschauen.

Barrus zögerte einen kurzen Moment, denn der Umstand, dass Edith ihn bei seinem vollen Vornamen nannte, versprach aus seiner Sicht nichts Gutes. Dann aber ging er doch bis zu dem Stuhl, der vor Ediths Schreibtisch stand und setzte sich.

»Ich wollte dich eigentlich selbst informieren, aber …«

»Ich weiß«, sagte die Kriminaldirektorin. »Dein Wachhund Feller hat es mir erklärt. Und er wurde auch nicht müde, mir zu versichern, dass du am Beetzsee einen fabelhaften Job gemacht hast.« Jetzt erst sah Edith von ihrem Monitor hoch und nickte wie jemand, der keinen langen Lagevortrag mehr brauchte. »Was ist dein Problem, Josef?«

»Mein Problem? Wie meinst du das?«

»Der Mann, der sich selbst gestellt hat. Wenn sich jemand selbst stellt, dann tut er es für gewöhnlich, um der Polizei etwas zu erzählen. Der Mann aber schweigt, und du hast ihn auch nicht wirklich zum Reden animiert. Ich habe mir den Vernehmungsmitschnitt angehört. Das wäre dir früher nicht passiert, und ich frage mich, woran das liegen mag? Ist es die Geschichte mit Gisela?«

Barrus winkte ab. »Nein. Ich sehe sie doch überhaupt nicht mehr und weiß auch gar nicht, wie ich sie in ihrem Bhagwan erreichen kann.«

Edith hatte nicht nur Respekt vor ihren Mitarbeitern, sie mochte jeden einzelnen und das wie eine Mutter ihre Kinder, weshalb sie mehr Zeit darauf verwendete, sich um das Wohl ihrer Schützlinge zu kümmern, als um die Berichte, die auf ihrem Tisch landeten. Und da Barrus derjenige in der Mordkommission war, den Edith am längsten kannte, galt ihm ihr größtes Interesse.

»Josef, ich meine auch gar nicht Giselas körperliche Anwesenheit oder tiefgründige Gespräche mit ihr. Ich meine ihre Präsenz in deinem Kopf. Wie steht es damit?«

Barrus stieß einen kurzen Seufzer aus und hämmerte dann den rechten Zeigefinger gegen seine Stirn. »Sie geht da nicht raus. Nicht einmal in der Nacht, wenn ich mir zum Trost eine einsame alte Dame mit nach Hause nehme. Immer muss ich an Gisela denken. Ich rieche sie überall in der Wohnung und suche ständig nach Dingen, die sie zurückgelassen hat. Neulich habe ich hinter dem Badezimmerschrank ein Haargummi von ihr gefunden. Das liegt jetzt unter meinem Kopfkissen.« Dann nahm Barrus den Blick hoch und sah seine dienstliche Leiterin an. »Wie wäre es bei dir, wenn Rolf seine Wäscherei zumachte und fortginge?«

»Josef, ich will dir keine Vorwürfe machen. Ich will dir helfen, verstehst du das nicht?«

»Und wie wäre es?«, beharrte Barrus auf einer Antwort.

Edith überlegte kurz. »Natürlich wäre mein Leben ein ganz anderes, wenn Rolf gehen sollte. Und damit meine ich nicht allein, dass ich meine Wäsche wieder selbst waschen muss, weil er sie nicht mehr mitnimmt in seine Heißmangel. Andererseits bräuchte ich zu Hause nur meinen Dreck wegräumen, und der Kühlschrank wäre auch nach einer Woche noch nicht ganz leer gefressen.«

Was Edith Barrus allerdings verschwieg, war der Umstand, dass sie gar nicht gewusst hätte, was sie ohne ihren Mann machen sollte. Rolf Hoppe kümmerte sich nämlich tagsüber, wenn Edith in der Dienststelle war, nicht nur um die Heißmangel, sondern auch um den erwachsenen Sohn, den er mit allen Mitteln in Schach halten musste. Die tiefgreifende Schizophrenie erlaubte dem Hoppe-Sprössling nämlich kein autarkes Leben.

Edith klappte den Monitor zur Seite. »Willst du nicht mal eine Auszeit nehmen? Josef, du hast zweihundert Überstunden und noch fast deinen gesamten Jahresurlaub. Fahr weg, weit weg, mach von mir aus eine Weltreise und nutz den räumlichen Abstand, um auf andere Gedanken zu kommen.«

»Du willst mich also loswerden«, presste Barrus als einzige ihm mögliche Antwort hervor.

»Nein, das will ich nicht. Aber ein Josef Barrus in dieser Verfassung nutzt mir genauso wenig wie ein volltrunkener Josef Barrus. Deine momentane Fehlerrate ist zu hoch für diesen Job.«

»Sieht das der Alte auch so?«, fragte Barrus und meinte damit den Direktionsleiter.

Statt zu antworten, verschanzte Edith sich wieder hinter ihrem Monitor. Das war klarer als jedes Wort. Und Barrus hatte verstanden.

## 6

Mehr hatte Barrus am Samstag nicht mehr ertragen können. Nach der Schmach, die ihm Edith zugefügt hatte, war er schnurstracks nach Hause gegangen, hatte sich über einen Teil seiner Weinvorräte hergemacht, bald jede Orientierung und jedes Zeitgefühl verloren und war in tiefem Rausch noch einmal um den Block gezogen.

Als er nun langsam zu sich kam, traute er sich nicht, die Augen zu öffnen. Hatte er in seinem Suff den Gedanken an einen fluchtartigen Urlaub bereits in die Tat umgesetzt? Die Wahrscheinlichkeit war hoch, denn wenn seine Sinne ihn nicht täuschten, befand er sich in einem Zug, der plötzlich und ohne vorherige Ankündigung mitten in der Pampa gehalten hatte. Reglos lag Barrus auf seinem Bett im Schlafwagen, hielt die Augen geschlossen und fragte sich, welcher Defekt die hochgelobte deutsche Wertarbeit lahmlegte. Aber eigentlich war ihm das egal, denn er war die Ruhe in Person, was wahrscheinlich an diesem Abteil lag, eine Art Faradayscher Käfig gegen alle Unannehmlichkeiten des Lebens.

Doch dann drang das nervöse Trillern des Schaffners zu ihm durch, der mit dem Luftvolumen eines Apnoetauchers seit ein paar Sekunden versuchte, den Lokführer zu animieren, doch endlich den Vorwärtsgang einzulegen. Hoffentlich, flehte Barrus im Stillen, hoffentlich ließ der sich bald erweichen, denn das schrille Geräusch der Pfeife quälte ihn. Sein Schädel brummte ohnehin, was er gewiss dem scharlachroten Wein verdankte, den der Kellner ihm gestern Abend im Bordrestaurant angepriesen hatte. Trotz heftiger Gegenwehr seines Gaumens hatte Barrus ihn in der Menge von drei Flaschen zu sich genommen. Mehr als zwei Liter gefärbtes Abwaschwasser, das gegenwärtig eine ganze Kolonie winziger Lemminge durch seinen Kopf trieb.

Wieder blies der Schaffner in die Trillerpfeife, dass es Barrus heftig schüttelte und er ein Auge öffnete. Unbarmherzig bissen sofort die Sonnenstrahlen hinein und machten Barrus blind wie einen Grottenmolch. Allmählich nahm er einige, noch unklare Konturen wahr. Wie zum Beispiel die des kleinen Beistelltischchens oder die des winzigen Hockers, auf dem sein Leinensakko lag, lieblos zusammengeknüllt wie ein weggeworfenes Papiertaschentuch.

Dann aber raste ein dunkler Gedanke durch sein angeschlagenes Hirn. Seine linke Hand tastete vorsichtig über die Fläche neben ihm. Aber Gott sei Dank hatte er allein ins Bett gefunden, und musste jetzt nicht schon wieder einer älteren Frau erklären, dass alles ein großes Versehen war. Ein Versehen, das die Gute bitte seiner Weinseligkeit zuschreiben möge - Entschuldigung und viel Glück im weiteren Leben.

Das erneute Trillern riss Barrus dann endgültig aus den gerade erst sortierten Gedanken. Er stemmte sich von der Liege hoch und war erstaunt, wie sich das Schlafwagenabteil in Sekundenschnelle in sein Wohnzimmer verwandelt hatte. Und der Pfeife des Schaffners war die Metamorphose zu seinem Telefon gelungen, dessen ganz spezieller Klingelton einen Anruf von Hildi ankündigte.

»Hildi«, stöhnte er, als der Hörer endlich sein Ohr gefunden hatte. »Hast du mal auf die Uhr geguckt?«

»Habe ich und ich kann dir nur empfehlen, das auch zu tun. Es ist halb elf, also genau die richtige Zeit, zu der Männer wie Don Quichote und Jo Barrus an ihr Tagwerk gehen sollten.«

Paradoxerweise nistete immer noch die Hoffnung in Barrus, Hildi hätte sich nur verwählt. Also suchte er sein Heil in einem nichtssagenden Smalltalk, mit dem Ziel, nur ja die Wohnung nicht verlassen zu müssen.

»Hildi, meine Königin«, säuselte er, »warum vergleichst du mich immer wieder mit diesem spanischen Versager? Bin ich dir etwa nicht gut genug?«, fragte er und tastete, immer noch halb blind, neben seinen Füßen nach einer Wasserflasche. Vergebens.

»Versager?«, sagte Hildi mit scharfer Betonung des Fragezeichens. Barrus kannte die Inhaberin der Weinhandlung Belmondo, in der auch Wein ausgeschenkt wurde, schon seit über zwanzig Jahren, seit einer Zeit, als Hildi noch Hildegard hieß und im Ratskeller bediente. Daher konnte er vor seinem inneren Auge ganz deutlich sehen, wie ihre Mundwinkel den Weg Richtung Ohr suchten. »Jo, ich hätte dir mehr literarische Kenntnisse zugetraut. Don Quichote ist nämlich kein Versager, sondern eine Berühmtheit. Selbst kleine Kinder kennen seine Heldentaten, und wie du bedient auch er sich eines Knappen.«

»Hildi«, protestierte Barrus, dem sofort schwante, worauf sie hinauswollte. »Du wirst doch Imre nicht zu einem armseligen Laufburschen degradieren?«

»Wenn er bei mir ist, mache ich mir darum keine Gedanken. Aber wie sieht es aus, wenn du ihn einspannst?«

Der Ungar Imre, der vor fünf Jahren plötzlich in Brandenburg aufgetaucht war, zu einer Zeit also, da viele Ostdeutsche gerade in die entgegengesetzte Richtung strömten, war seither immer wieder ein Streitpunkt zwischen Hildi und Barrus. Aus Budapääst komme er, hatte Imre damals der Kellnerin Hildegard erklärt, und dass er sich für keine Arbeit zu schade sei. Nur brauche er in der wasserreichsten Gegend Deutschlands, wo ein See quasi in den nächsten übergehe, unbedingt Hilfe, denn er schwimmä wie Äntä. Barrus' Hinweis, dass Enten selbst dann nicht untergingen, wenn sie sich auf dem Wasser nicht bewegten, hatte Hildi nicht daran gehindert, Imre ihre Hilfe anzubieten, besser gesagt ihr Portemonnaie. Im Gegenzug waren Hildi, die damals gerade begann, das Belmondo einzurichten, Imres exquisite Kenntnisse ungarischer und österreichischer Weine, die er bald auf französische, italienische und spanische ausweitete, von unschätzbarem Wert.

Barrus war nach einer längeren Erinnerungsarbeit eingefallen, woher er Imre kannte: Vor einigen Jahren hatte der ihm während eines Urlaubs in der ungarischen Hauptstadt ein Schachbrett zu einem horrenden Preis verkauft. Das hinderte Barrus aber nicht, Imre nun als lebende Enzyklopädie bei seiner Arbeit für die Mordkommission zu benutzen.

Ohne den Hörer vom Ohr zu nehmen, erhob sich Barrus und schlurfte auf der Suche nach Wasser in die Küche. Er mochte Hildi sehr, aber es war besser, sie auf den Grund ihres Anrufes anzusprechen. Sonst konnte es passieren, dass sie das Gespräch auszudehnen versuchte und sich in den nächsten Minuten wie ein ausgehungerter Blutegel an ihm festsaugte. »Hildi, du hast mich doch nicht angerufen, weil Imre dich zu seinem Gewerkschaftsfunktionär berufen hat, oder? Was, meine Liebe, hast du auf dem Herzen?«

Die Antwort kam prompt. »Imre sagt, dass er über das alte Buch, das du ihm gestern Abend gegeben hast, etwas herausgefunden hat. Du könntest zum Frühschoppen kommen, dann erzählt er dir davon. – Was ist das für ein Buch?«

»Das Buch von Andi Lindner. Was hat Imre denn herausgefunden?«

»Das weiß ich nicht. Du musst ihn das schon selbst fragen.«

»Halt, warte«, bat Barrus auf dem Weg zum Wasserhahn. »Sag ihm, dass du mich nicht erreicht hast. Ich bin übers Wochenende verreist und du wüsstest nicht wohin. Sag ihm das so. Am Montag bin ich wieder zu sprechen.«

Hildi, die das Beißverhalten eines Terriers hatte, ließ aber nicht locker. »Imre sagt, dass es wichtig ist und dass es etwas mit einem Mord zu tun haben könnte, der in einem der Beetzseedörfer passiert ist.«

»Papperlapapp«, fuhr Barrus Hildi über den Mund. »Du musst ihn mir vom Leib halten. Sag ihm, was du willst, aber nicht die Wahrheit: Mir geht es heute Morgen beschissen.«

»Das habe ich längst gemerkt«, konterte Hildi. »Jo, wann wirst du endlich vernünftig? Imre weiß übrigens, was los ist. Er hat deinen Kater vorausgesagt und ihn auf den billigen Bordeaux geschoben, für den er auf keinen Fall mehr als fünfundsiebzig Pfennig pro Flasche ausgegeben hätte.«

*Imre,* stöhnte Barrus still vor sich hin. *Warum wusste der immer alles besser?*

»Aber dein schwerer Kopf sollte dich nicht davon abhalten, bald hier zu erscheinen. Ich habe nämlich keine große Lust, für dich zu lügen. Also beweg deinen Hintern her und hör dir wenigstens an, was er zu sagen hat.«

Das war an Deutlichkeit nicht mehr zu überbieten. Barrus trank das Glas leer, das er mit Leitungswasser gefüllt hatte, und sagte schließlich: »Dann gib mir zehn Minuten. Ich muss erst unter die Dusche.«

Als er auf dem Weg zum Bad war, öffnete sich wie von Geisterhand die Tür, die Barrus gerade ansteuerte. Vor ihm stand eine grinsende, aparte und noch dazu splitternackte Enddreißigerin, die sich mit einem seiner Handtücher die Haare trocken rieb. Barrus wartete, bis sie ihm ihre ungeteilte Aufmerksamkeit schenkte, und schob sich dann an ihr vorbei in sein Bad, während er erklärte: »Das alles ist ein großer Irrtum. Vor allen Dingen mein Versprechen von spät entfachter Liebe. Ein Irrtum, den du meiner Weinseligkeit zuschreiben musst. Dafür entschuldige ich mich aufrichtig und wünsche dir viel Glück im weiteren Leben.«

Dann zog er zufrieden die Tür hinter sich zu und klappte den Klodeckel hoch. Doch ohne anzuklopfen, stand die Frau nur eine Sekunde später wieder neben ihm.

»Was heißt hier spät entfachte Liebe«, lächelte sie ihm zu und deutete mit dem Kinn in Richtung seines Genitalbereiches. »Du hast fünfhundert gezahlt, was ich für das Bisschen, das du da in den Händen hältst, als recht großzügig empfinde. Wenn du mich wieder mal brauchst, ruf mich einfach an. Meine Nummer hast du ja.«

Dann verschwand sie genauso plötzlich, wie sie aufgetaucht war und ließ Barrus mit nichts weiter als einer ratlosen Miene und einer wie von Teufelshand verstopften Harnröhre zurück.

## 7

Auch wenn er Hildi versprochen hatte, in zehn Minuten im Belmondo zu sein, bewegte Barrus der Gedanke an die Klientel des Sonntagsfrühschoppens dazu, sein weißes Leinensakko kurz überzubügeln. Allerdings tat er das mit wenig Elan und ohne übermäßigen Erfolg. Doch er wollte nicht schon bei der Ankunft am Belmondo in den Fokus der nach verschiedenen Eaux de Toilettes und Wein duftenden Müßiggänger rücken, denen wie jeden Sonntagvormittag der Stammtisch genauso wie der Platz vor dem Belmondo gehörte. Gerade heute, in seinem angeschlagenen Zustand, wollte er nicht das Opfer ihrer Lästereien werden.

Dann zog Barrus auch noch eine weiße Leinenhose an, setzte den obligaten Panamahut auf und verließ die Wohnung, die im dritten Stock einer alten Gründerzeitvilla in der Altstädtischen Fischerstraße lag. Die letzten und nicht mehr zu kaschierenden Unfeinheiten seiner Kleidung gehörten zu seiner Individualität, die man ihm als Künstler in Sachen Detektivarbeit schließlich zuerkennen musste.

Hinter der Jahrtausendbrücke, zu deren Füßen auch an diesem sommerlichen Sonntag das bunte Vormittagstreiben vorwiegend junger Menschen herrschte, wählte Barrus den Weg über den Packhof und weiter zur Näthewinde, an deren Ufer er noch ein wenig schlenderte. Hier, an dem beschaulichen und von jeder Hektik befreiten Ort, hoffte er die restlichen Lemminge aus seinem Kopf vertreiben zu können, bevor er in Hildis Weinhandlung auf Imre und die Sonntagsrunde traf.

Am Molkenmarkt schlich er bis zu dem Haus, in dem das Belmondo lag und lugte so unauffällig wie möglich mit einem Auge um die Ecke. Die Gäste, die sich an den Tischen versammelt hatten, bildeten die übliche Runde. Neben dem Chefredakteur des Märkischen Kuriers erkannte Barrus eine Handvoll Mitarbeiter des städtischen Theaters, die der künstlerischen Leitung angehörten, den Direktor eines Gymnasiums und natürlich Imre, der wahrscheinlich wie immer und wohldosiert Wissen um und über Wein preisgab. Auch die obligatorischen Geheitris hatten sich eingefunden, wie die Gelegenheitstrinker in der Runde genannt wurden, die schwer in Anwaltskanzleien oder anderen Büros schufteten und nicht wie die anderen an jedem Sonntag die Möglichkeit hatten, an Hildis Stammtisch Platz zu nehmen.

Um ungestört mit Hildi reden zu können, wählte Barrus den Hintereingang und postierte sich im Belmondo so, dass er von draußen nicht gesehen wurde.

»Sie warten schon auf dich«, begrüßte ihn Hildi und küsste ihm beide Wangen.

Als Barrus sich von den Liebkosungen löste, verschränkte er die Arme vor der Brust und blickte wie ein Regisseur auf die Szene, die sich draußen vor dem bodentiefen Schaufenster abspielte. »Wie es aussieht, brauchen sie mich heute gar nicht. Sie scheinen sich ganz gut allein zu amüsieren. Was haben sie denn?«, fragte er, und war sich sicher, dass da draußen gerade eine Art Laolawelle auf Chardonnay abging.

Hildi schüttelte den Kopf. »Ich weiß es nicht, und du solltest dich dafür auch nicht interessieren. Schließlich habe ich dich aus einem anderen Grund gerufen.«

»Aber sie sind sonst nicht so ausgelassen. Sag mir, über wen sie herziehen«, forderte er, und es kam ihm vor, als verursache seine Frage bei Hildi großes Unbehagen. »Lass sie doch«, versuchte Hildi zu beschwichtigen.

Barrus, dem im Alter von neunundfünfzig Jahren weder etwas von seiner Menschenkenntnis noch von seinem hin und wieder, dann aber vulkanartig ausbrechenden Temperament abhandengekommen war, hatte natürlich längst erkannt, dass es am Stammtisch um ihn ging, dass sich seine feinen Freunde ausschütteten über irgendeine Anekdote aus seinem Leben. Da Imre der Einzige in der Runde war, der nicht mitlachte, wusste Barrus auch, worüber dieser ungarische Hirtenhund, wie er Imre nannte, wenn er nicht gut auf ihn zu sprechen war, worüber der Hirtenhund also mit ausladenden Armbewegungen plauderte. Höchstwahrscheinlich über Barrus' gestrige Weinseligkeit und ihre fatalen Folgen.

»Wenn ich Imre richtig verstanden habe«, sagte Hildi, die Barrus' Temperament nur zu gut kannte und sich mittlerweile so postiert hatte, dass sie ihm den Weg ins Freie versperrte, »war es allein deine Schuld. Er hat dir mehrmals geraten, dieses Gesöff nicht zu trinken, aber schon beim zweiten Glas hatte deine Zündkerze den Motor angeworfen, und du hast erst aufgehört, als dir der Geist des Weins aus der Nase schlug.«

Barrus blickte zu Hildi hinab, die gut einen Kopf kleiner war als er, aber doch ein ernst zu nehmendes Hindernis darstellte. »Hat er das so gesagt?«

Hildi nickte. »Und dass er solange an deinem Sofa Wache gehalten hat, bis er sichergehen konnte, dass du an den Folgen deines Rausches nicht erstickst. Währenddessen hatte er eine angeregte Unterhaltung mit einer Dame des horizontalen Gewerbes, die du großzügig bezahlt haben sollst.«

Das ließ Barrus lieber unkommentiert. Er blickte nur hinaus, wo sich die Runde allmählich zu beruhigen schien.

»Was ist nun?«, fragte Hildi. »Soll ich Imre reinholen, oder willst du nach draußen an den Stammtisch gehen?«

Barrus trat lieber hinaus und wurde sofort vom Chefredakteur des Kuriers in Beschlag genommen. »Kannst du schon was sagen?«

»Wozu?«

»Fanum. Ich habe gehört, der Mörder hat sich gestellt.«

»Ja, aber er schweigt.«

»Hat es etwas mit Akten zu tun, die man in Italien gefunden hat?«

Barrus hob die Schultern. »Könnte sein, aber dazu passt ja nicht, dass auch die Ehefrau ermordet wurde. Sie war bekanntlich nicht bei der SS.«

»Aber im Bund Deutscher Mädel. Das haben wir schon herausgefunden.«

»Ich denk drüber nach«, sagte Barrus und winkte Imre, ihm zu einem abseitigen Tisch zu folgen, der nach Barrus' Vorstellung weit genug von den neugierigen Ohren der anderen entfernt stand. Imre kam, hielt sein Glas hoch und stieß es ganz sanft an das, das Barrus aus dem Belmondo mitgebracht hatte.

»Egészségére«, sagte er und lächelte Barrus in der Hoffnung zu, der Cheffä hätte das gestrige Bordeauximitat mittlerweile verdaut.

Auch Barrus lächelte. Er nickte in Imres Richtung und nahm das Glas hoch, ohne jedoch zu trinken. Für gewöhnlich bedeutete diese Geste, dass er Imre für was auch immer längst verziehen hatte, es aber für unumgänglich hielt, ein paar mahnende Worte zu formulieren. Erst dann würde er bereit sein, zur Tagesordnung überzugehen. Dieses Mal aber sagte Barrus nichts weiter als Prost.

»Ein schönäs Buch«, kam es in dem für Imre so unverwechselbaren Dialekt aus seinem Mund. Er beugte sich nach unten und zog das Buch, das Barrus Imre gestern Abend zur Prüfung übergeben hatte, aus einem kleinen Rucksack. Er hatte es sorgfältig in ein Tuch eingeschlagen.

»Ach ja«, tat Barrus erstaunt. »Und weiter?«

»Das ist Stundenbuch, auch genannt Horarium, was bedeutet Uhr. Ist Gebetsbuch für Stundengebät, getreu dem Apostelwort: Betet ohne Unterlass. Kann nicht jeder. Deshalb ein Gebät alle drei Stunden.«

So war das mit Imre. Es gab kaum ein Thema, von dem er nichts verstand, und darauf wies der Ungar seine Gesprächspartner gelegentlich und sehr diskret hin. Mit ein wenig Wissen nur, nicht zu viel, um das Gegenüber nicht gleich zu Beginn seines Vortrages intellektuell an die Wand zu spielen. Barrus vermutete, dass Imre das aus Höflichkeit tat, aber insgeheim verfluchte er ihn für den damit einhergehenden Zeitverlust.

»Red nicht um den heißen Brei herum«, mahnte er. »Was weißt du über Stundenbücher?«

»Nuuun«, sagte Imre lang gedehnt und schob die Zungenspitze zwischen die Lippen. »Heute sind Stundenbücher Menge Geld wärt.«

»Wie viel?«

Imre zog die Schultern hoch. »Ganz viel bis unbezahlbar. Manche Stundenbücher erzählen auf jede Blatt kleine Geschichtä. Etwa über Kornernte von Bauern oder auch humorvollä.« Der Ungar strich ganz behutsam über den Einband des Buches, das zwischen ihm und Barrus auf dem Tisch lag. »In Stundenbuch von Herzog de Valentin, das du mir hast gegeben, ist in linke untere Ecke von Mariä Heimsuchung zu sehen Schwein, das sitzt in Schubkarrä. Ist witzig doch, oder?«

Barrus sah Imre mit kleinen Augen an, die unter seiner faltigen Stirn saßen, und nahm das Buch zur Hand. »Wann ist diese Mariä Heimsuchung?«, fragte er.

»Am einunddreißigsten Mai«, antwortete Imre.

Nachdem Barrus sich bis zum Datum von Mariä Heimsuchung geblättert hatte, setzte er ein breites Grinsen auf. »Ich wusste es«, triumphierte er. »Eines schönen Tages wirst auch du dich irren, mein kluger Freund.«

»Bestimmt«, gab Imre ohne ersichtliche Regung zu. »Aber Stundenbuch von Herzog ist aus Jahr vierzehnhundert. Damals Mariä Heimsuchung war am zweite Juli, so wie Franziskaner Bonaventura es hat eingeführt für seinen Orden.«

Wieder blätterte Barrus in dem Stundenbuch. Sein Grinsen gefror, als er in der unteren linken Ecke des aufgeschlagenen Blattes ein Schwein in einer Schubkarre erkannte, das Dudelsack spielte. Das Blatt zeigte den zweiten Juli.

»Was hat es mit dem Schwein in der Schubkarre auf sich? Hast du eine Ahnung?«

»Nein. Aber ich gratuliere zu Buch«, sagte Imre und berührte das Stundenbuch erneut wie eine filigrane Orchidee, die beim leisesten Touché zu zerbrechen droht. »Jetzt du musst nicht mehr arbeiten gehän. Das da dir bringt ohne Mühe dreihundert- bis vierhunderttausend Mark.«

»Das ist viel Geld«, sagte Barrus und wunderte sich zugleich darüber, dass ein kleiner Bauer in einem unbedeutenden Dorf über eine Kostbarkeit verfügte, mit der man locker ein Haus abzahlen konnte.

»Ja«, antwortete Imre, klopfte dann aber mit dem Zeigefinger gegen seinen Kopf, wie es ein Specht mit dem Schnabel am Baum tat, als wäre hinter der harten Schale des Schädelknochens noch etwas versteckt. »Ich habe nachgelesen und herausgefunden, dass gibt drei fast gleiche Stundenbücher von Herzog, waren Geschenkä für seine Kinder. Aber alle verschollen seit etwa neunzehnhundertdreiunddreißig.« Dann setzte Imre seinen grüblerischen Blick auf, was für Barrus bedeutete, dass der Zeigefingerspecht tatsächlich auf Beute gestoßen war.

»Und?«

»Und dann ich wollte noch mal zu dir, Cheffä. Aber an deine Tür hat geöffnet leicht bekleidete Dame, die hat gefragt, ob ich kenne dich und weiß, bei welche Grad Alkohol du stirbst.«

Barrus sah Imre herausfordernd an. »Und was hast du ihr geantwortet?«

»Dass Jahresproduktion Syrah dir nicht macht Problämm.«

Nach dieser Antwort entspannte sich Barrus wieder und kehrte zur Tagesordnung zurück. »Und weiter?«, fragte er. »Was wolltest du mir zu diesem Buch noch sagen?«

»Das waren die drei Stundenbücher seit fünfzehntä Jahrhundert im Besitz von reicher französischer Adelsfamilie, von Herzog de Valentin. War verwandt direkt mit französische König. Aber nutzte Familie nicht viel. Hat verloren später fast ganzes Vermögen durch Französische Revolution und noch später Rest durch Spekulation, und Familie gezwungen im Jahre neunzehnhundertzehn, zu verkaufen Stundenbücher an Bankiersfamilie, bei der sie waren verschuldet. Und verliert sich Spur da.«

»Aber dann können wir doch bei dieser Bankiersfamilie ansetzen?«

Imre schüttelte den Kopf. »Können nicht, Cheffä. Familie waren Juden und mussten verlassen Frankreich bei Einmarsch von deutsche Truppen. Da Bücher nicht wieder aufgetaucht, man vermutet, dass erbeutet haben Nazis.«

Barrus griff in seine Sakkotasche und holte das Foto heraus, das er von Andi Lindner bekommen hatte und auf dem neben Alfred Lindner noch zwei andere Männer abgebildet waren.

»Die Bankiersfamilie lebte in Frankreich, sagst du? Nicht in Südtirol?«

Imre schüttelte den Kopf. »Nein, nicht in Südtirol.«

»Guck dir mal das Bild an. Der linke Mann, dem gehörte zuletzt das Stundenbuch. Er war bei der SS. Könnte das Foto auch in den französischen Alpen aufgenommen sein?«

Wieder schüttelte Imre den Kopf. »Nein. Das da ist Brixener Dom. Musst du hinfahren dort. Ist herrlichä Gegend.«

»Brixen?«, fragte Barrus. »Ist das in Südtirol?«

»Ja. Ist sehr schöne alte Bischofsstadt, und von dort du kommst über Mühlbach ins Pustertal. Auch schönä Ort.«

»Mühlbach?«, fragte Barrus nach.

»Ja. Kennst du Ort, der heißt so?«

»Nein, aber ich weiß, wer da herkommt.«

## 8

Während sich Imre verabschiedete, blieb Barrus noch im Belmondo sitzen. Er ließ sich am Stammtisch nieder und beantwortete alle Fragen, die man ihm zum Doppelmord in Fanum stellte. Insbesondere Heiner Wassertor, der Chefredakteur des Kuriers, hatte großes Interesse an Barrus' Sicht auf die Geschehnisse in dem kleinen Beetzseedorf. Als Barrus nach gut zwei Stunden gerade dabei war, das Belmondo in Richtung Polizeidirektion zu verlassen, wo

Nikolaus Hueber in einer Gewahrsamszelle saß, rief ihn Hildi noch mal zu sich herein. Sie deutete auf den Tresen und dort auf das Telefon. »Für dich. Er hat sich nicht vorgestellt.«

»Barrus«, knurrte er in den Apparat.

»Bitte warten Sie einen Augenblick«, forderte eine jugendlich wirkende männliche Stimme. »Ahlachita möchte mit Ihnen sprechen.« Dann war nur noch halblautes Rascheln zu hören.

»Josef?«, kam es plötzlich aus dem Hörer und Barrus wurde es augenblicklich warm ums Herz.

»Gisela. Wo bist du?«, fragte er und sah sich wegen plötzlich weich werdender Knie nach einer geeigneten Sitzgelegenheit um. »Es ist schön von dir zu hören. Wie geht es dir denn?«

»Josef, nur um das ein für alle Mal klarzustellen: Es gibt keine Gisela mehr. Ich heiße von nun an Ahlachita - die Frau in glücklicher Stimmung.«

Barrus nickte brav und zog sich einen Stuhl heran. »Ahlachita, aha. Ist ein schöner Name, oder?«

»Natürlich«, sagte Gisela. »Der Guru hat mich nur eine Minute lang angesehen und ist sofort auf Ahlachita gekommen - in glücklicher Stimmung. Dir wäre das in hundert Jahren nicht eingefallen.«

»Nein«, gab Barrus zu, um Gisela nicht noch mehr zu provozieren. Dann aber siegte sein Gerechtigkeitsgefühl, und er setzte hinzu: »Aber ich bin auch kein Seher, sondern eher ein Denker.«

»Josef, was soll das?«, biss Gisela umgehend auf den ersten Haken, den Barrus ihr ziemlich blank hinhielt. »Willst du dich über unsere Religion lustig machen? Das ist ja so was von intolerant. Mir fehlen schier die Worte.«

Barrus schüttelte stumm den Kopf. Gisela und fehlende Worte brachte er genauso wenig unter einen Hut, wie Ahlachita und Toleranz. »Was gibt es denn, Ahlachita? Warum rufst du an? Und warum im Belmondo?«

»Wo soll ich dich an einem Wochenende denn sonst erreichen, wenn nicht in deiner Destille? Aber das soll mir ja inzwischen egal sein. Jetzt geht es um Berit«, antwortete Gisela und löste mit diesen wenigen Worten bei Barrus eine Gänsehaut aus, wie es nicht einmal der Anblick des Zahnarztstuhls schaffte. »Sie ist am Freitag entlassen worden und hat sich heute bei mir gemeldet. Ich habe ihr gesagt, dass sie sich an dich wenden soll. Es ist schließlich nicht möglich, sie hier unterzubringen.«

»Nein«, schrie Barrus und erntete sofort einen missfälligen Blick von Hildi. »Das kannst du nicht machen. Nicht Berit. Außerdem ist sie die Tochter deiner Schwester und nicht meiner. Gisela ...«

»Ahlachita, bitte. Außerdem ist ihre Mutter seit fünf Jahren tot, und nun ist es an der Zeit, dass auch du einmal Verantwortung für eine hilfsbedürftige Familienangehörige übernimmst.«

»Was?«, schrie Barrus wieder, ohne auf Hildi Rücksicht zu nehmen. »Berit und hilfsbedürftig? Was für ein Kraut raucht ihr eigentlich in eurem Bhagwan?«

»Josef, es ist, wie es ist. Ich habe Berit lange genug betreut, jetzt bist du dran. Außerdem bin ich in glücklicher Stimmung und will es so lange wie möglich bleiben. Also kümmere dich um sie. Das kann dir doch nicht so schwerfallen. Erinnere dich, wie sie als kleines Mädchen war. Denk an die nette Zeit mit ihr, bevor die Probleme anfingen. Du mochtest sie richtig gern.«

»Nein«, entschied Barrus und es klang nach seiner Vorstellung ziemlich rigoros. »Früher war besser und ist vorbei. Auf keinen Fall lass ich sie in die Wohnung«, posaunte er heraus, schluckte kurz und setzte dann vollster Überzeugung hinzu: »Niemals!«

Das aber schien Gisela nicht aus der Ruhe zu bringen. »Dann sieh zu, dass du vor ihr an der Tür bist. Ich habe ihr meine Schlüssel gegeben und ihr geraten, sie soll dort auf dich warten.«

»Gisela, das ...«, stotterte Barrus, aber es war vergebens, denn Ahlachita hatte sich bereits in ihr Glück zurückgezogen und aufgelegt.

Mit rasendem Puls sprang Barrus von dem Stuhl auf, rannte, ohne Hildi ein Wort der Erklärung zu geben, zur Tür und riss die auf, als brauche er dringend Luft. Es war schlimm genug, dass man Berit frühzeitig aus der Haft entlassen hatte, aber viel, viel schlimmer war, dass sie nun wahrscheinlich schon in seiner Wohnung saß und die wertvollen Dinge von den unverkäuflichen trennte.

## 9

Als handele es sich nicht um seine Wohnungstür, sondern um einen bis zum Rand gefüllten Behälter mit hochexplosivem Nitroglyzerin, steckte Barrus den Schlüssel ganz behutsam in das Türschloss. Und als er merkte, dass nicht abgeschlossen war, erlosch der letzte Rest Hoffnung genauso schnell wie eine Sternschnuppe am nächtlichen Himmel. Jetzt war es Gewissheit. Berit hatte Giselas Angebot angenommen und bereits Besitz von seinen vier Wänden ergriffen.

Ganz vorsichtig schob Barrus die Tür auf und verharrte auf der Schwelle. Die Stille machte ihn nervös, sie wirkte wie elektrisch aufgeladen. Zudem glaubte Barrus, dass seine Nachbarn jede seiner Bewegungen durch die Spione in ihren Wohnungstüren beobachteten. Nicht auszudenken, wenn Frau Kamischke von gegenüber mitbekäme, dass er wie ein Tagedieb in die eigenen vier Wände schlich.

Also zog er die Tür hinter sich ins Schloss und rutschte mit dem Rücken an der Wand entlang, die Augen immer auf die Wohnzimmertür gerichtet. Mit einer schnellen Bewegung rettete er sich in die Küche. Dort stürzte er sofort an den Besteckkasten. Seine Hände suchten nach dem Brotmesser, fanden es aber nicht und tauchten schließlich mit dem viel größeren Fleischmesser wieder auf.

Dann hörte er plötzlich die Stimme einer Frau. »Ich hole mir noch ein Stück Käse«, kam es aus dem Schlafzimmer. »Soll ich dir etwas mitbringen, Schatz?«

Die Stimme kam ihm irgendwie bekannt vor, gehörte aber nicht zu Berit, dessen war sich Barrus absolut sicher. Aber wenn es nicht Berit war, wer war dann in seinem Schlafzimmer? Und mit wem sprach die Frau? Konnte er es allein mit ihnen aufnehmen? Mit erhobenem Fleischmesser verharrte er an der Wand, als sich die Schlafzimmertür öffnete und eine splitternackte Frau auftauchte.

»Bring lieber von Weißwein«, rief ihr eine Männerstimme hinterher. »Von Käsä wir haben genug.«

Barrus glaubte nicht richtig zu hören. Er richtete seinen Blick auf die nackte Frau, die angesichts des riesigen Fleischmessers beide Hände bis fast zur Decke hob.

»Oh, oh«, sagte sie und rief dann über die Schulter: »Ich glaube, die Party ist gerade zu Ende gegangen.«

»Was sagst du da?«, kam es von einer weiteren Frau, die hinter der ersten nun auch auf den Flur trat, und die ebenfalls nackt war. »Geh zur Seite, ich muss mal aufs Klo.«

Das nun war eindeutig Berit. Barrus hatte sie sofort erkannt, und auch Berit, die mittlerweile den Kopf gehoben hatte, analysierte in Sekundenschnelle die Situation. »Jo, bitte«, flehte sie im Angesicht des großen Fleischmessers und streckte eine Hand abwehrend in seine Richtung, während die andere vergebens versuchte, Brüste und Scham gleichzeitig zu bedecken. »Es ist nicht das, wonach es aussieht.«

Noch bevor Barrus etwas sagen konnte, wurde die Schlafzimmertür ganz aufgezogen, und hinter den beiden Frauen tauchte der Mann auf, der vor wenigen Augenblicken nach mehr Weißwein verlangt hatte. Wenigstens war der Kerl angezogen. Ihn auch noch nackt zu sehen, hätte Barrus nicht ertragen.

»Jézusmária!«, raunte Imre mit erhobenen Händen. »Wir müssen erklären dir, Cheffä.«

Barrus aber hatte kein Ohr für Erklärungen. Er stand noch immer wie angewurzelt, ohne auch nur eine Muskelfaser zu rühren. Den Mund weit geöffnet, als bekäme er keine Luft mehr, dachte er intensiv darüber nach, ob er laut losbrüllen oder besser abhauen sollte; durch die Wohnungstür erst ins Treppenhaus, von dort auf die Straße, in die Stadt, in ein anderes Land, besser gleich auf einen anderen Kontinent - Hauptsache weit genug weg von diesem Irrenhaus, das einmal seine Heimstatt gewesen war und das dieser ungarische Hirtenhund gemeinsam mit dem Damenduo nun dabei war zu entweihen.

»Wollen wir reden unter vier Augän?«, fragte Imre mit südeuropäischem Dackelblick. »Ich weiß, das kann sein für eine Mann ganz schön viel auf einmal. Aber ich habe Erklärung.«

Während Imre sprach, senkte er den Oberkörper bis fast in die Waagerechte, was ihm die Gestalt eines orientalischen Souvenirverkäufers gab. Doch im Gegensatz zu einem arabischen Händler wollte Imre ihm nicht seine Ehrerbietung erweisen. Der Ungar hatte einfach Angst. Er fürchtete sich vor Barrus' Wutausbruch, der nach dessen bebenden Lippen zu urteilen kurz bevorstand.

Nach gefühlten Minuten, die in Wirklichkeit nicht mehr als drei oder vier Sekunden waren, bewegte sich Barrus endlich wieder, ging ins Bad und kam mit seinem dunkelblauen Morgenmantel zurück, den er Berit aus gut zwei Metern Entfernung an den Kopf warf. Sie zog den viel zu großen Mantel an, verknotete den Gürtel vor dem Bauch und trabte auf Barrus' Zeichen hin in die Küche.

»Und ihr beide seid in spätestens zwei Minuten verschwunden«, raunte Barrus Imre und der noch immer nackten Dame zu, die wie eine Statue aus einer längst vergessenen Zeit vor der Schlafzimmertür stand.

Dann zog er hinter sich die Küchentür zu und baute sich vor Berit auf. »Wenn die beiden verschwunden sind, gebe ich dir noch die Möglichkeit zu duschen, und dann will ich dich nie wieder in meinem Leben sehen.«

»Schon klar«, sagte Berit und nahm den Blick zur Seite, um aus dem Fenster zu schauen.

»Zehn Minuten hast du Zeit«, präzisierte Barrus.

»Vergiss es«, knurrte Berit und zog die Füße auf den Stuhl. Die Arme legte sie um die Unterschenkel, als müsse sie die unbedingt festhalten. »Ich kann auf deine Kackdusche verzichten. Den Sex mit deiner Nutte hat mir dein komischer Kumpel sowieso gründlich versaut.«

»Mit meiner …« Barrus stand kurz davor zu explodieren, brachte sich aber wieder unter Kontrolle, als vor seinem inneren Auge die nackte Frau auftauchte, die er im Flur mit Imre zurückgelassen hatte. Und die Frage drängte sich ihm auf, wo er sie schon einmal gesehen hatte. »Das ist nicht meine Nutte«, sagte er, als es ihm wieder einfiel. »Woher kennst du sie eigentlich?«

»Ich kenne sie nicht«, antwortete Berit, ohne ihren Blick vom Fenster zu nehmen. »Ich habe ihre Visitenkarte auf deinem Schreibtisch gesehen und *schlankes Model verwöhnt dich mit dem Mund* klang mir ganz nach dem, was ich gebraucht habe.« Dann sah Berit Barrus mit ihren dunklen Mandelaugen an. »Woher kennst du sie eigentlich?«

»Ich? Ach …«

»Ja klar. Bei Jo ist das natürlich ganz was anderes.«

Barrus spürte, dass das Gespräch zu kippen drohte. Deshalb half aus seiner Sicht nur noch die Flucht nach vorn. »Ist es nicht«, gab er zu. »Ich war gestern ziemlich durch den Wind und habe Zerstreuung gesucht. Da kam mir die Dame ganz gelegen.«

Berit musste kurz auflachen. »Du ihr aber auch, wie ich gehört habe. Fünfhundert nur für gucken ist kein schlechter Deal in diesem Gewerbe.«

»Lassen wir das«, schlug Barrus vor, der nicht gewillt war, mit Berit dieses total verunglückte Wochenende zu sezieren. »Und was hat Imre mit der ganzen Sache zu tun?«, fragte er stattdessen, denn es interessierte ihn brennend, wie es Imre immer wieder gelang, in allen möglichen und unmöglichen Situationen seines Privatlebens aufzutauchen.

»Ist das dein komischer Kumpel?«

Barrus nickte.

»Der stand plötzlich vor der Tür. Er wollte mit Cheffä sprechen, und da er zwei Flaschen Weißwein in der Hand hielt, habe ich ihn reingelassen.«

Barrus war überrascht. »Dann ist er also zufällig in euer Stelldichein hineingeraten.«

»Ja. Und die beiden haben sich gleich wiedererkannt. Ich habe mir also gedacht, dass seit Tante Giselas Verschwinden die Vorzeichen in dieser Wohnung anders stehen und ...«

»Stehen sie aber nicht«, unterbrach Barrus heftig. »Hier herrscht immer noch Ordnung.«

»Ist ja gut, ich hab es verstanden.«

»Und was willst du jetzt tun?«, fragte er, nahm zwei Gläser aus dem Geschirrspüler und holte Imres Chardonnay aus dem Kühlschrank.

»Ich suche mir eine Bleibe und wäre dir dankbar, wenn ich so lange bei dir wohnen dürfte.«

»Eine Woche«, entschied Barrus. »Ich gebe dir eine Woche, was ich als sehr großzügig empfinde.«

»Einverstanden.«

»Und wovon willst du eine eigene Wohnung bezahlen?«

Berit sah wieder zum Fenster hinaus.

»Wovon willst du eine Wohnung bezahlen?«, hakte Barrus nach.

»Das ist doch wohl mein Problem, oder? Aber wenn du es unbedingt wissen willst: Ich muss nur ein Geschäft abwickeln und dann ...«

»Ein Geschäft?«, regte sich Barrus erneut auf. »Ich kenne deine Geschäfte, und die haben dich bekanntermaßen bereits hinter Gitter gebracht. In meiner Wohnung spielt sich da nichts ab, klar?«

Berit drehte sich wieder zu Barrus. »Klar. Aber dieses Mal ist alles ganz legal. Ich will nämlich nicht wieder in den Knast zurück, verstehst du? Und wenn ich dieses Buch verkauft habe, werde ich keine krummen Dinger mehr drehen müssen.«

Bei Barrus gingen alle Alarmglocken an. »Ein Buch?«, schnaufte er. »Welches hast du mir geklaut?«

»Dir? Warum denkst du immer, dass ich dich beklaue?« Berit verdrehte die Augen. »Außerdem dürftest du wohl kaum ein derart teures Buch besitzen, dass ich von seinem Verkauf eine Weile leben kann. Nein, ich habe dieses Buch geschenkt bekommen. Von einem Knacki, wenn du es genau wissen willst.«

»Und das soll wertvoll sein? Dann kann ich mir schon denken, woher er das hat.«

»Ja, du kannst das natürlich«, knurrte Berit, erhob sich und ging ins Wohnzimmer. Mit ihrem Rucksack in der Hand stand sie wenig später wieder neben Barrus. »Und selbst wenn er es geklaut hat, ist die Tat längst verjährt, denn der Alte hatte lebenslänglich und schon über dreißig Jahre gesessen. Wir haben in den letzten drei Jahren immer im Finale um die Schachmeisterschaft gestanden, und er hat jedes Mal verloren. Vielleicht hat er es mir deshalb überlassen.«

»Was für eine Schachmeisterschaft?«

»Da treten die Anstalten von Berlin und Brandenburg und die Schachvereine der Region gegeneinander an. In einer Liga. Nur dass es für uns keine Auswärtsspiele gab. Was ist daran nicht zu verstehen?«

»Nichts«, räumte Barrus ein. Er wusste, dass Berit sehr gut Schach spielte. Schließlich hatte er es ihr beigebracht, damals, als sie noch ein kleines Mädchen gewesen war und sich öfter bei ihm und Gisela aufgehalten hatte als bei ihrer Mutter. »Lebenslänglich? Wofür hat dein Kumpel lebenslänglich gekriegt?«, fragte er.

»Er war ein Nazi und ist schon zu DDR-Zeiten verurteilt worden. Irgend so eine Sache mit der SS in Italien. Und von da hat er auch das Buch mitgebracht.« Berit stellte den Rucksack auf den Stuhl und zog es heraus. Vorsichtig legte sie es auf den Tisch.

»Ein Stundenbuch«, sagte Barrus und traute seinen Augen kaum.

»Von irgend so einem Herzog Valentin oder so«, ergänzte Berit. »Der Alte hat gesagt, ich soll es gut aufbewahren, denn es sei mehrere hunderttausend Mark wert.«

Barrus nahm das Buch zur Hand und schlug die Seite mit dem zweiten Juli auf. In der linken unteren Ecke saß eine Ziege in einer Schubkarre und spielte Dudelsack. »Wieso hat er dir ein so teures Geschenk gemacht?«

»Der Alte hat Krebs im Endstadium, weshalb sie ihn doch noch entlassen haben. Er hat es als Gebetbuch benutzt, die im Knast haben nicht mal geahnt, wie kostbar es ist. Und da er es nicht mehr braucht, weil sein letztes Hemd keine Taschen hat und er nicht mehr lange leben wird, hat er es mir geschenkt. Er mochte mich eben.«

»Er mochte dich eben«, wiederholte Barrus schnippisch. »Und da schenkt man einem wildfremden Menschen mal so eben ein ganz wertvolles Buch?«

»Was verstehst du daran nicht?«, fragte Berit. »Dass es Menschen gibt, denen materielle Dinge nicht viel bedeuten, oder dass mich jemand mag? Er hat gesagt, dass er nur noch ein paar Tage zu leben hat und sich noch um eine ganz alte Geschichte kümmern muss, die schon viele Jahre auf Erledigung wartet. Wenn er damit fertig ist, will er in Ruhe sterben.«

»Weißt du, wie der alte Mann heißt?«

»Natürlich«, sagte Berit. »Ernst Reiter.«

## 10

In der Polizeidirektion erfuhr Barrus, dass Nikolaus Hueber bereits verlegt worden war. Edith Hoppe hatte andere Ermittler an den Fall gesetzt, und die hatten sehr schnell mit dem Staatsanwalt einen Haftantrag auf den Tisch des Bereitschaftsrichters gelegt. Also war Hueber in die Untersuchungshaftanstalt der JVA Brandenburg an der Havel überführt worden, vor dessen Tor Barrus jetzt ankam.

Er hatte immer Beklemmungen, wenn er hierher musste. Nicht, dass ihn die Angst verfolgte, selbst irgendwann hinter diesen Mauern leben zu müssen, aber Bilder, die er in seiner Kindheit gesammelt hatte, verfolgten ihn noch heute. Das ehemalige Zuchthaus Brandenburg-Görden, in dem ausschließlich männliche Gefangene mit bis zu lebenslangen Freiheitsstrafen und Untersuchungshäftlinge untergebracht sind, war in den frühen dreißiger Jahren als eine der damals modernsten Gefängnisse Europas für etwa eintausendachthundert Häftlinge errichtet worden. Es sollte eine Musteranstalt des »humanen Strafvollzugs« sein. Aber daraus wurde nichts, denn mit der Machtergreifung der Nationalsozialisten wurden hier vorwiegend politische Gefangene, aber auch zum Tode Verurteilte inhaftiert. Und so verwunderte es nicht, dass neunzehnhundertvierzig eine Hinrichtungsstätte eingerichtet wurde, in der eintausendsiebenhundertzweiundzwanzig Personen unter dem Fallbeil starben. Und der Raum, in dem es noch immer als museales Erinnerungsstück stand, ist seither Anlaufpunkt diverser Schulklassen. Auch Jo Barrus war als Schüler hier gewesen. Und der Besuch gehörte nicht zu den besten Erinnerungen an seine Schulzeit.

»Zu wem willst du heute?«, fragte der Beamte am Eingang, der Barrus schon seit vielen Jahren kannte.

»U-Haft. Ich muss mit jemandem reden.«

»U-Haft geht heute nicht, Barrus.«

»Warum nicht?«

»Sicherheitsstörung. Ich kann dich da nicht hinlassen.«

»Nur fünf Minuten. Es geht ganz schnell.«

Der Beamte schüttelte den Kopf. »Tut mir leid. Noch ist der Bereich nicht freigegeben.«

»Was ist denn passiert?«

»Suizid. Immer dieselbe Scheiße. Erst legen sie jemanden um und dann kommen sie nicht damit klar.«

»Wie heißt er?«

»Wer?«

»Der Suizident?«

Der Wachtmeister schaute in sein Dienstbuch. »Hueber, Nikolaus Hueber.«

Barrus war vor Entsetzen erst einmal sprachlos. Dann hatte er sich gefangen. »Ruf bitte in der U-Haftabteilung an. Zu Hueber wollte ich. Ich muss unbedingt mit meinen Kollegen sprechen, die dort zugange sind. Bitte.«

Und der Wachtmeister ließ sich erweichen, aus alter Verbundenheit, wie er sagte.

Nun stand Barrus in der Zelle, in der sich Nikolaus Hueber vor einer Stunde erhängt hatte. Die Leiche war schon abtransportiert, lag wahrscheinlich bereits auf einem Metalltisch der Gerichtsmedizin.

»Sind das seine persönlichen Sachen?« Barrus hatte sich vor die Pritsche gestellt, die Hueber nun nicht mehr als Bett dienen würde und auf der stattdessen seine Toilettenartikel und die Einlieferungspapiere ausgebreitet worden waren.

»Ja«, sagte Meier, der wieder Dienst hatte und mit zwei Streifenwagenbesatzungen die Anzeige zum Todesermittlungsverfahren Hueber aufzunehmen hatte. »Der Rest ist noch in seiner Tasche. Die steht da neben dem Schrank.«

Barrus nahm sie an sich und zog den Reißverschluss auf. »Wo kommt die plötzlich her?«, fragte er. »Die hatte Hueber gestern doch nicht bei sich.«

»Wir haben sie aus dem Hotel geholt, in dem er abgestiegen war. Ist nichts von Bedeutung drin«, antwortete Meier.

Barrus nahm einen Stapel Hemden heraus und stieß dann unter ein paar Socken auf etwas, das sehr wohl von Bedeutung war. Ein Stundenbuch, wenn er sich nicht irrte. Er schirmte das Buch mit seinem Körper ab, so dass Meier es nicht sehen konnte, und schlug dann den 2. Juli auf. In der linken unteren Ecke saß ein Schaf in einer Schubkarre und spielte Dudelsack.

Barrus strich sich über die Nase. Reiter und Lindner hatten ein solches Stundenbuch gehabt, beide waren am zwölften August neunzehnhundertvierundvierzig an einem Massaker in der Toskana beteiligt gewesen, der Tag, an dem Nikolaus Hueber geboren worden war. Der Mann, der nicht nur behauptet hatte, eigentlich einen italienischen Namen zu tragen, sondern auch ein Stundenbuch im Gepäck gehabt hatte. Das konnte kein Zufall sein.

»Hast du was gefunden?«, fragte Meier, der noch immer mit der Auflistung von Deospray, Rasierwasser und Duschbad beschäftigt war.

»Nein«, antwortete Barrus. »Ist wirklich nichts von Bedeutung dabei.« Dann ließ er das Stundenbuch unter seinem Sakko verschwinden und verabschiedete sich in aller Kürze.

Als er an der Pforte seinen Dienstausweis wieder in Empfang nahm, stellte er dem Wachtmeister noch eine Frage: »Sag mal, schreibt ihr in euer Dienstbuch auch die ein, die ihr entlasst?«

»Natürlich. Was glaubst du denn?«

»Auch wohin ihr sie entlasst?«

»Na klar. Auch das.«

»Kannst du mal bitte nachsehen, welche Adresse ein gewisser Ernst Reiter angegeben hat, als ihr ihm den Laufpass gegeben habt?«

Der Wachtmeister nickte, als wüsste er längst Bescheid. »Der alte Nazi. Der ist letzte Woche losgezogen. In die Flutstraße. Der Humanitasverein hat ihm dort eine kleine Wohnung besorgt. Flutstraße 87.«

## 11

Nur gut eine halbe Stunde später betrat Barrus das Gerichtsmedizinische Institut, das Doktor Bremers berufliche Heimstatt war und in dem der Doktor auch hin und wieder nächtigte, weil Schnaps die Beine schwer und taub macht, wie man in der Polizeidirektion bereits munkelte. Heute aber schien der Doktor nüchtern.

»Kann ich den toten Mörder sehen?«, fragte Barrus.

»Natürlich«, antwortete Bremer und schob die schwere Tür zum Hauptsektionssaal auf. »Nur nicht bei mir.«

»Warum?«

»Weil sie ihn vor zehn Minuten wieder abgeholt haben.«

»Wer?«

»Ich nenne das mal eine Delegation, an deren Spitze Ihre Chefin stand.«

»Edith Hoppe?«

»Ja, so hat sie sich vorgestellt.«

»Und was heißt abgeholt?«

»Sie bringen die Leiche woanders hin. Offiziell nach Berlin, da sie vermeiden wollen, dass hier gemauschelt wird, weil wir Brandenburger Landesbediensteten alle unter einer Decke stecken und ich ein falsches Urteil zur Todesursache fällen könnte«, sagte

Bremer und blinzelte in die Sonne, die den großen Sektionssaal durch ein riesiges Fenster erhellte.

»Was ist das denn für ein Quatsch? Das habe ich ja noch nie gehört.«

»Ich auch nicht, aber so sind die Zeiten heute«, sagte Bremer und winkte einer Frau zu, die er durch das große Fenster mit wehendem Kittel über den Innenhof hetzen sah. »Die Kollegin da«, sagte er und nickte zum Fenster, »die hat gerade richtig Stress. Sie hat alles getan, was in ihrer Macht stand, um das Leben eines zweiundneunzigjährigen Mannes zu retten. Aber er ist gestorben, was jedoch nicht zu verhindern war. Nur die Angehörigen, die sehen das anders und haben die Klinik verklagt. Das kann heutzutage jeder. Die Anwälte machen dabei nur zu gerne mit, egal ob es einen Sinn hat oder nicht. Ihr Geld bekommen sie auf jeden Fall.«

»Wieso ist man denn im Fall Hueber misstrauisch, bevor sie überhaupt beurteilt haben, woran der Häftling gestorben ist?«

»Diese Beurteilung habe ich bereits abgegeben. Vielleicht in mancher Augen zu schnell, denn kaum hatten sie die Leiche auf einen meiner Tische gelegt, habe ich gesagt, dass der Mann sich kaum selbst erhängt hat.«

»Wieso?«

»Lassen Sie uns in mein Büro gehen«, schlug Bremer vor und wies auf die Tür. »Da kann ich Ihnen etwas zeigen.«

Bremer bot Barrus einen Platz vor seinem Schreibtisch an und drehte den Computermonitor so hin, dass Barrus einen ungehinderten Blick darauf hatte. »Sehen Sie, die Leiche weist nicht die üblichen Merkmale des typischen Erhängens auf, sondern eine Anomalie, die für eine Tötung durch fremde Hand spricht.«

»Nämlich?«

»Der Mann hat sich vermutlich gewehrt. Wahrscheinlich hat er mit der Hand in die Schlinge gegriffen, weshalb sie sich nur langsam zugezogen hat und sich Stauungserscheinungen ausgebildet haben, die wir normalerweise bei Erhängten nicht vorfinden.«

»Meinen Sie, dass man ihm die Schlinge um den Hals gelegt und ihn dann hochgezogen hat?«

»So ungefähr. Hier«, sagte Bremer und deutete mit dem ausgestreckten Zeigefinger auf eine bestimmte Stelle des Bildschirms. »Sehen Sie die Rötung an den Fingerinnenseiten? Die stammen vom Hineingreifen in die Schlinge.«

»Sehe ich«, sagte Barrus, dem sofort klar wurde, was das bedeutete. »Also kein Selbstmord.«

»Nein.«

»Und was ist das?«, fragte Barrus und zeigte auf die Stelle des Bildschirms, wo der nackte linke Unterarm des toten Nikolaus Hueber zu erkennen war.

»Das sind Narben, die während des Wundheilungsprozesses nach Verbrennungen gebildet worden sind. Die von Hueber sind sehr ausgedehnt und umfassen die gesamte linke Körperseite vom Unterschenkel bis zum Brustbereich. Das muss ihn körperlich sehr beeinträchtigt haben.«

»Was heißt das?«

»Eine Brandnarbe an einem Gelenk, etwa dem Knie oder dem Ellenbogen, kann dazu führen, dass der Betroffene nicht mehr in der Lage ist, es richtig zu beugen oder zu strecken.«

»Und dass er deshalb humpelt«, schlussfolgerte Barrus.

»Exakt.«

»Hueber hat gehumpelt, als er vor mir über den Flur der Direktion lief.«

»Das ist bei seinem Verletzungsbild sogar sehr wahrscheinlich.«

»Und sein linker Ellenbogen? War der auch beeinträchtigt?«

»Ist Ihnen das nicht aufgefallen, als er vor Ihnen saß?«

Barrus schüttelte den Kopf. »Ich habe wohl auf etwas anderes geachtet.«

»Nikolaus Hueber kann seinen linken Arm fast nicht benutzt haben. Das Ellenbogengelenk war steif.«

»Dann war er Rechtshänder.«

»Natürlich.«

»Aber am Beetzsee, als Sie die Leiche von Alfred Lindner untersucht haben, da haben Sie mir doch erklärt, dass der Stich mit dem linken Arm geführt worden ist.«

»Ja, das habe ich gesagt, denn wenn sie sich erinnern, ergab sich das aus dem Stichkanal, den ich mit der Stricknadel nachvollzogen habe. Was gibt es daran zu zweifeln?«

»Aber Hueber konnte doch seinen linken Arm kaum bewegen.«

»Ja, und? Der Stich in den Nacken von Alfred Lindner wie auch der in den Nacken von Elfriede Lindner wurden trotzdem von links geführt, nur eben auf keinen Fall von Nikolaus Hueber.«

## 12

*Aus der Erde sind wir gekommen, zur Erde sollen wir werden - Asche zu Asche - Staub zu Staub.*

Der Mensch beginnt seine letzte Veränderung schon unmittelbar nach dem letzten Herzschlag. Der Körper löst sich von innen auf, bis er die gewohnte Konsistenz gänzlich aufgibt und wie ein wässriger Brei ins Erdreich sickert.

Und ein solches Festmahl lädt viele hungrige Gäste ein, für die der Tisch alsdann fürstlich gedeckt ist. Insekten in unvorstellbarer Menge, die alle nur eins im Sinn haben: fressen und Eier ablegen, aus denen weitere Monster schlüpfen, die an dem gedeckten

Tisch Platz nehmen werden. Nicht eine Faser des toten Körpers entgeht dabei dem großen Fressen.

Die ersten Geruchsmoleküle, die seine Nase schon an der Tür zu Ernst Reiters Wohnung in der Flutstraße erobert hatten, wurden mit jedem Schritt, den er über den Flur machte, intensiver. Und intensiver hieß in diesem Fall beißender, der Geruch wurde zu Gestank. Hatte das niemand von den Nachbarn gerochen? An der Tür zum Wohnzimmer drang ein helles Surren in Barrus' Ohren. Fliegen, Dutzende, nein Hunderte Fliegen strichen so dicht an Barrus vorbei, dass er irritiert um sich schlug. Und trotzdem forderte er sich auf weiterzugehen. Sein Magen zeigte allerdings die ersten untrüglichen Reaktionen.

Der Körper, auf den Barrus im Wohnzimmer stieß, lag rücklings in einer Schubkarre, war nackt und auf der Haut herrschte ein chaotisches Gewimmel. Alle möglichen Hautflügler und Kerbtiere hatten bereits ihre Brutkolonie eingerichtet. Neben Fliegenlarven tummelten sich unzählige Asseln, Hundertfüßer sowie die verschiedensten Spinnentiere in und unter der Schubkarre.

Barrus drehte angewidert den Kopf zur Seite. Er hielt es nun nicht mehr aus. Er stürmte ins Bad, wo er sich die Seele aus dem Leib kotzte.

## 13

Es war bereits nach achtzehn Uhr, als Barrus wieder zu Hause eintraf. Im Flur hörte er Geräusche, die aus dem Wohnzimmer kamen, und er drückte die nur angelehnte Tür auf. Ein Bild wie vor zwanzig Jahren. Berit lag auf dem Sofa, der Fernseher lief. Sie hatte sich ein Video eingelegt und war so tief in den Film versunken, dass sie Barrus gar nicht bemerkte. *Pippilotta Viktualia Rollgardina Pfefferminza Efraimstochter Langstrumpf* – Barrus war sicher, dass Berit auch heute noch in der Lage war, den vollständigen Namen ihrer Kindheitsheldin aufzusagen. *Sei Pippi, nicht Annika,* hatte er ihr immer eingebläut, wenn sie gemeinsam die Abenteuer des kleinen, aber bärenstarken schwedischen Mädchens angeschaut hatten. Sei stark und lass dir nichts gefallen. Aber Berit hatte die Pippi-Rolle irgendwann übertrieben, war zu stark geworden, und Barrus fragte sich nun, welchen Anteil er daran hatte, wie groß war seine Schuld am Abdriften von Berit?

Er ging in die Küche und öffnete den Kühlschrank. Der war fast leer, zum Einkaufen hatte er irgendwie keine Lust gehabt, und Berits Auftauchen war ihm in der letzten Woche noch nicht in den Sinn gekommen. Er angelte sich ein Stück Camembert und setzte sich an den kleinen Küchentisch, der lediglich ihm und ein paar Illustrierten Platz bot. Lustlos blätterte er in einem der Magazine und stieß zu seiner Enttäuschung sofort auf Werbung. Auch die nächste Seite war voller Reklame und die nächste ebenfalls, was Barrus mit einem tiefen Seufzer veranlasst hätte, die Zeitschrift wieder wegzulegen, wäre sein Blick nicht auf ein schlankes Pärchen mit schneeweißen Zähnen gefallen, das die glücklichsten Kinder der Welt durch die Luft schaukelte. »Traumurlaub in Südtirol« versprach die Überschrift.

Er zog das Magazin näher heran. »Südtirol«, sprach er leise das dargebotene Reiseziel aus. Gleich fiel ihm Nikolaus Hueber wieder ein. Oder doch Enzo Cardone? Ein Südtiroler im Janka, der früher Italiener gewesen war und Freude daran gehabt hatte, die italienische Nationalhymne zu pfeifen. Und geboren am Tag des Massakers.

Barrus ging wieder in den Flur und nahm aus seiner Tasche das Stundenbuch, das er in Huebers Sachen gefunden und sorgfältig in einen Umschlag gehüllt hatte. Dann setzte er sich wieder an den Küchentisch und legte das Buch vor sich hin, nachdem er ein sauberes Geschirrtuch darunter ausgebreitet hatte. Selbst für einen Laien war erkennbar, dass auch dieses Exemplar aufwendig mit Buchschmuck versehen war. Es gehörte sicherlich zu den prachtvollsten jemals hergestellten Handschriften, aber was hatte es damit auf sich? Und war es wirklich so, dass das Buch den Tod brachte? Hueber hatte sich umgebracht oder war ermordet worden. Alfred Lindner hatte eines besessen, Ernst Reiter ebenfalls, und auch er war abgenickt worden, wie Bremer an der schon verwesenden Leiche festgestellt hatte. Aber das bedeutete, dass Berit in Gefahr war, denn sie war nun Besitzerin des Stundenbuches, das ehemals Reiter gehört hatte.

Barrus zog das Buch nahe heran. Ihm fiel ein kleiner Zipfel auf, der da eigentlich nicht hingehörte, zog daran und hielt ein zusammengefaltetes Blatt Papier in der Hand, eine Notiz.

*12. August, 17 Uhr – Reiter, Flutstraße 87, Wohnung*
*13. August, 04 Uhr – Lindner, Neu Fanum, Feldweg zum See, Nachtangeln*
*14. August, 19 Uhr – von Abendorf, altes Brennaborwerk, Vernissage*

Barrus sah auf seine Uhr. Noch eine halbe Stunde. Er steckte das Stundenbuch ein und schob die Wohnzimmertür auf. »Ich muss noch mal weg. Bleib bitte hier, ich will nachher mit dir reden.«

Berit streckte ihre Hand in seine Richtung, ohne vom Fernseher aufzuschauen, und winkte. Irgendwie war sie an diesem Tag von dem Monster der letzten Jahre wieder zu seiner kleinen Pippi geworden.

## 14

Als Barrus kurz nach neunzehn Uhr das alte Brennaborwerk betrat, war die Vernissage schon in vollem Gange. Die Backsteinbauten, in denen die Gebrüder Reichstein vor einhundert Jahren Kinderwagen, Fahr- und Motorräder sowie weithin bekannte Automobile produziert hatten, waren neunzehnhundertvierundneunzig nur noch eine unschöne Industriebrache, aber die Idee, dort in den kommenden Jahren eine Kunsthalle einzurichten, war schon geboren. Und so hatte man die dunklen Wände mit wallendem Stoff behangen und eine Atmosphäre geschaffen, die einer Vernissage würdig war.

Barrus' Interesse aber galt ausschließlich den Menschen um ihn herum, nicht dem Ambiente. Er hoffte hier auf den ehemaligen Major der Wehrmacht von Abendorf zu treffen, der neben Lindner und Reiter auf dem Foto abgelichtet war, das Andi Lindner ihm gegeben hatte.

An Barrus war es irgendwie vorbeigegangen, aber die Ausstellungseröffnung war seit Tagen in aller Munde, war sie doch das erste größere kulturelle Ereignis seit neunzehnhundertneunundachtzig in Brandenburg. Und so verwunderte es nicht, dass im Hof neben Übertragungswagen regionaler Fernsehsender auch Nobelkarossen edelster Fabrikate standen, in denen politische, wirtschaftliche oder aus anderem Grund wichtige Personen hierhergefahren worden waren. Nun scharten sie sich in den durch die starken Scheinwerfer der Kamerateams aufgeheizten Räumlichkeiten um den Laudator. Die Hitze war mittlerweile so unerträglich, dass jeder Gast gezwungen war, sich mit den Programmheftchen Luft zuzufächeln. Auch die gerade pausierenden Musiker von Brandenburgs berühmtester Band *Patchwork*, von einem evangelischen Pfarrer in den Sechzigerjahren gegründet, als im Westen die Studenten rebellierten und die Beatles sich mit ihren

Gitarren anschickten, die Welt zu erobern, sahen in ihren schwarzen Anzügen alles andere als glücklich aus.

Barrus aber ließ dieser Anblick kalt. Er zog Imre, den er mit einem Anruf gebeten hatte, hierherzukommen, in eine Ecke, in der die ersten Scherenschnitte des hochgelobten Künstlers hingen. Hier, etwas abseits der übrigen Besucher, fühlte Barrus sich ungestört. Er konnte ohne aufzufallen jeden einzelnen Gast sondieren, denn die hingen noch immer ausnahmslos an den Lippen des Laudators. »Sie sind alle hier«, flüsterte er Imre zu.

»Meinst du wirklich, Cheffä?«, fragte Imre, gezeichnet von ernsten Zweifeln. »Es vielleicht sind vierzig, aber mehr ... ich weiß nicht.«

»Vierzig?«, wunderte sich Barrus. »Allein links neben den Säulen stehen schon fünfzig, und da vor den Musikern sind gut und gerne noch mal so viele.«

Imre verdrehte die Augen. »Ach du meinst Gästä. Ich eher dachte an Werke von verehrte Henri Matisse.«

Barrus drehte den Kopf zu den Scherenschnitten. »Die sollen von Matisse sein?« Er konnte seine Ungläubigkeit nicht verbergen. »Ich hätte sie eher der Vorschulgruppe der Galerie Sonnensegel zugeordnet.«

Imre schüttelte den Kopf wie ein Vater, dem die fehlende Bildung des Sohnes Tränen in die Augen treibt. »Matisse schuf in neunzehnhundertvierziger Jahre, als er war bereits schwer krank, Scherenschnitte in gleiche lebendige und kräftige Form und Farbe, wie man kennt von seine Gemäldä. Er nannte diese Art von künstlerische Arbeit: Mit der Schere zeichnen.«

Barrus sah Imre mit höchst merkwürdigem Blick an. Kunst, noch dazu solche, wie hier ausgestellt, war ihm suspekt. Er konnte es partout nicht verstehen, warum Menschen bereit waren, dafür Millionen hinzublättern. Er brauchte das alles nicht, und wenn er doch mal Bilder sehen wollte, ging er ins Museum.

»Mit der Schere zeichnen, was?«, frohlockte er. »Da passt mal auf, dass ihr euch nicht schnipp schnapp einen Finger wegzeichnet.« Dann zeigte Barrus auf ein Scherenschnitt-Opus, auf dessen Untergrund aus verschiedenfarbigen Rechtecken eine Blume mit zwei gefiederten Blüten und einem langen, nach unten hängenden grünen Blatt gelegt war. »Was soll das denn für eine Pflanze sein?«, fragte er.

»Dieser Schnitt sich nennt: Die Kreolische Tänzerin«, antwortete Imre ohne jede Regung in den Gesichtsmuskeln.

Barrus holte tief Luft. »Die Kreolische Tänzerin«, sagte er leise zu sich selbst. »Hätte ich jetzt so nicht erkannt, aber wenn du das sagst. Aber deswegen sind wir nicht hier.«

»Sondern?«

Barrus brachte Imre mit knappen Worten auf seinen Stand, erzählte vor allem von den Fotos, die Alfred Lindner, Ernst Reiter und den Major von Abendorf während ihres Einsatzes in Italien zeigten. »Die ersten beiden sind tot, aber den dritten hoffe ich zu treffen.«

»Hier?«

»Ja. Hueber hatte sich hier mit ihm verabredet.«

»Und jetzt du rätselst, wer könnte sein, dieser von Abendorf.«

»Ja. Ortsansässig ist er nicht, denn laut Einwohnermeldeamt gibt es in Brandenburg keinen Menschen mit diesem Namen. Aber vielleicht kann uns der Veranstalter dieser Vernissage weiterhelfen.«

»Doktor Butler?«

»Ja.«

»Wie du kommst da drauf?«

»Ich habe vorhin Heiner angerufen. Als Chefredakteur des Kuriers stellt er eigene Recherchen zu den Morden in Fanum und nun ja auch in Brandenburg an. Und als ich den Namen von Abendorf ins Spiel brachte, hat er mir etwas Interessantes erzählt.«

»Nämlich?«

»Die von Abendorfs waren früher die Besitzer des Gutes Fanum.«

»Das ist wirklich interessant«, sagte Imre und sah jetzt wieder zum Laudator, der bereits sein Glas erhob. Neben ihm standen der Kulturstaatssekretär und der Veranstalter, Doktor Clark Butler, der neue Herr auf Gut Fanum.

»Imre, was weißt du über die Butlers?«

»Reiche Leute. Doktor Butler ist Amerikaner mit deutschen und argentinischen Wurzeln«, erklärte Imre. »Er ist Inhaber von bedeutende Kunsthändlerimperium. Neunzehnhundertneunzig er hat Gut Fanum gekauft. In letzte vier Jahrä er hat investiert kräftig. Butler nicht nur ist Seniorchef von überaus angesehene und erfolgreiche Kunsthandelshaus, sondern auch reichste Mensch weit und breit. Und Tochter Marie Johnsen ist auch nicht arm. Sie hat geheiratet in andere amerikanische Kunsthändlerdynastie und nach Tod von geschätzte Gatte das Imperium gerissen an sich und vereinigt mit Vater. Und deshalb in Galerie Butler & Johnsen keine Werke von hiesige Maler Thomas Bartel oder Jan Beumelburg, sondern von Matisse, Klimt und van Gogh. Bei Butler & Johnsen also gehen Millionen über Tisch.«

»Geldadel also«, stellte Barrus profan fest.

»Ja, aber ist Amerikaner, nicht Nazi wie tote Lindner und Reiter. Wir müssen verfolgen andere Spur und unterdrücken Neid.«

»Ich verdächtige ihn doch gar nicht«, sagte Barrus. »Aber ich würde ihn schon gerne fragen, ob er etwas über den Vorbesitzer des Gutes weiß und vielleicht auch über ein Stundenbuch.«

»Nehmen Sie sich doch ein Glas Sekt, bitte.« Doktor Butler, ein groß gewachsener Mann in reifem Alter mit glatt nach hinten frisierten silbrigen Haaren und einem schmalen Oberlippenbart begrüßte Barrus und Imre mit Handschlag, als Barrus seine Kriminalmarke wieder wegsteckte.

»Gerne«, sagte Barrus und griff zu.

»Sie kommen bestimmt wegen der Morde an Elli und Alfred Lindner, nehme ich an.«

Barrus nickte und war verwundert über das einwandfreie Deutsch, das Butler sprach und in dem höchstens ein leichter amerikanischer Unterton auffiel. Der Kunstmäzen erinnerte ihn an einen spanischen Granden. »Ja. Ich hätte ein paar Fragen an Sie, wenn es Ihnen nichts ausmacht.«

»Aber nein«, sagte Butler und wies auf eine Tür an der Fensterfront. »Vielleicht nutzen wir das improvisierte Séparée in dem sonst die ausstellenden Künstler so etwas wie eine Garderobe vorfinden. Heute ist es frei, denn Matisse wird es ja nicht beanspruchen.«

Fast hätte Barrus gefragt, warum nicht, aber dann fiel ihm gerade noch rechtzeitig ein, dass Imre von den Vierzigerjahren gesprochen hatte, in denen der Künstler, bereits schwer krank, seine letzten Werke geschaffen hatte.

»Womit kann ich Ihnen dienen?«, fragte Doktor Butler, als er die Tür hinter sich zugezogen und Barrus einen Platz angeboten hatte.

»Wie Sie schon angenommen haben, geht es wirklich um die beiden Morde und nunmehr auch um einen dritten.«

»Einen dritten Mord? In Fanum?«

»Nein, in Brandenburg.«

»Und es gibt da einen Zusammenhang?«, fragte Butler mit hochgezogenen Augenbrauen.

»Ja, davon kann man ausgehen«, bestätigte Barrus, ohne zu sehr ins Detail zu gehen. »Ein gewisser Ernst Reiter, wie Alfred Lindner ehemaliger Angehöriger der Waffen-SS und während des Zweiten Weltkrieges ebenso beteiligt an einem Massaker in der Toskana.«

»Ich habe davon gehört«, sagte Doktor Butler. »Es ging vor einiger Zeit durch die Medien und hat für viel Aufsehen im Dorf gesorgt.«

»Das tut es wohl heute noch«, fügte Barrus hinzu. »Ich konnte mich im Dorfkrug davon überzeugen. Es haben wohl noch nicht alle begriffen, dass menschenverachtende Verbrechen auch im Krieg Verbrechen bleiben.«

»Wundert Sie das?«

»Ich bitte Sie«, protestierte Barrus, der sich mittlerweile von Imre ausführlich über den zwölften August neunzehnhundertvierundvierzig in Sant'Anna einweisen lassen hatte. »Es war ein Kriegsverbrechen. Mindestens fünfhundertsechzig Menschen wurden in dem toskanischen Dorf ermordet, darunter einhundertfünfzig Kinder – das jüngste war noch nicht einmal geboren. Und wer so etwas verteidigt, ist in meinen Augen nicht viel besser als die damaligen Täter.«

»Also auch ein Nazi«, schlussfolgerte Doktor Butler.

»Ja. In Fanum scheint das Telegramm noch nicht angekommen zu sein, dass die Ära des Dritten Reiches beendet ist. Offensichtlich war Lindner nicht der einzige Nazi.«

»Wie kommen Sie denn darauf?«

»Das liegt doch auf der Hand. Wer sich vor solche Verbrecher stellt, der dokumentiert damit doch, dass er dazugehört.«

»Meinen Sie? Glauben Sie wirklich, dass die Dorfbewohner Nazis sind, nur weil sie nicht in Sippenhaft wollen, für einen Mann, von dem sie erst seit Kurzem wissen, was er im Krieg wirklich getan hat?«

»Sippenhaft«, stöhnte Barrus. »Dass ich nicht lache. Niemand nimmt sie in Sippenhaft.«

»Wirklich nicht? Man überfällt sie in ihrem Dorf und erwartet von ihnen, Alfred Lindner, der immer unter ihnen gelebt hat, umgehend aus dem Dorf zu jagen. Und weil sie das nicht getan haben, rutschen sie sofort selbst in die Nazi-Ecke. So ist es leider geschehen, und die ach so objektiven Medien haben daran ihren gar nicht so geringen Anteil.«

»Quatsch«, sagte Barrus.

»Doch, lesen Sie die Zeitungsartikel aufmerksam. Erst kamen Gerüchte auf, dass Lindner nicht nach Italien ausgeliefert werden würde, sollte wirklich ein Prozess gegen ihn eröffnet werden und es zu einer Verurteilung kommen. Und jetzt bezweifeln erste selbsternannte Experten, dass Deutschland selbst Anklage erheben würde. Und dafür sollen nun Dorfbewohner stellvertretend Prügel beziehen? Es ist doch verständlich, meine ich, dass dieses Verhalten eine Gegenwehr provoziert, zumal die meisten von ihnen erst weit nach Kriegsende auf die Welt gekommen sind.«

Barrus sah Doktor Butler verblüfft an. »Was sagen Sie da? Eine deutsche Staatsanwaltschaft würde ihn nicht anklagen?«

»Es sind ja vorerst nur Spekulationen, die darauf beruhen, es könnte sich nicht um Mord, sondern um Totschlag gehandelt haben, damals in – wie hieß das Dorf noch mal? Sant'Anna, richtig. Und Totschlag, der verjährt im deutschen Strafrecht nun mal nach zwanzig Jahren. Wie ich gehört habe, könnte da ja das Motiv unseres Mörders hier in Brandenburg liegen.«

»Das Motiv?«

»Ja. Ihre dienstliche Leiterin, Frau Hoppe, war so freundlich und hat mir einige Fragen beantwortet.«

»Fragen?«

»Am Freitag wird mir Bundespräsident Herzog auf Gut Fanum das Bundesverdienstkreuz verleihen, und da dachte ich, dass man wissen sollte, was in einem solch kleinen Dorf vor sich geht, in das der Bundespräsident zu fahren gedenkt. Wir wollen doch alle nicht, dass sich das Staatsoberhaupt Schlagzeilen ausgesetzt sieht, die er nicht zu verantworten hat. Und wie ich von Frau Hoppe erfahren habe, hat sich der Mörder inzwischen erhängt. Damit sollte Ruhe in den Fall einkehren. Der Bundespräsident hat also nichts zu befürchten.«

»Was?«, protestierte Barrus. »Das hat Ihnen Edith Hoppe alles erzählt?«

»Ja.«

Mit Blick auf seine Schuhspitzen schwieg Barrus einen kurzen Moment. Nach dieser Erkenntnis brauchte er eine kurze Pause. Dann fragte er: »Kennen Sie eigentlich einen Herrn von Abendorf?«

Butler schüttelte den Kopf. »Nein. Die von Abendorfs waren zwar früher die Besitzer von Gut Fanum, sind aber bereits alle tot. War es das, was Sie mich fragen wollten?«

»Auch. Der vermeintliche Mörder von Fanum hatte etwas mit Stundenbüchern zu tun. Solchen, die für einen gewissen Herzog de Valentin angefertigt worden waren. Können Sie mir als Kunstexperte etwas darüber sagen?«

»Vermeintliche Mörder?« Butlers Gesichtsausdruck hatte sich verändert, und Barrus fragte sich, ob darin nicht mehr als nur Verwunderung lag.

»Ja, vermeintlich. Bis zur endgültigen Schließung der Akte gilt ein Anzuklagender für die Polizei als Verdächtiger.«

»Der Fall ist also nicht geklärt?«

»Ich bin dabei, ihn zu klären. Und Sie könnten mir helfen, wenn Sie mir meine Frage nach dem Stundenbuch beantworten würden.«

»Auch wenn ich nicht verstehe, was das mit *Ihrem* Fall zu tun hat, ich bedaure, Herr Barrus. Das Haus Butler und Johnsen ist auf zeitgenössische Kunst spezialisiert. Ich kann Ihnen da wirklich nicht helfen.«

»Und wie erklären Sie sich, dass Hueber hier während der Vernissage auf einen gewissen Herrn von Abendorf treffen wollte, wenn die doch alle tot sind?«

Doktor Butler hob die Schultern. »Wie gesagt, ich kenne keinen der von Abendorfs, und ich weiß sicher, dass alle tot sind. Meine Anwälte haben sich ausgiebig mit der Familie von Abendorf befasst, als ich begonnen habe, mich für das Gut zu interessieren.«

»Und trotzdem wollte sich Hueber hier auf dieser Vernissage mit dem ehemaligen Major der Wehrmacht von Abendorf treffen.

Ist das nicht merkwürdig? Und ich weiß, dass dieser Major sowohl Lindner als auch Reiter kannte, und ...« Barrus zog eines der Fotos aus seinem Sakko, das er von Andi Lindner bekommen hatte, »und dass sie während des Kriegs alle drei zusammen in Italien waren.«

Doktor Butler nahm das Foto und schaute es lange an. »Wo haben Sie das her?«

»Das tut nichts zur Sache. Können Sie mir nun etwas zu diesem Herrn von Abendorf sagen?«

»Ja«, sagte Doktor Butler und gab das Foto zurück. »Soviel ich weiß, ist Major Joachim von Abendorf am dreizehnten August neunzehnhundertvierundvierzig gefallen. Aber er war nie bei der SS, sondern ein ehrenhafter Wehrmachtssoldat.«

## 15

Als Barrus am nächsten Morgen die Augen aufschlug, war das Erste, woran er denken musste, der Rat von Edith Hoppe. *Willst du nicht mal eine Auszeit nehmen? Du hast zweihundert Überstunden und noch fast deinen gesamten Jahresurlaub. Fahr weg, mach eine Weltreise und nutz den räumlichen Abstand, um auf andere Gedanken zu kommen.*

So hatte es Edith zu ihm gesagt, und das Schlimme war, dass die Leiterin der Mordkommission das auch genau so gemeint hatte. Wie die Schläge mit einem schweren Hammer hatten die Sätze Barrus' Kopf getroffen, und wirkten jetzt, fast zwei Tage später, immer noch nach wie der volle Klang der Glocken am Dom St. Peter und Paul. Ein Wummern, das einem den Verstand rauben konnte.

Das durfte doch noch nicht der Abgesang eines fast vierzigjährigen Berufslebens sein? Und es wurde ihm, Jo Barrus, und seiner Arbeit überhaupt nicht gerecht, wenn Edith ihm solche Sätze antat.

Hatte sie ihn deshalb klamm und heimlich von den Ermittlungen abgezogen, um den Fall ohne ihn und mit Hilfe ihrer Jugendbrigade zu lösen und zu den Akten zu legen? Das jedenfalls musste Barrus glauben, wenn er das analysierte, was ihm Doktor Butler gestern gesagt hatte.

Doch Barrus war noch nicht gewillt, diese Schmach hinzunehmen. Zu viel schien aus seiner Sicht noch unklar. Vor allem Huebers Selbstmord! Warum gab Edith diese Information bereits als gesichert weiter? Sollte Bremer sich so getäuscht haben? Zwar war der Gerichtsmediziner noch jung, und Barrus kannte ihn erst seit Kurzem, aber er war von seinen Qualitäten bereits überzeugt. Barrus weckte Berit und beorderte sie in die Küche.

»Was ist denn los? Partisanenüberfall, oder was?«, fragte sie, nachdem sie wie ein Mehlsack auf den Stuhl gesunken war.

»Schlimmer«, sagte Barrus, setzte sich ebenfalls und zog die Blechdose zu sich heran, die Andi Lindner ihm anvertraut hatte. Obenauf lag noch immer jenes Foto mit Alfred Lindner, Major von Abendorf und Ernst Reiter vor einer grandios alpinen Kulisse.

»Was hast du da?«, fragte Berit, die langsam aber sicher beide Augen auch länger als fünf Sekunden offen halten konnte.

»Fotos«, antwortete Barrus.

»Von dir und Tante Gisela?«

»Nein. Deine Tante hat alle mitgenommen. Das hier sind Fotos, die jemand neunzehnhundertvierundvierzig aufgenommen hat.« Barrus hielt Berit das Foto hin.

»Das Bild wurde in den Alpen gemacht, aber darum geht es gar nicht. Ich möchte von dir wissen, ob er hier drauf ist, dein Gönner?«

Berit war zwar schon wach, konnte aber noch nicht wie ein geölter Blitz denken, weshalb sie nicht so recht wusste, was sie mit Barrus' Frage anfangen sollte. »Mein wer?«

»Na, der Mann, der dir das Stundenbuch geschenkt hat.«

Sie nahm das Foto, sah es ein paar Sekunden lang an und gab es dann kopfschüttelnd zurück. »Die Aufnahme ist mindestens fünfzig Jahre alt«, sagte sie. »Und der Mann, der mir das Buch geschenkt hat, ist heute steinalt. Ich kann nicht sagen, ob er das ist.« Dann aber tippte Berit mit dem Zeigefinger auf das Foto. »Ist das nicht so ein amerikanischer Schauspieler?«, fragte sie.

»Wer?«

»Na, der Typ hier in der Mitte.«

»Zeig her«, sagte Barrus, und dann, nach einem kurzen Blick auf das Bild: »Das ist ein Wehrmachtsmajor mit dem Namen von Abendorf. Hat Reiter den Namen irgendwann mal erwähnt?«

Berit schüttelte den Kopf. »Nein. Reiter hat nie viel erzählt. Wenn er aber doch gesprochen hat, dann hat er wie ein Philosoph dahergeredet. Ich habe das immer darauf zurückgeführt, dass er in den Pausen der Schachturniere regelmäßig in irgendwelchen alten Schinken gelesen hat. Ich habe da mal reingeluchst, als er auf der Toilette war, weil ich dachte, dass er sich dort heimlich Züge seiner Figuren aufgeschrieben hat, um seine Verteidigung gegen meine Angriffe effektiver zu machen. Aber es waren wirklich nur alte Bücher mit einer Schrift, die ich nicht lesen konnte. Aber was mir jetzt einfällt, er benutzte ein altes Foto als Lesezeichen. Das war diesem hier ähnlich. Vor allem ist da auch dieser Schauspieler drauf. Und es war auch vor irgendwelchen Bergen aufgenommen, hohen Bergen.«

»Hat Reiter jemals erwähnt, was es mit dem Foto auf sich hat?«

Berit schüttelte den Kopf. »Nein«, sagte sie, »er wusste ja nicht mal, dass ich es gesehen habe. Aber jetzt fällt mir der Name wieder ein.«

»Welcher Name?«

»Von dem Schauspieler. Ich habe mit Mama diesen Film bestimmt ein dutzend Mal geschaut. Vom Winde verweht. Die schwarzen Haare und der fein gezeichnete Schnauzer. Das ist Clark Gable. Guck doch mal.«

Und Barrus schaute sich das Foto noch einmal an. Tatsächlich, man brauchte eigentlich keine große Fantasie, um bei von Abendorf eine beachtliche Ähnlichkeit zu Clark Gable herzustellen.

Aber was nutzte ihm das? Clark Gable war seit vierunddreißig Jahren tot, und nicht einmal mit allergrößter Fantasie konnte der amerikanische Kinoheld eine Rolle bei dem Massaker in Sant'Anna gespielt haben. Es nutzte also nichts, Barrus musste andere Wege gehen.

## 16

Während des gesamten Frühstücks, das Barrus zu vorgerückter Stunde bei Hildi im Belmondo einnahm und dessen wesentliche Elemente aus toskanischer Salami und einem Cappuccino bestanden, grübelte er, wie er an Informationen zu diesem Major von Abendorf herankommen könnte. Und wenn Imre, den er im Belmondo anzutreffen gehofft hatte, nicht gleich hier erschien, um für Ordnung in seinen Gedanken zu sorgen, würde der Druck, den das Grübeln in seinem Gehirn erzeugte, ihn wohl in den Wahnsinn treiben.

»Wie lange braucht er denn noch?«, rief Barrus in Richtung Hildi, die hinter ihrem Tresen stand und an dem chromglänzenden Kaffeeautomaten hantierte.

»Er könne in einer halbe Stunde hier sein, hat er gemeint. Und die ist noch nicht um. Er wird schon kommen.«

»Hm«, machte Barrus, der nicht die Absicht hatte, wartend die Hände in den Schoß zu legen. »Hildi«, sagte er nach wenigen Augenblicken, »du hast mir doch mal erzählt, dass deine Großmutter dich gebeten hat, nach deinem Großvater zu forschen.«

»Ja, habe ich. Warum fragst du?«

»Wenn ich mich richtig erinnere, wollte deine Großmutter wissen, wo ihr Mann im Krieg gefallen ist, um an seinem Grab Abschied von ihm zu nehmen, oder?«

»Ja, so kann man das auch sagen. Eigentlich brauchte sie aber nur die Gewissheit, dass er nicht doch noch mehr oder weniger heil aus dem Krieg zurückgekommen war und irgendwo im Westen gelebt hat, was ihr nun nach dem Fall der Mauer ein kleines Problem hätte bescheren können. Sie hatte ja schon lange einen neuen Mann, und deshalb wohl immer ein bisschen auch ein schlechtes Gewissen. Meine Oma war schon ein Früchtchen.«

Das glaubte Barrus gern, auch wenn er Hildis Großmutter nie hatte kennenlernen dürfen. Aber ihre Enkelin Hildi war eigentlich Beweis genug, wenn man davon ausging, dass der Apfel nicht weit vom Stamm fällt. Und dieser Apfel brachte nun einen weiteren Teller köstlichster Salami, mit dem sie sich zu Barrus an den Tisch setzte.

»Und sie war bis zu ihrem Tod vor einem halben Jahr sehr glücklich mit Hans, dem neuen Mann«, sagte Hildi, deren Mundwinkel sich unverkennbar hoben, während sie sich an ihre Großmutter erinnerte.

»Wie hast du das eigentlich angestellt?«, fragte Barrus in dem Moment, da seine Finger nach der Salami griffen.

»Was?«

»Na, die Suche nach deinem Großvater. Bist du zu seinen damaligen Kameraden gegangen oder wie hast du das gemacht?«

»Das war nicht schwer«, sagte Hildi und ging in ihr Büro, das hinter dem Tresen lag. Nach weniger als einer Minute war sie wieder zurück. »Hier. Dahin habe ich mich Ende neunzehnhundertneunzig gewandt«, sagte sie und legte Barrus ein Faltblatt hin. »Warum willst du das eigentlich so genau wissen? Hat es etwas mit den Morden in Neu Fanum zu tun?«

»Ja«, sagte Barrus. »Hueber hat sich mit drei Leuten treffen wollen, unter anderem mit einem Herrn von Abendorf. Und wenn der noch lebt, dann ist er vielleicht der Einzige, der mir sagen kann, was Hueber von den Dreien gewollt hat, die auf seinem Zettel standen.«

»Und was hat das mit meiner Oma zu tun?«

»Nichts«, antwortete Barrus. »Aber du hast mir mit dieser Adresse hier sehr geholfen.«

Nur Sekunden später fuhr Barrus mit Hildis altem VW-Käfer in Richtung Berlin-Zehlendorf. Dort war der Sitz des Berlin Document Centers, kurz BDC, in dem man nach Hildis Faltblatt unter anderem Informationen zur Mitgliederkartei der NSDAP, zu Personenakten des Rasse- und Siedlungshauptamtes-SS sowie zu Personalunterlagen von SA- und SS-Angehörigen fand. Bis vor Kurzem hatte das BDC unter US-amerikanischer Verwaltung gestanden und wurde nun Schritt für Schritt zur Außenstelle des Bundesarchives. Barrus hoffte, dass der Schritt, der ihm in Sachen Major von Abendorf weiterhelfen sollte, in Zehlendorf bereits gegangen war.

Nachdem er sich im Foyer die Besucherkarte an sein Sakko gesteckt hatte, folgte er einer Angestellten, die ihn in den hinteren Bereich der Baracke brachte, wo Barrus von einem Historiker empfangen wurde, den er in etwa seiner Generation zuordnete. Sie stellte ihn als Professor Kann vor und ließ Barrus in seiner Obhut. Mit freundlichem Gesicht kam der Professor hinter seinem Schreibtisch hervor, der unter den Aktenbergen kaum als solcher zu erkennen war. Kann bot Barrus einen Platz auf dem einzigen verfügbaren Sessel an, nachdem er das Möbel von weiteren Stapeln Papier befreit hatte.

»Sie suchen also nach drei SS-Leuten, wenn ich unsere Archivarin richtig verstanden habe?«, fragte Professor Kann.

»Nicht ganz«, berichtigte Barrus und holte das Foto aus der Sakkotasche, das er von zu Hause mitgebracht hatte. »Es handelt sich nur um zwei SS-Männer und einen Wehrmachtsoffizier. Ich würde gerne wissen, in welchen Einheiten sie gedient haben.«

»Oh, das wird schwierig«, gestand der Professor und zog seinen Stuhl hinter dem Schreibtisch hervor, um sich neben Barrus zu setzen.

»Warum? Ihre Kollegin sagte mir, wenn das einer kann, dann Professor Kann.«

Der Professor schmunzelte über das Wortspiel mit seinem Namen. »Im Prinzip ist das auch so«, sagte er schließlich. »Aber die Personalakten der Wehrmachtsoffiziere sind in unserer Zweigstelle in Freiburg im Breisgau archiviert. Da muss ich Sie leider enttäuschen.«

Barrus holte tief Luft. Dass Lindner und Reiter Angehörige der 16. SS-Panzergrenadierdivision waren, das wusste er bereits. Die Fahrt nach Berlin hatte er eigentlich nur angetreten, um etwas über diesen Major von Abendorf zu erfahren, und das schien sich nun als vergebene Liebesmüh herauszustellen.

»Das ist bedauerlich, denn gerade um den Wehrmachtsoffizier geht es mir. Über die anderen beiden weiß ich halbwegs Bescheid.« Er drehte seinen Kopf zur Seite und nickte zum Computermonitor, dessen Oberkante gerade so aus den Aktenbergen herausragte.

»Und in dem Kasten da?«, fragte er.

Der Professor verstärkte sein Lächeln abermals, ohne dass es überheblich wurde.

»Eine feine Erfindung«, sagte Professor Kann. »Aber das hilft uns in Ihrem Fall auch nicht weiter. Dazu müssten alle Personalakten digitalisiert sein.«

Enttäuscht schlug Barrus die Hände auf die Oberschenkel. »Dann muss ich wohl oder übel nach Freiburg fahren.«

»Nun, mein Herr«, sagte der Professor. »Sie sollten nicht gleich die Flinte ins Korn werfen. Die Wissenschaft hat noch immer das Licht am Tunnelausgang entdeckt. Vielleicht kommen wir ja mit den Namen der beiden SS-Leute weiter. Wenn sie nämlich dienstlich mit dem gesuchten Wehrmachtsoffizier zu tun hatten, gibt es vielleicht eine Möglichkeit.«

Barrus' Laune besserte sich etwas. Er hielt das Foto hoch und reichte es dem Professor. »Das sind die Männer. Die SS-Leute heißen Alfred Lindner und Ernst Reiter, und der Mann, den ich suche, war Major der Wehrmacht und ist hier neben den anderen beiden zu sehen.«

Ohne auf das Foto zu schauen, lehnte sich der Professor in seinem Stuhl zurück. »Wie sagten Sie, hießen die SS-Leute?«

»Alfred Lindner und Ernst Reiter.«

»Und wie hieß der Wehrmachtsmajor?«

»Von Abendorf.«

Der Professor gab Barrus das Foto zurück, ohne es angesehen zu haben, und drehte sich zu seinem Schreibtisch, von dem er eine gelbe Umlaufmappe nahm. Es wirkte auf Barrus so, als hätte die Mappe nur darauf gewartet, an genau dieser Stelle ins Spiel gebracht zu werden. Dann legte der Professor die Umlaufmappe auf seine Oberschenkel und schlug sie auf. »Und wie ist gleich noch mal Ihr Name?«

»Barrus, Jo Barrus, warum?«

Der Professor schüttelte den Kopf. »Das ist unglaublich, wirklich unglaublich ist das, Herr Barrus. Zunächst zu Ihrem Major Joachim von Abendorf. Er ist am fünfundzwanzigsten Mai neunzehnhundertsechzehn auf Gut Fanum geboren und am dreizehnten August neunzehnhundertvierundvierzig auf der Landstraße nahe der Südtiroler Ortschaft Mühlbach gefallen.«

Als Barrus gewahr wurde, dass der Professor seine Worte aus

den Papieren ablas, die in der Mappe sein mussten, bekam er zittrige Hände und hatte plötzlich einen verstärkten Speichelfluss. »Wann sagten Sie, ist er gefallen?«

»Am dreizehnten August neunzehnhundertvierundvierzig.«

»Und bei Mühlbach in Südtirol?«

»Ja.«

»Das ist ja ein Ding«, staunte Barrus. »Der dreizehnte August, das ist ganz genau ein Tag, nachdem dieses Foto in Sant'Anna gemacht worden ist.« Wie zu sich selbst fügte er leise hinzu: »Und Mühlbach ist der Ort, in dem Nikolaus Hueber geboren wurde.«

»Wissen Sie, Herr Barrus«, sagte der Professor. »Ihr Besuch ist für mich auch ein Ding, wie Sie es ausgedrückt haben.«

»Wieso?«

»Weil Sie innerhalb der letzten Tage bereits der zweite Herr sind, der sich nach diesen Männern erkundigt.«

Barrus schüttelte den Kopf. »Nicht doch«, sagte er.

»Aber ja. In der letzten Woche war der Mann hier, dessen Namen Sie soeben genannt haben. Herr Hueber. Und er hat auch nach Alfred Lindner, Ernst Reiter und Joachim von Abendorf gefragt. Er wollte wissen, wo die drei nach dem Krieg abgeblieben sind, was unser Archiv natürlich nicht bereithält. Außerdem hat er sich nach den Umständen erkundigt, die zum Tod des Majors geführt haben.«

»Nach den Umständen seines Todes?«, fragte Barrus.

»Ja. Er hatte offensichtlich Zweifel an von Abendorfs Ableben. Er wollte ganz genau wissen, unter welchen Umständen der Major gefallen ist.«

»Und? Konnten Sie ihm helfen?«

Der Professor klappte die gelbe Umlaufmappe wieder auf. »Ich konnte ihm lediglich sagen, was damals dazu vermerkt worden ist. Aber ich hatte nicht das Gefühl, dass ich ihm damit geholfen habe.«

»Und was ist damals vermerkt worden?«

Professor Kann sah erneut in die Papiere. »Man hat die Leiche des Majors in seinem ausgebrannten Auto gefunden. Der Körper war total verbrannt, und man hat ihn lediglich anhand seiner mitgeführten Utensilien identifiziert. Hier steht, man habe seine Identitätsmarke gefunden, ein silbernes Zigarettenetui mit seinen Initialen und seine Dienstpistole. Also Dinge, die nicht Opfer der Flammen geworden sind. Und die Dinge zusammen führten dann dazu, dass man die Identität des Unfallopfers als die das Majors festgelegt und ihn für tot erklärt hat.«

»Was er wahrscheinlich aber gar nicht ist«, sagte Barrus und wusste nun, dass er nur in Südtirol weiterkommen würde.

»Eine Frage habe ich noch, Herr Professor. Wie kommen Sie eigentlich an die Akte von Abendorf, wenn die doch noch in Freiburg liegt?«

Der Professor legte die Umlaufmappe auf den Schreibtisch zurück und zog, ohne das Lächeln einzustellen, die Stirn kraus. »Nennen Sie es wissenschaftliche Neugier. Ich bin Historiker, Herr Barrus, und als solcher kennt meine Neugier keine Grenzen. Sie ist sozusagen unersättlich. Als ich Herrn Hueber die Frage stellte, warum er denn wissen wolle, was mit den dreien zum Kriegsende passiert sei, ob sie den Krieg überlebt hätten und wo sie heute ansässig seien, da hat er mir geantwortet, dass es um die geschichtliche Aufarbeitung eines Massakers in der Toskana gehe. Ein Massaker, das dort am zwölften August neunzehnhundertvierundvierzig stattgefunden hat, was, wie wir heute wissen, genau einen Tag vor von Abendorfs Tod gewesen war. Und ich habe mir dieselbe Frage gestellt wie Sie sich jetzt gerade, nämlich, hat Major von Abendorf seinen Tod vielleicht nur vorgetäuscht? Deshalb habe ich mir dann die Akte aus Freiburg faxen lassen, und gemeinsam mit Herrn Hueber erfahren, wo dieser Major im Dritten Reich eingesetzt war.«

»Nämlich?«

»Von Abendorf war Angehöriger des Einsatzstabes Reichsleiter Rosenberg, der einzig und allein damit beschäftigt war, Beutekunst für die Nazis zu machen.«

Barrus nickte heftig. »Wozu wahrscheinlich auch Stundenbücher gehörten, die damals wie heute einen enormen Wert haben.«

»Ja«, bestätigte der Professor und erhob sich. »Das sagte mir Herr Hueber auch. Dass es nicht nur um das Massaker gehe, sondern auch um wertvolle Stundenbücher. Und um seine eigene Vergangenheit.«

## 17

Kaum dass Barrus in Richtung Berlin abgedüst war, hatte Berit sich noch in Barrus' T-Shirt, das ihr seit Sonntag als Schlafanzug diente, das Telefon geschnappt. Sie wählte die Nummer, die ihr ein Mithäftling gegeben hatte. Nun wartete sie darauf, dass jemand am anderen Ende der Leitung den Hörer abnahm.

Hinter der Nummer, so die Warnung des Knackis, stecke kein einfacher Sammler, sondern eine Börse, an der so ziemlich alles gehandelt wurde, was legal und illegal zu kaufen war, vorausgesetzt, der Wert der Ware liege jenseits der einhunderttausend Dollarmarke. Und die meisten der dargebotenen Schätze, so die Warnung weiter, sei seit neunzehnhundertdreiunddreißig als vermisst gemeldet, wohl auch, weil sie aus jüdischem Besitz stammten. »Du musst«, so der Appell des Mithäftlings, »unbedingt das Codewort benutzen, sonst verbinden sie dich nicht weiter.«

Und diesen Rat gedachte Berit zu beherzigen.

»Ja bitte.«

»Ist die Monika da?«, fragte Berit.
»Ist im Garten. Worum geht es denn?«
»Die Welpen sind da. Monika kann sich einen abholen.«
»Warten Sie bitte einen Augenblick. Ich stelle Sie durch.«
Dann trat eine Pause ein, in der Berits Puls stieg, genauso wie die Freude darüber, dass die Parole, die sie von ihrem Kumpel bekommen hatte, offensichtlich noch gültig war.
»Was haben Sie anzubieten?«, fragte die männliche Stimme.
»Ein Stundenbuch des Herzogs Valentin. Jahrgang vierzehnhundert.«
»Warten Sie.«
Wieder eine Pause, dann eine andere Stimme. Älter, seriöser als die zuvor.
»Wie viel Geld möchten Sie für das Buch?«
»Einhundertfünzigtausend Dollar für eins. Ich kann Ihnen eventuell zwei weitere verkaufen. Das muss aber belohnt werden, dann möchte ich zweihunderttausend Dollar für jedes.«
»Von wo rufen Sie an?«
Berit schwieg. Sollte Sie wirklich verraten, wo sie sich aufhielt?
»Die Stadt reicht mir«, sagte die seriöse Stimme. »Ich möchte bloß die Übergabe organisieren. Und da muss ich doch wissen, wo wir uns treffen können.«
»Brandenburg«, sagte Berit.
»Gut. Um fünfzehn Uhr, Geschwister Schollstraße, Parkplatz Brennaborwerk. Ich zahle zweihunderttausend Dollar in bar für jedes Exemplar – wenn ich alle drei bekomme.«
Berit nickte und rieb sich die Hände. »Alles klar«, sagte sie. »Ich kann aber erst mal nur eins verkaufen. Auf die anderen gebe ich Ihnen das Vorkaufsrecht, da handle ich nur als Agentin. Ich muss erst klären, ob die derzeitigen Besitzer mit dem Preis einverstanden sind, aber da bin ich zuversichtlich. Ich bringe sie jedenfalls mit, um Ihnen zu zeigen, dass ich die Wahrheit sage.« Dann legte sie auf. Da war sie endlich, ihre Chance auf das kleine Schachcafé,

das sie mit den zweihunderttausend Dollar eröffnen wollte. Endlich, ging es ihr durch den Kopf, endlich habe auch ich mal Glück im Leben.

Sie duschte, aß noch ein Stück Camembert und trank einen weiteren Kaffee, bis sie schließlich um Punkt halb drei die Wohnung verließ. In ihrem Rucksack befanden sich drei wertvolle Stundenbücher und ein schwarzer Bauer. Sie hatte die Figur auf der kleinen Kommode stehen sehen, auf dem in Jos Flur die Schlüssel lagen. Ein wahrer Glücksbringer, wenn man ein Schachcafé eröffnen will.

## 18

Barrus fuhr wieder zur Polizeidirektion in die Magdeburger Straße, um erneut mit Edith Hoppe zu reden. Er saß nur auf der vorderen Kante des Stuhles, als wolle er sofort losspringen.

»Du hast was gemacht?«, fragte Edith.

»Auf eigene Faust ermittelt«, gestand Barrus. »Ich glaube nämlich nicht an Nikolaus Hueber als Mörder. Was sollte ich denn tun? Wie ich gehört habe, habt ihr den Fall schon zu den Akten gelegt.«

Dafür, dass Edith mittlerweile rot angelaufen war, hatte sie ihre Stimme ziemlich gut unter Kontrolle. »Nenn das Kind beim Namen, Josef. Du hast nicht nur auf eigene Faust ermittelt, du hast auch Beweismittel in einem Mordverfahren unterschlagen. Wo ist das Stundenbuch, das du von Lindners Enkel bekommen hast, jetzt?«

»In meiner Wohnung. Da, wo auch die anderen beiden Exemplare liegen.«

Edith kippte mit dem Oberkörper nach vorn, so dass ihr Busen vollständig die Tastatur ihres Computers bedeckte.

»Du hast die dr... Du hast noch mehr Exemplare? Was sind das für welche? Josef, ich warne dich! Irgendwann hast du das Maß für ein Disziplinarverfahren überschritten, dann bist du ein Fall für den Staatsanwalt.«

»Ich weiß«, sagte Barrus und blickte auf seine Fußspitzen.

»Wo hast du die anderen Stundenbücher her?«

»Eines habe ich aus den Sachen von Hueber genommen, die in seiner Zelle standen. Und das andere gehört Berit. Sie hat es von Reiter bekommen. Ich fahre am besten nach Hause, hole die Bücher und die restlichen Fotos und werde euch dann alles übergeben, einschließlich der Erkenntnisse, die ich mittlerweile gewonnen habe. In zwanzig Minuten bin ich wieder da.«

Edith brauchte eine Weile, bis sie über Barrus' Vorschlag nachgedacht und ein Urteil gefällt hatte. Dann erhob sie den Zeigefinger. »Gut. Zwanzig Minuten. Ich rufe alle zusammen. Und, Josef«, sie drohte mit dem erhobenen Finger, »beim nächsten Alleingang greife ich dir so gewaltig an eine bestimmte Stelle deines erbärmlichen Körpers, dass deine Stimmlage um sechs Oktaven nach oben springt.«

Als Barrus die Tür zu seiner Wohnung aufschloss, war es fünfzehn Minuten vor drei. Da er bis auf das Ticken der Wanduhr keinerlei Geräusche wahrnahm, ging er davon aus, dass Berit das tat, was viele Menschen taten, die eine Knastgeschichte hinter sich und keine Arbeit vor sich hatten - nämlich schlafen. Aber weder im Schlafzimmer, das er ihr großzügig überlassen hatte, um so wenigstens nachts über seine Kostbarkeiten wachen zu können, noch in den anderen beiden Räumen fand er ein Lebenszeichen von ihr. Und auch die Küche war menschenleer.

Also ging er zurück in sein Arbeitszimmer, wo der kleine Schreibtisch stand, in dessen Schublade er die Stundenbücher versteckt und verschlossen wähnte. Und als hätte er die aufgebrochene Schublade nicht bemerkt, lief er um den Schreibtisch herum und blickte von allen Seiten aus unter das Möbel. Erst dann rannte er zurück ins Schlafzimmer, wo er auf das traf, was er vermutete, nämlich auf einen leeren Stuhl, auf dem sonst immer Berits Rucksack gestanden hatte.

Sie hatte es wirklich getan, sie hatte ihn beklaut. Nun ja, eigentlich nicht ihn, sondern den Staat, jenen Apparat, den Berit so sehr hasste. Denn es handelte sich ja um Beweismittel, auf die Edith in der Direktion wartete. Aus Berits Sicht vielleicht verständlich. Er aber war enttäuscht, denn nun verschwand wieder, was er glaubte, neu entdeckt zu haben. Nämlich die Berit, die er geliebt hatte, das kleine Mädchen, das mit ihm Astrid Lindgren-Filme angeschaut oder mit Begeisterung Schach gespielt hatte. Berit war also noch immer das Monster, das die Pubertät aus ihr gemacht hatte.

Wieder in der Küche ließ Barrus sich auf den Stuhl fallen und drückte den Rücken gegen die Wand. So ein Scheiß, schoss es ihm durch den Kopf, so ein verdammter Scheiß. Das war definitiv das Ende seiner kriminalistischen Karriere, das unumstößliche Aus. Wenn man ihn überhaupt noch die paar Monate bis zur Pension durchmachen ließ, dann sicherlich nur an einer einsamen Kreuzung, an der er vormittags die Autos in die eine und nachmittags in die andere Richtung zählen durfte. Ein Hauptkommissar am Abgrund, ohne die geringste Chance, in Ehren in den Ruhestand übertreten zu dürfen. Und daran war er auch noch selbst schuld, denn er hatte Berit erzählt, dass auch er zwei Stundenbücher des Herzogs de Valentin hatte, was bei ihr dann logischerweise Begehrlichkeiten geweckt hatte.

Barrus zog den Kühlschrank auf und nahm die Flasche Chardonnay heraus, zerrte mit einem lauten Plopp den Korken ab und setzte den Flaschenhals direkt an die Lippen. Doch bevor er trinken konnte, fiel sein Blick auf das Etikett der Flasche. Berit hatte ein Blatt Papier um die Weinflasche gewickelt und mit Giselas Haargummi befestigt, den Barrus ja unter seinem Kopfkissen aufbewahrte.

*Lieber Jo,*
*bitte nicht nervös werden. Ich bin unterwegs, um mein Buch zu verkaufen, und nehme deine nur mit, um ein Angebot dafür einzuholen – du kriegst sie zurück. Die Telefonnummer habe ich von einem Bekannten, der wegen Betruges sitzt und viele Leute kennt, die Interesse an solchen Kunstschätzen haben. Habe auch deinen schwarzen Bauern dabei, der mir hoffentlich Glück bringt bei der Verhandlung mit diesem Typen auf dem Brennaborparkplatz. Er will mindestens zweihunderttausend Dollar zahlen, vielleicht kann ich ihn ja noch ein wenig in die Höhe treiben, wenn er die anderen Bücher sieht. Drück mir die Daumen. Geht alles glatt, lade ich dich heute Abend zum Essen ein.*

*Berit*

Barrus ließ den Zettel auf dem Küchentisch liegen, stiefelte in sein Arbeitszimmer und wählte die Telefonnummer seiner Chefin.

»Die Bücher sind weg.«

»Was?« Die Rage, in der sich Edith befand, war kaum zu überhören. »Sie sind weg?«

»Ja. Berit hat sie mitgenommen. Sie trifft sich mit jemandem am Brennaborparkplatz.«

»Josef, du bleibst jetzt in deiner Wohnung sitzen, bis ich dich dort abhole. Ich schnappe mir Feller und fahre umgehend los. Und denk dran, du bleibst da sitzen und rührst dich nicht vom Fleck. Keine Alleingänge.«

## 19

Um exakt fünfzehn Uhr fünfzehn bogen sie auf den Parkplatz vor den Brennaborwerken ein. Feller stellte den Dienstwagen gleich neben der Einfahrt ab und Barrus ließ den Blick über den dunkelgrauen Schotter schweifen. Bis auf drei Wagen, die auf ihre Fahrer warteten, war niemand zu sehen, was ihn allerdings nicht dazu ermutigte, der Situation irgendeine positive Seite abzugewinnen. Hatten sie Berit verpasst, weil sie ihr Geschäft längst unter Dach und Fach gebracht hatte, oder war ihr, was Barrus nicht hoffte, etwas zugestoßen? Sein Kopf plädierte für die erste Variante, sein Bauch aber für die zweite.

»Wo ist sie?«, fragte Edith, als sie sich neben Barrus postierte, der bereits aus dem Passat ausgestiegen war.

»Wer?«

»Na, deine Nichte. Du hast doch gesagt, dass sie hier ist und die Bücher verhökern will.«

»Ich habe gesagt, dass sie ihr Exemplar zum Kauf anbietet und du die anderen hier abholen kannst.«

»Und wo ist sie nun?«, stocherte Edith sichtlich angespannt nach und zeigte überflüssigerweise mit einer ausladenden Armbewegung auf jeden verdammten Quadratmeter des menschenleeren Platzes.

»Ich weiß es nicht«, musste Barrus zugeben, und spürte plötzlich, wie das erste Mal seit vielen Jahren in ihm das Bedürfnis die Oberhand gewann, Berit verteidigen zu müssen. »Aber sie hat mir zugesichert, dass sie nur ihres verkauft und die von Hueber und Lindner lediglich mitnimmt, um den Preis in die Höhe zu treiben.«

Edith lachte laut auf. »Und du glaubst ihr wohl, was?«

»Ja, das tue ich«, sagte Barrus und suchte den Blick von Feller. Der aber hatte sich abgewandt und schlenderte über den Schotter des Parkplatzes, als ginge ihn der Dialog zwischen der Kriminaldirektorin und Barrus nichts an.

»Du glaubst deinem Schmuckstück also, einer kleinen Kriminellen, die schon wegen Diebstahls und Hehlerei eingesessen hat. Weißt du Josef, auch ich glaube solchen Menschen. Allerdings nicht, wenn sie mir Redlichkeit in Aussicht stellen, sondern wenn sie mir versprechen, mich in der nächsten halben Stunde drei Mal zu verarschen.«

Barrus schloss die Augen. Er bebte innerlich. Einerseits hatte Edith Recht, denn Berits Sozialprognose hatte er vor noch gar nicht allzu langer Zeit mit ähnlichen Worten beschrieben, nämlich als Gisela ihn gebeten hatte, Berit wenigstens die ersten Wochen nach Beendigung ihrer Haftstrafe bei sich aufzunehmen. Doch Berit hatte in den letzten beiden Tagen Züge gezeigt, die er bei ihr längst als abgestorben vermutet hatte. Sie hatte sich für die Szene mit Imre und der Prostituierten sogar entschuldigt und, was noch viel mehr Eindruck auf ihn gemacht hatte, sie hatte ihn über ihr Vorhaben informiert, wenn auch auf einem Blatt Papier, das sie an eine Weinflasche gehängt hatte. Aber sie hatte es getan, anders als früher, wenn sie ihm irgendetwas Wertvolles geklaut hatte und damit auf Nimmerwiedersehen verschwunden war.

»Ja, ich glaube ihr«, wiederholte Barrus, »und daran wird auch dein Vorurteil nichts ändern.«

Das Grinsen in Ediths Gesicht war verflogen. »Na gut«, sagte sie. »Du weißt, was das bedeutet, oder?«

Das fällige »Ja, das weiß ich« verkniff sich Barrus, denn diesen Triumph gönnte er seiner Vorgesetzten nicht. Und das musste er auch gar nicht, denn aus gut zwanzig Metern Entfernung begann Feller plötzlich, seine Kollegen heranzuwinken.

»Josef, komm mal.«

Als Barrus und Edith Hoppe bei Feller ankamen, hielt der die beiden mit dem rechten Arm zurück und zeigte mit dem linken vor sich auf den dunklen Schotter. »Josef, ich kenne diese Schachfigur. Das ist doch deine, oder?«

Barrus wollte sich nach dem schwarzen Bauern bücken, aber Feller packte ihn an der Schulter und zog ihn wieder hoch. »Nicht mit den Fingern. Hier, nimm die Pinzette.«

»Was soll das nun schon wieder bedeuten?«, fragte Edith und vergaß nicht, dabei ihre Augen zu verdrehen.

»Berit hat ihm aufgeschrieben, dass sie die Figur als Talisman mitnimmt«, erinnerte Feller an das, was Barrus ihm während der Fahrt hierher geschildert hatte.

»Aber die Schachfigur kann auch ein anderer hier verloren haben«, sagte Edith, die offensichtlich nicht gewillt war, auch nur ein Fünkchen Wahrheit an Barrus' Geschichte zu lassen. »Es gibt schließlich noch mehr Menschen, die Schach spielen.«

»Das stimmt wohl, aber der gehört eindeutig mir«, sagte Barrus und drehte den Bauern, den er mit Fellers Pinzette inzwischen aufgehoben hatte so hin, dass man auf den Filz unter dem Fuß der Figur schauen konnte. »Die Initialen habe ich selbst aufgetragen und wie du erkennen kannst, steht da schwarz auf grün JB für Jo Barrus.«

## 20

Für die neuerliche Katastrophe fühlte sich Barrus ganz allein verantwortlich. Berit war verschwunden und mit ihr drei Stundenbücher. Und alle hatten sich im Besitz von Verstorbenen befunden, deren Tod Gegenstand eines Ermittlungsverfahrens war. Mit diesem gewaltigen Rucksack saß Barrus nun in kleiner Runde im Belmondo, das bereits geschlossen war. Drei Augenpaare, nämlich die von Hildi und Imre sowie das von Heiner Wassertor, dem Chefredakteur des Kuriers, hatten ihn im Visier.

»Was hast du dir bloß dabei gedacht?«, fragte Hildi, und es klang nicht nach einer Frage, sondern nach einer Anklage, wofür unter anderem Hildis glühende Wangen sprachen.

»Nichts«, sagte Barrus kleinlaut. »Du glaubst doch nicht im Ernst, dass ich Berit absichtlich in Gefahr gebracht habe. Ich wusste ja nicht einmal, dass sie gleich heute damit beginnen würde, ihr Stundenbuch unter die Leute zu bringen. Sie hat von einer Woche gesprochen.«

Barrus sah Hildi an. Sie kochte innerlich, das war an ihren Lippen abzulesen, die sich in das Innere der Mundhöhle verkrochen hatten, was Hildi das Aussehen einer Frau gab, die vergessen hatte, die dritten Zähne einzusetzen. Und was das hieß, wusste Barrus nur zu gut. Es würde ihn nicht wundern, wenn Hildi im nächsten Augenblick aufsprang und aus einem der Regale eine Weinflasche griff, um sie mit voller Wucht an die Wand zu knallen. Das war im Belmondo schon ein paar Mal passiert, und dann hatte Imre anschließend mit viel Mühe und unverständlichen Flüchen den Maler gegeben.

Jetzt aber schien der alte Ungar Barrus' Gedanken zu teilen, weshalb er versuchte, Hildi zu beruhigen. »Wir sollten nicht reden wie Staatsanwalt. Das uns nicht bringt weiter. Wir müssen finden Berit, und deshalb wir müssen ganz nüchtern überlegän.«

Hildi richtete ihren Focus nun auf Imre, und was Barrus in ihrem Gesicht ablas, war nicht der Hort freundlicher Zustimmung. »Ich habe selten etwas gehört, was noch dämlicher ist, als das, was ihr beide so von euch gebt. Selten!«, zischte sie. »Es heißt aus gutem Grund, dass man nicht die Frösche fragen soll, will man einen Teich trockenlegen. Und deshalb frage ich mich, warum wir mit Jo zusammen überlegen sollten, wie wir Berit retten können? Heiner«, angespannt suchte Hildi den Blick des Journalisten, »sag du doch auch mal was.«

»Gleich«, versprach Wassertor. »Ich denke noch nach.«

Das tat auch Barrus, allerdings schon seit dem Augenblick, an dem er Ediths Büro verlassen hatte, mit seiner Suspendierung in der Tasche. Immer wieder machte sich seitdem sein schlechtes Gewissen bemerkbar, genährt von der neu erwachten Sympathie für Berit. Und es bereitete ihm große Mühe, gedanklich bei Hildi zu bleiben. Eigentlich war er bereits meilenweit weg vom Belmondo, getrieben von Bildern, die Berit zusammengekauert in einem dunklen Verlies zeigten.

Dann meldete sich Imre zu Wort. »In Ungarn man sagt: Higgy az asszonynépnek, mint az áprilisi idojárásnak.«

»Und was heißt das?«, fragte Hildi.

»Dass Männer müssen tun, was sie halten für richtig. Und Cheffä sollte das jetzt tun.«

Hildi richtete den Blick wieder auf Barrus. »Und was hältst du für richtig?«

»Ich weiß es nicht«, sagte Barrus. »Ich bin felsenfest davon überzeugt, dass Berits Verschwinden mit den Morden und nicht allein mit den Stundenbüchern zu tun hat. Eine andere Erklärung für ihr Verschwinden habe ich momentan nicht und ich will einfach nicht warten, bis mir eine einfällt. Unter Ediths Anleitung versuchen die Kollegen fieberhaft, Berit zu finden. Und ich darf mich nicht daran beteiligen.Vielleicht sollte ich wirklich nach Südtirol fahren. Mir scheint, dass ich für die noch offenen Fragen nur dort eine Antwort finde.«

»Meinst du wirklich, dass du in Südtirol noch etwas erfahren wirst, was dich weiterbringt?«, fragte Hildi. »Wenn deine Chefin den Fall abgeschlossen hat, weil sie Hueber für den Mörder hält, dann doch bestimmt, weil keine Frage mehr offen ist. Verrennst du dich da nicht?«

»Ich glaube immer noch nicht, dass Hueber der Mörder ist. Aber um ihn zu verstehen, muss ich hinter die Kulissen gucken, dann finden wir auch Berit. Kommst du mit, Imre?«

»Na klar, Cheffä«, sagte Imre.

»Wartet noch«, stoppte Wassertor jede weitere Bemühung. »Ich habe über das nachgedacht, was du uns erzählt hast, Jo. Und nach deiner Meinung geht es um mehr als diese drei Stundenbücher, nämlich um das Massaker in Sant'Anna und die Verantwortlichen, die bis heute nicht zur Rechenschaft gezogen worden sind. Und du glaubst, dass jemand etwas unter den Teppich kehren will, was durch die Stundenbücher ans Tageslicht kommen könnte. Und wenn du dieser Jemand wärst, hättest du was getan?«

»Bekommen Stundenbücher in Hand«, sagte Imre.

»Richtig. Und wie hättest du das angestellt, wenn du nicht wusstest, wo sie sind?«

»Da es Beutekunst ist, also heiße Ware, hätte ich mich an irgendwelche Hehler-Ringe gewendet, in denen so etwas gehandelt wird«, antwortete Hildi.

»Oder«, sagte Wassertor, »du hättest selbst solch einen Hehler-Ring gegründet, in dessen Zentrum du wie eine Spinne nur warten musst, bis dir die Stundenbücher angeboten werden.«

»Das ist richtig«, sagte Barrus. »Aber erzähl weiter. Du hast doch eine Idee.«

»Die hab ich. Berit hat dir doch aufgeschrieben, sie habe von einem Betrüger, der mit solchen delikaten Sachen gehandelt hat, eine Telefonnummer erhalten, und die habe sie angerufen.«

»Ja.«

»Könnte sich hinter dieser Nummer nicht ein solcher Hehler-Ring verbergen?«

»Das ist sogar sehr wahrscheinlich, wenn wir in Betracht ziehen, dass Berit nach diesem Anruf spurlos verschwunden ist. Wenn es nur um die Stundenbücher gegangen wäre, hätte man sie ihr entreißen können.«

»Genau«, sagte Wassertor. »Sie ist der Spinne also ins Netz gegangen. Wenn wir jetzt die Telefonnummer herausbekommen, die Berit angerufen hat, dann wissen wir auch, wer die schwarze Witwe ist, die im Zentrum ihres Netzes auf ihr Opfer gewartet hat.«

Barrus lehnte sich in dem Stuhl zurück. »Nur leider hat Berit mir die Telefonnummer nicht aufgeschrieben.«

»Das macht überhaupt nichts«, sagte Wassertor. »Komm, lass uns in deine Wohnung fahren. Ich glaube, da wartet die Nummer auf uns.«

Als sie in der Altstädtischen Fischerstraße aus Hildis Käfer stiegen, hielt Heiner Wassertor Imre an der Schulter fest. »Sag mal, mein Freund, dein ungarisches Zitat, ein Mann muss tun, was er für richtig hält, war das wirklich korrekt übersetzt?«

Imre zog verlegen den Kopf zwischen die Schultern und begann, verschmitzt zu grinsen. »Fast«, sagte er.

»Dein Zitat enthielt das Wort áprilisi, was meiner Meinung nach April bedeutet. Der ist aber in deiner Übersetzung nicht aufgetaucht.«

Imre drückte wie zum Gebet die Handflächen gegeneinander. »Du mich aber nicht verratän bei Hildi. Sie hat nicht ausreichend Humor für das.«

»Versprochen«, sagte Wassertor und streckte Zeige- und Mittelfinger der rechten Hand zum Schwur.

»Higgy az asszonynépnek, mint az áprilisi idojárásnak ist alte Weisheit von meine Großvater und heißt: Du sollst dem Weibervolk glauben wie Aprilwetter.«

Im Flur von Barrus' Wohnung steuerte Heiner Wassertor sofort Barrus' Telefon an. »Berit wird ja keine Telefonzelle aufgesucht haben, sie wird sicher von hier angerufen haben.«

»Wahrscheinlich«, pflichtete Barrus bei.

»Hast du dein Telefon seither benutzt?«

Barrus schüttelte den Kopf. »Nicht dass ich wüsste.«

Wassertor drückte die Wahlwiederholung, und Barrus fragte sich, warum er nicht selbst auf diese Idee gekommen war.

»Das ist eine Nummer aus der Polizeidirektion«, sagte Wassertor mit Blick auf das Display. »Die kenne ich, da rufe ich sehr oft an.«

»Das ist die von Edith. Entschuldigung. Hab ich ganz vergessen«, räumte Barrus ein. »Ich habe ihr erzählt, dass Berit mit den Büchern verschwunden ist.«

»Wie viele gewählte Nummern speichert deine Wahlwiederholung?«

»Ich glaube drei«, antwortete Barrus.

»Na gut, dann eben Versuch Nummer zwei.« Dann ließ Wassertor die zweite Nummer durch die Wahlwiederholung anwählen. Es klingelte mehrere Male. »Hallo«, sagte der Journalist, als endlich jemand den Anruf entgegengenommen hatte, »ich hätte da was, was Sie interessieren könnte.«

»Ach ja. Und was könnte das sein?«

»Stundenbücher«, sagte Wassertor. »Haben Sie Interesse?«

»Stundenbücher?«, fragte die Stimme nach.

»Ja. Aber es gibt da einen kleinen Haken.«

»Der da wäre?«

»Ist heiße Ware. Stammt aus einem Fundus von Beutekunst. Trotzdem Interesse?«

»Nein, tut mir leid. Wir handeln nur mit Dingen, für die es eine Expertise gibt, aus der auch geregelte Besitzverhältnisse hervorgehen.«

»Dann habe ich wohl die falsche Nummer gewählt. Schade. Aber sagen Sie mir bitte noch einmal Ihren Namen, ich habe ihn nicht richtig verstanden. Nur für den Fall, dass ich doch mal etwas Anständiges anzubieten hätte.«

»Hier ist das Kunsthaus Butler & Johnsen. Melden Sie sich ruhig wieder.«

»Mache ich«, sagte Wassertor und legte auf.

Barrus, der wie Imre über die Freisprechfunktion des Telefons hatte mithören können, nahm den Kopf von Heiner Wassertor zwischen seine fleischigen Hände und zog ihn zu sich heran. »Danke«, sagte er schlicht und küsste Wassertors Stirn. »So viel zum Thema: Wir handeln nur mit zeitgenössischer Kunst, wie Doktor Butler während der Vernissage behauptet hat.«

***

Aus einem Lexikon konnte man viele wertvolle Informationen ziehen. Davon war Berit felsenfest überzeugt. Vor Jahren war sie zum Beispiel beim Durchblättern auf eine Seite gestoßen, auf der stand, dass die Garotte ein altes Hinrichtungsinstrument ist. Die Spanier hatten sie noch bis neunzehnhundertdreiundsiebzig als solches benutzt. Der Delinquent sitzt mit dem Rücken an eine Holzlehne gefesselt, wo er wehrlos zu warten hat, dass ihm der Henker das Halseisen umlegt. Nur wenige Wimpernschläge später ist dann jeder Atemzug unmöglich.

Bei diesem Gedanken lief Berit noch immer ein kalter Schauer über den Körper, so wie jetzt, da ihr klar wurde, dass sie selbst auf so etwas wie einer Garotte saß. Und das nicht etwa in einem Museum, sondern irgendwo in einem dunklen, modrig riechenden Keller.

Ohne an ihre stechenden Rückenschmerzen zu denken, zwang sie sich, möglichst steif zu sitzen, denn da, wo das Eisen um ihren Hals lief, brannte es mittlerweile wie Feuer. Der Schweiß explodierte förmlich auf den wunden Stellen, aber immerhin konnte sie noch atmen. Ihr Henker hatte, warum auch immer, die Schrauben nur zwei- oder dreimal herumgedreht. Gerade so weit, dass sie Luft bekam, das Eisen aber trotzdem ständig die Haut berührte, um sie wund zu scheuern.

Ihre Hände waren hinter der Rückenlehne mit einem Kabelbinder zusammengebunden, den sie durch ein Kräfte zehrendes Schubbern an der Holzkante zu durchtrennen versuchte. Aber die Fessel schnitt bei jeder Bewegung tiefer in die Handgelenke. Schließlich hörte sie damit auf.

Die ganze Atmosphäre hatte etwas Geisterhaftes. Undurchdringliche Finsternis gepaart mit stetig anwachsender Schwüle – als würde im Nachbarraum das Höllenfeuer lodern. Da Berit nicht einmal ihre Nasenspitze erkennen konnte, bemühte sie sich seit Stunden, jedes Geräusch aufzusaugen. Selbst das flinke Laufen einer Maus wäre ihr nicht entgangen

Von Druckstellen geplagt, verlagerte Berit ihr Gewicht von der linken auf die rechte Seite, in der Hoffnung, eine weniger schmerzhafte Sitzposition zu finden. Wenigstens das taube Gefühl in den Oberschenkeln abschalten, da, wo die scharfe Kante des schmalen Brettes wütete, auf dem sie mit gespreizten Beinen saß. Aber das dünne Seil, mit dem er ihren Körper an die Garotte gebunden hatte, verwehrte den dazu notwendigen Spielraum. Es war einfach viel zu eng verknotet.

Also blieb nichts anderes übrig, als die Zähne zusammenzubeißen und zu versuchen, den Gedanken an ihre Schmerzen zu verbannen.

Warum nur hatte er sie hierhergebracht?

Während Berit bestimmt das hundertste Mal darüber nachdachte, rann die nächste Schweißbahn von der Stirn und lief zwischen den Augen entlang auf die Nase, von wo sie auf das T-Shirt tropfte. Es war ein Geschenk ihrer Mutter, die jetzt auf ihrer Wolke bestimmt großen Kummer empfand, weil sie als Schutzengel versagt hatte. Bei allen fehlenden Gemeinsamkeiten, hatten sie doch dieses Gefühl immer geteilt, sich um den anderen zu sorgen.

Aber dieses eine Mal noch hätte Berit auf den mütterlichen Rat hören sollen. Nur dieses eine Mal.

Steig nie zu einem fremden Mann ins Auto!

## 21

Schon vor Sonnenaufgang waren Barrus und Imre aufgebrochen. Um halb acht fuhren sie kurz hinter der Landesgrenze Thüringens zu Bayern auf den Parkplatz des Brückengasthofes Frankenwald. Barrus musste dringend pinkeln, und Imre brauchte unbedingt einen Kaffee.

Als Barrus Zucker in den doppelten Espresso löffelte, stellte Imre ihm die erste Frage an diesem Morgen, den der Ungar bislang schlafend auf dem Beifahrersitz von Hildis altem VW-Käfer verbracht hatte.

»Wo wir fangen an, wenn wir sind in Mühlbach, Cheffä?«

Barrus überlegte. Er trank den Espresso mit einem Schluck und stellte die Tasse wieder ab. Dann hob er die Schultern. »Ich habe noch keinen Plan.«

»Aber Herz, was sagt Herz von dir und was lässt Verstand zu davon?«

»Mein Herz? Keine Ahnung ... Ich halte mich lieber an den Verstand«, gestand Barrus und ließ den Blick aus dem Fenster schweifen. »Dieser Fall in Fanum ist verzwickt. Ein Alt-Nazi wird ermordet, und alle Erkenntnisse, die ich darüber habe, deuten auf ein Massaker in der Toskana hin, bei dem die Deutschen ein ganzes Dorf ausgelöscht haben. Dieser Reiter, von dem Berit das Stundenbuch bekommen hat, gehörte zu derselben SS-Einheit wie der tote Lindner, ist aber in den siebziger Jahren in der

DDR verurteilt worden und hat sogar eingesessen. Und der dritte im Bunde ist dieser von Abendorf, und den müssen wir finden.«

»Gut. Das ist Meinung von Verstand«, sagte Imre und wandte den Blick nun auch aus dem Fenster, wo unter ihnen der Verkehr durchfloss. »Was aber sagt Bauch?«

»Mein Bauchgefühl macht mir Angst«, räumte Barrus ohne Umschweife ein. »Ich glaube nämlich, dass es um diese Naziprozesse geht, die bald anstehen werden und von denen mir Andi Lindner erzählt hat. Und es geht um Beute, um viel Geld. Ich bin mir ziemlich sicher, dass der Butler-Clan da seine Hand im Spiel hat. Wir müssen herausfinden, ob sie nur deshalb von den Morden profitieren, weil sie in die Rolle eines Hehlers schlüpfen und die Stundenbücher ihnen viel Geld eingebracht hätten, oder ob sie etwas zu verbergen haben, was die bisher Getöteten hätten ausplaudern können. Und dann wäre da noch die Frage, was Nikolaus Hueber in Brandenburg wollte? Professor Kann hat mir nämlich gesagt, dass Hueber auf der Suche nach seiner Vergangenheit war. Wenn wir das alles herausfinden, stehen wir vor des Rätsels Lösung und finden auch Berit.« Dann wurde Barrus wieder nachdenklich. »Und was sagt dein Bauch?«

Imre holte tief Luft. »Mein Bauch mir tut sehr weh, Cheffä.«

»Warum?«

»Weil Buch bedeutet Gefahr. Lindner hatte offensichtlich Stundenbuch und jetzt ist tot, Reiter hatte Stundenbuch und ist jetzt auch tot, Hueber hatte Stundenbuch und ist auch tot. Und Berit? Sie hatte auch Stundenbuch. Und wer hat Buch, ist in Gefahr für Leben.«

»Sieht so aus«, musste Barrus zugeben. »Und deshalb sollten wir aufbrechen, um nicht noch mehr Zeit zu verlieren.«

Als sie nach weiteren vier Stunden endlich über die Brennerautobahn fuhren, hatten sie freien Blick auf ein atemberaubendes

Bergpanorama, und für einen Augenblick konnte Barrus alle düsteren Gedanken vergessen.

»An nächste Ausfahrt wir müssen Autobahn verlassän«, sagte Imre und legte den Reiseatlas ins Handschuhfach zurück. »Von dort sind keine zehn Kilometer bis Mühlbach.«

»Kennst du den Ort?«, fragte Barrus.

»Nein. Aber paar Einzelheiten ich habe herausgefundän.«

»Ich höre.«

»Mühlbach ist Marktgemeindä, die um tausendfünfzig erwähnt das erste Mal. Neben Hauptort Mühlbach noch gehören Spinges, Vals und Meransen zu Gemeindä, in der leben etwa dreitausend Menschen. Am östlichen Rand liegt Mühlbacher Klause, eine Art Festungsbau, angelegt als Tal- und Straßensperre zur Zollerhebung. Hinter Klause beginnt Pustertal. Fünfundneunzig Prozent der Einwohner gehören zu deutsche Sprachgruppe, vier zu italienische und ein Prozänt zu ladinische. Ist Postleitzahl 39037, Telefonvorwahl 0472.«

Barrus sah Imre mit großen Fragezeichen in den Augen an. »Hast du so etwas öfter?«

»Nein, aber war viele Jahre mein Beruf. Ich eigentlich bin Historiker. Da solche Fakten gehören zu Alltag, einschließlich ganze Latte von Jahreszahlän.«

»Oh je«, sagte Barrus und erinnerte sich an seine eigene Schulzeit. »Wie ich das gehasst habe. Wann war die Französische Revolution, wann die Goldene Bulle und wann war die Schlacht im Teutoburger Wald? Es hat mich fast krank gemacht.«

Imre nickte verständnisvoll und sagte ruhig: »Siebzehnhundertneunundachtzig, dreizehnhundertsechsundfünfzig, neun.«

»Was neun?«, stieß Barrus hervor und hielt das Auto am Ende der Schlange vor dem Mauthäuschen der Autobahnabfahrt an.

»Im Jahre neun. Schlacht im Teutoburger Wald war im Jahre neun, Französische Revolution siebzehnhundertneunundachtzig und Goldene Bullä dreizehnhundertsechsundfünfzig.«

»Nicht schlecht«, lobte Barrus, dem in diesem Moment bewusst wurde, dass er das erste Mal, seit er Imre kannte, etwas aus dessen Vergangenheit erfuhr.

»Aber Historiker noch mehr wissän«, ergänzte Imre. »Zum Beispiel, wer war Katharina Lanz.«

»Und wer war das?«, fragte Barrus, nachdem er die Maut bezahlt hatte und wieder Gas geben konnte.

»Sie ist Idol von Gemeinde, Jeanne d'Arc von Mühlbach. Katharina Lanz siebzehnhundertsiebenundneunzig kämpfte an Seite von Tiroler Schützenverband gegen Napoleon.« Imre beugte sich plötzlich nach vorn, um vor Barrus' Brust aus dem Seitenfenster schauen zu können, und zeigte in die Berge, die links von ihnen in den Himmel ragten. »Das muss sein etwa hier. Da oben liegt Spinges, wo hat gekämpft Katharina Lanz gegen Napoleon«, erklärte Imre und setzte sich wieder gerade hin. »Und heißt zu Katharina: Man sah Bauernmagd, die mit zusammengegürtetem Unterkleid und fliegenden Haaren stand auf Friedhofsmauer und hat heruntergestoßen mit Heugabel auf anstürmende Feindä.«

Imre deutete mit dem ausgestreckten Arm nach vorn, wo bereits der grün gedeckte Kirchturm von Mühlbach zu sehen war. »Ladenstraße in Mühlbach ist benannt nach Katharina Lanz, und wir jetzt fahren dorthin.«

»Und was wollen wir da? Da liegt das Hotel, oder was?«

»Nein, da ist Haus, in dem wohnt Ulrich Zöggeler. Er ist Staatsanwalt, der hat studiert Akten über Massaker in Sant'Anna.«

***

Die Finsternis war gieriger als eine ausgehungerte Hyäne. Sie verschlang alles, was ihr vors Maul kam, die Sonnenstrahlen, die Orientierung und auch die Zeit. Zuerst verschwammen die Stunden zu einem einzigen nicht trennbaren Klumpen, dann nahm die Hyäne sich die Tage und Nächte vor, machte alles zu einer homogenen Masse, die kein Messer dieser Welt hätte durchschneiden können.

Auch für Berit hatte die Zeit jede Bedeutung verloren. Sie wusste nicht mehr zu sagen, wie viele Stunden sie schon auf diesem Folterinstrument saß.

Wenn ihr Folterknecht doch wenigstens mal ein Zeichen von sich geben würde, sie anbrüllen, schlagen oder ihr ins Gesicht urinieren würde, dann könnte Berit schlussfolgern, dass sie noch lebte, also auf dieser Welt weilte. So aber war sie sich keineswegs sicher, denn sie konnte genauso gut längst tot sein, in der Hölle schmoren, wo sie all ihre Verfehlungen auf diesem grausamen Utensil abzusitzen hatte, so, wie Jo es ihr vor Jahren prophezeit hatte. Und heiß war es hier wirklich wie in der Hölle, was Berit parallel zu den Glieder- und Rückenschmerzen einen tierischen Durst verspüren ließ. Sie war mittlerweile so weit ausgetrocknet, dass sie kaum mehr genug Speichel hatte, um die Mundhöhle und den Rachen einigermaßen feucht zu halten, was mit jeder Minute neue Schmerzen produzierte.

Waren das die Vorzeichen des nahenden Todes?

Berit konzentrierte sich auf die Beantwortung dieser Frage, versuchte, alles aus ihrem Gedächtnis hervorzuholen, was sie je über Nahtoderfahrungen und Sterbeprozesse gehört hatte, denn sollte sie irgendetwas finden, das in der Lage war, die Vorzeichen des Todes zu bestätigen, dann hieße es nichts anderes, als dass sie noch lebte.

In ihre Gedanken hinein krachte es plötzlich hinter ihr, ohne Ankündigung, metallisch, wie der Hieb eines Hammers auf den Amboss. Schnell trennte Berit sich von ihren Gedanken und konzentrierte sich ganz auf das Hören. Dann vernahm sie ein Schleifen, Holz auf Stein oder vielleicht auch auf Beton. Eine Tür – ja, es musste eine Tür sein. Erst hatte er den Riegel aufgeschoben und dann die Tür über den Boden gezogen. Und nun? Vielleicht würde ihr Peiniger Licht machen, weshalb Berit sofort die Augen schloss, um den schmerzhaften Stichen aus dem Weg zu gehen, die es geben würde, wenn gleißendes Licht in an Finsternis gewöhnte Pupillen stechen. Aber es blieb dunkel, nur das samtige Gleiten weicher Sohlen hörte sie, wusste es aber nicht einzuordnen, und sie nahm den intensiven Geruch eines billigen Rasierwassers wahr. Und dann dieses sirrende Pfeifen, mit dem ein Gartenschlauch die Luft zerriss, kurz bevor er mit brachialer Gewalt auf ihren Oberarm krachte, wo er die Haut zwischen den beiden Narben der Pockenschutzimpfung zum Platzen brachte.

»Woher sind die Bücher?«, fragte er mit einer Stimme, die weder aufgeregt noch aggressiv klang, was angesichts der Folter, der er sie gerade aussetzte, zu erwarten gewesen wäre. »Antworte, dann ersparst du dir weitere Schläge.«

Aber Berit dachte nicht daran. »Wer bist du?«, fragte sie, öffnete die Augen und versuchte, der Dunkelheit wenigstens einen winzigen Schimmer abzutrotzen. Vergebens. Der Kerl musste also, sofern er nicht ziellos zuschlug, ein Nachtsichtgerät benutzen.

Und dann war es wieder da, das helle Sirren des Gartenschlauchs, dieses Mal von rechts, wo er mit gleicher Vehemenz ihren rechten Oberschenkel traf.

»Woher?«

»Von einem Freund«, antwortete Berit und kniff in Erwartung des nächsten Schlages die Augen zusammen.

»Und wie heißt dein Freund?«

»Wilhelm.«

Sirren – Einschlag – Brennen auf dem linken Oberschenkel.

»Er heißt Ernst.«

»Und wie weiter?«

Berit zögerte. Warum hatte er sie erneut *bestraft*, als sie den falschen Vornamen genannt hatte? Wusste er Bescheid und prüfte sie nun? »Das weiß ich nicht. Ich kenne nur seinen Vornamen.«

Sirren – Einschlag – Brennen auf dem linken Oberarm.

»Reiter«, stieß Berit hervor, als sie die Zähne wieder lockerte und genug heiße Luft eingeatmet hatte, um sprechen zu können. »Er heißt Ernst Reiter, und ich habe ihn im Knast kennengelernt. Wir haben Schach gegeneinander gespielt, in Meisterschaften, und er hat immer verloren. Warum er mir das Buch geschenkt hat, weiß ich nicht, und auch nicht, wo er jetzt ist. Wirklich!«

»Und die anderen Bücher? Woher hast du die?«

Wieder zögerte Berit. Wusste diese Bestie auch von Jo? Was, wenn das nicht der Fall war? Konnte sie Jo verraten? Nein, lautete die Antwort. Nein, das konnte sie nicht, denn Jo war zwar Jo, aber er hatte sich zuletzt verändert, hatte ihr eine Seite gezeigt, die sie kaum mehr vorhanden glaubte bei diesem Staatsdiener und die sie an ihre Kindheit bei Tante Gisela und Onkel Jo erinnerte. Aber wie konnte sie diesem Monster Jos Namen verheimlichen, ohne dass er sie dafür halbtot schlug?

»Ich brauche Wasser. Nur ein bisschen. Ich kann kaum noch sprechen und schwindelig ist mir auch. Ich glaube, ich werde gleich o…« Dann sank ihr der Kopf auf die Brust, und Berit atmete noch einmal tief aus.

Wieder steckte sie die ganze Konzentration in den Hörsinn. Und tatsächlich, es hatte geklappt. Erst vernahm sie das scharrende Geräusch der Holztür auf dem Steinfußboden, dann wie der schwere Riegel wieder einrastete.

Geschafft, freute sich Berit stumm, geschafft, auch wenn sie wusste, dass er wiederkommen würde.

## 22

Barrus stellte das Auto in Mühlbach auf den öffentlichen Parkplatz, der direkt hinter dem Hotel Leitner lag. Von dort blickte er mit einigem Unbehagen der Seilbahnkabine hinterher, die gerade aus der Talstation herausgeschwebt war. Ein wenig knarzend zog sie sich an kräftigen, aber aus seiner Sicht keinesfalls als vertrauenswürdig einzustufenden Stahlseilen in Richtung Meransen.

»Sie in wenigen Minuten überwindät fast siebenhundert Höhenmeter«, erklärte Imre, als hätte er immer noch seinen Reiseführer in der Hand.

»Das soll sie ruhig«, räumte Barrus ein. »Aber wenn's irgendwie geht, bitte ohne mich.«

Er war nicht der Richtige, um sich auf diese Art Fortbewegungsmittel einzulassen, denn er litt seit frühester Kindheit unter einer kaum zu überwindenden Höhenangst. »Ich würde in so einem Ding Höllenqualen erleiden«, gestand er. »Lass uns lieber die Katharina-Lanz-Straße suchen«, schlug er stattdessen vor, denn schließlich waren sie nicht zum Vergnügen hier.

Während Imres Augen weiter sehnsüchtig der Seilbahnkabine folgten, zeigte sein Daumen über die Schulter. »Straße liegt hinter uns keine zwanzig Schrittä.«

»Gut«, sagte Barrus und ließ seinen Blick auf dem bergbegeisterten Ungarn ruhen. »Aber bevor wir losgehen, rufst du von der Telefonzelle da hinten Hildi an und bittest sie, in meine Wohnung zu gehen und nach Berit zu schauen. Hildi hat einen Schlüssel. Vielleicht ist Berit ja wieder aufgetaucht.«

Nachdem Imre mit ausladenden Gesten und ausdrucksvollen Worten Hildi wunschgemäß Barrus' Bitte weitergegeben hatte, bogen die beiden am Polimarkt nach rechts in die Katharina-Lanz-Straße ein. Sie hielten nach der Adresse Ausschau, an der Imre ein Antiquariat vermutete, das von einem gewissen Franz Zöggeler geführt wurde. Sein Sohn war jener Staatsanwalt, den Imre aufzusuchen versprochen hatte. Den absteigenden Nummern folgend, musste das gesuchte Haus noch hinter der kleinen Linksbiegung liegen, die die Katharina-Lanz-Straße an einem weiteren Lebensmittelmarkt vollzog. Doch so weit kamen sie gar nicht.

Ohne ein Wort zu sagen, verschwand Barrus plötzlich in der Metzgerei Pichler und zeigte mit seinen fleischigen Fingern über die Schulter der Verkäuferin hinweg in die gut gefüllte Auslage. Keine drei Minuten später tauchte Barrus breit grinsend wieder neben Imre auf, in der Hand ein fast schwarzes und sehr aromatisch duftendes Würstchen.

»Was ist das?«, fragte Imre.

»Gamswurzen. In dem einzig wichtigen Reiseführer steht nämlich, dass man nicht nach Südtirol fahren kann, ohne Gamswurzen zu essen. Das hast du wohl überlesen, was?«

»Nein«, sagte Imre, »habe ich nicht. Deshalb ich weiß, was ist Wurzen und dass in Brandenburg man würde nennen Wildknacker«, lautete die Erklärung, auf die Barrus irgendwie gefasst war, denn seiner festen Überzeugung nach war Imres Wissen auch auf dem weiten Feld kulinarischer Genüsse sattelfest. Eine Erwiderung verkniff er sich trotzdem, denn allzu viel Lob verdirbt wohl den Charakter.

Schließlich erreichten sie das breite Schaufenster des Antiquariats, über dem kunstvoll der Name des Eigentümers geschrieben stand. Franz Zöggeler.

Beim Öffnen der Tür schlug wie im Belmondo ein kleiner Stift an die Glocke und meldete Herrn Zöggeler die eintretende Kundschaft.

»Grüß Gott«, sagte ein älterer, sehr freundlich über seine Brille schauender Herr, als Barrus hinter Imre den Laden betrat. »Was kann ich für Sie tun?«, fragte er, während seine rechte Hand das grau schimmernde Fell einer Katze streichelte.

Barrus schob sich an Imre vorbei und trat an den Tresen. »Sind Sie Herr Zöggeler?«

»Ja, der bin ich«, sagte der Mann, hinter dessen Rücken sich ein nicht enden wollendes Bücherregal in die Höhe schob. Jeder Zentimeter des Möbels drohte überzuquellen und die edlen Schätze auf den Dielenfußboden zu erbrechen.

»Mein Name ist Barrus«, sagte er. »Ich bin Polizeibeamter in Deutschland und arbeite in einer Mordkommission. Und das …« Während Barrus überlegte, wie er Imre vorstellen könnte, ohne preiszugeben, dass sein Begleiter eigentlich gar nichts mit den polizeilichen Ermittlungen zu tun hatte, sprang ihm der Ungar auch schon zur Seite.

»Ich heiße Imre Bartok und berate Kriminalpolizei hin und wieder als Sachverständiger. Grüß Gott, Herr Zöggeler«, sagte Imre und schob sich an Barrus vorbei. »Wir hatten telefoniert. Es geht um Ihren Sohn.«

Barrus war ziemlich überrascht. Darüber hatte Imre kein Sterbenswörtchen verloren. Wie es aussah, hatte Imre es geschafft, einen gewissen Vorsprung herauszuarbeiten.

Franz Zöggeler wechselte unterdessen den Blick von Imre hin zu Barrus und legte seine Stirn in tiefe Falten. »Was hat denn eine deutsche Mordkommission mit meinem Sohn zu tun?«, wollte er wissen. »Ich bin ziemlich überrascht, muss ich sagen. Oder gibt es etwas Neues zu seinem letzten Fall, dem Massaker in der Toskana, bei dem die Angeklagten ja aus Deutschland kommen werden?«

»Nein, da gibt es nichts Neues«, antwortete Barrus über die Schulter von Imre hinweg. »Aber wir glauben, dass Ihr Sohn uns etwas zu einem Mann erzählen kann, der Opfer eines Mordes in einem kleinen Brandenburger Dorf geworden ist. Eine Spur hat uns nach Südtirol geführt, und zwar weit zurück in die Vergangenheit, nämlich ins Jahr neunzehnhundertvierundvierzig.«

»Von Brandenburg bis nach Mühlbach«, sagte Zöggeler, »ist es ein weiter Weg, um nur nach meinem Sohn zu fragen. Das kann man sicherlich auch am Telefon besprechen und erspart sich damit die Reisestrapazen. Geht es vielleicht um noch mehr?«

»Sicher«, räumte der selbsternannte Sachverständige ungarischer Abstammung ein. »Wir nicht nur wollen sprechen mit Sohn, sondern auch über Menschen, etwa über Mann, der heißt Nikolaus Hueber.«

Franz Zöggeler nickte und seine Augen bekamen einen glänzenden Schimmer. Er trat hinter dem Tresen hervor, lief bis zur Ladentür und schloss ab.

»Kommen Sie, meine Herren. Es ist besser, wenn wir nach oben gehen.«

Als sie das Stiegenhaus betraten, setzte plötzlich Klaviermusik ein. Barrus erkannte die Melodie nach wenigen Takten und bewunderte die zierliche, aber klare Stimme einer Frau, deren Gesang von einer Reinheit war, dass er im Begriff stand, Applaus zu spenden.

Auch Franz Zöggeler verharrte einen Moment. »Sie haben Glück, meine Herren. Anna ist schon wach.«

»Wer ist Anna?«, fragte Barrus.

»Meine Enkeltochter.«

Im ersten Stock schob der Antiquar die reich verzierte Holztür zu einer Stube auf und legte den Zeigefinger über die Lippen. »Kommen Sie ganz leise«, flüsterte er und strahlte über das ganze Gesicht. »Das ist sie, meine Anna.«

Barrus' Blick fiel zuerst auf eine greise Krankenschwester, die gerade dabei war, das Grammophon abzuschalten. Dann schaute er auf Anna, zumindest auf die Hülle, die von ihr übrig war. In einem hochmodernen Krankenbett, das überhaupt nicht zu den bemalten Bauernmöbeln in dem Zimmer passte, lag eine junge Frau, die wenig von der Ausstrahlung eines lebenden Menschen hatte.

»Anna hat mit ihrem Vater in dem Auto gesessen, das zwischen Meransen und Mühlbach einen Abhang hinuntergestürzt ist«, sagte Zöggeler und strich der Enkelin liebevoll über die Stirn. »Seither liegt sie im Wachkoma. Die Tertiärschwestern pflegen sie wie eine Mutter.«

Barrus und Imre betrachteten die junge Frau in ihrem Bett, als sähen sie das erste Mal in ihrem Leben einen kranken Menschen.

»Mein Sohn hat den Unfall leider nicht überlebt«, sagte Zöggeler und sah wieder zu Barrus. »Vielleicht fragen Sie sich gerade, warum präsentiert dieser alte Mann uns seine schwer kranke Tochter seines Sohnes, der seit zwei Monaten tot ist?«

Barrus nickte, und Imre tat es ihm gleich.

»Dann folgen Sie mir nun bitte in die Bibliothek. Da können wir ungestört reden.«

Zöggeler führte sie in ein Refugium, das sich mit seinen Kostbarkeiten über fast das gesamte obere Stockwerk des schmalen Hauses erstreckte und wegen der winzigen Kastenfenster in düsterem Licht lag. Trotzdem blieb die Pracht der Büchersammlung dem Auge des Betrachters nicht verborgen.

»Bitte, setzen Sie sich doch«, sagte Zöggeler und bot den beiden Gästen einen Platz in breiten und mit handbestickten Kissen gepolsterten Rattansesseln an. Er selbst setzte sich ans Fenster, so dass seine Gesichtszüge ausgeleuchteter waren als die von Barrus und Imre.

»Ich habe sie zu Anna geführt«, erklärte Zöggeler, »weil ich Ihnen eine Geschichte erzählen möchte, deren Details ich zwar nicht alle beweisen kann, die aber auf dem beruht, was ich aus erster Quelle weiß. Es ist die Geschichte meines Sohnes Ulrich, und sie beginnt vor ungefähr einem halben Jahr. Ulrich hat sich zur Militärstaatsanwaltschaft in Rom versetzen lassen. Er hatte vom Schrank der Schande gehört und war froh, dass man endlich beginnen würde, all die Verbrechen aufzuarbeiten, die die Deutschen in Italien verübt hatten. An dieser historischen Aufarbeitung wollte Ulrich unbedingt teilhaben. Und mein Sohn war sehr ehrgeizig. Er hat nicht nur vom Schreibtisch aus gearbeitet, sondern ist auch nach Deutschland gefahren, wo die Angeklagten feige in ihren Wohnungen hockten und auf den Schutz des deutschen Staates hoffen durften. Manch einer von den gealterten Bestien hat ihn sogar empfangen und dann die eigene Beteiligung abgestritten, nicht ohne mit dem ausgestreckten Zeigefinger auf frühere Kameraden zu zeigen«, sagte Zöggeler. »Bei seinen Recherchen hat es Ulrich auch in Ihre Gegend geführt, Herr Barrus, da auch dort jemand lebt, der am Massaker von Sant'Anna beteiligt war.«

»Alfred Lindner«, sagte Barrus.

»Sie wissen davon?«

»Ja, deshalb sind wir ja hier. Dieser Alfred Lindner ist am Samstag ermordet worden. Und auf seinem Gehöft haben wir auch seine tote Frau gefunden und in einer Wohnung in der Stadt Brandenburg eine weitere Leiche eines ehemaligen SS-Mannes, der mit Lindner in Sant'Anna war. Wir sind auf der Suche nach ihrem Mörder.«

Franz Zöggeler schüttelte den Kopf. »Ulrich war nicht nur sehr ehrgeizig, sondern auch überaus korrekt. Er hätte mir niemals etwas zu seinen laufenden Verfahren gesagt. Ich weiß ein paar Dinge über Alfred Lindner, aber nicht viel. Ich glaube nicht, dass ich Ihnen helfen kann.«

»Und trotzdem haben Sie Ihren Laden abgeschlossen, um mit uns zu reden. Worüber, Herr Zöggeler?«

»Über Ulrichs Unfall«, sagte Zöggeler. »Jener Alfred Lindner hat sich an Ulrich gewandt, als die Staatsanwaltschaft Stuttgart sich bei dem Mann gemeldet hatte.«

»Die Staatsanwaltschaft Stuttgart?«, fragte Barrus.

»Ja. Sie haben wohl untersucht, ob die Akten aus dem Schrank der Schande auch in Deutschland Verwendung finden können. Und wäre dem so gewesen, wären Lindner und seine Mitstreiter in Deutschland angeklagt worden, was Lindner unbedingt vermeiden wollte. Er hat Ulrich also ein Stundenbuch gezeigt und behauptet, er wüsste, wer die anderen beiden hat. Weil die Stundenbücher ihre Beute in Sant'Anna waren, hätte Uli also weitere Namen bekommen. Und dafür verlangte Lindner eine Art Kronzeugenregelung.«

Jetzt war es also ganz klar, der Zusammenhang zwischen dem Massaker und den Stundenbüchern. Barrus und Imre warfen sich einen schnellen Blick des Einvernehmens zu, dann fragte Barrus: »Und was hat Lindner erzählt?«

Zöggeler hob die Schultern. »Ich weiß es wirklich nicht«, sagte er. »Aber ich nehme an, dass es ausreichte, um meinen Sohn zu ermorden.«

»Zu ermorden?«, fragte Barrus.

»Ja. Davon bin ich felsenfest überzeugt.«

»Warum? Es könnte doch bei den steilen Straßen hier auch ein tragischer Unfall gewesen sein.«

»Sicherlich«, sagte Zöggeler. »Nur passierte der Unfall keine zwei Tage, nachdem Ulrich aus Deutschland zurückgekommen war.«

»Auch das könnte ein Zufall sein.«

Wieder nickte Zöggeler. »Nur dass Ulrich unter einer stark ausgeprägten Klaustrophobie litt und sich höchstens in einen Eisenbahnwagon, niemals aber in ein enges Auto gesetzt hat. Deshalb hat er nie einen Führerschein besessen. Er wusste nicht einmal, wie man ein Auto startet.«

# 23

Wenige Minuten nachdem Barrus und Imre das Antiquariat von Franz Zöggeler wieder verlassen hatten, passierten sie in der Meransener Straße die Einfahrt zum »Rosenhof«. Barrus stellte das Auto in eine freie Parkbucht und folgte Imre zur Rezeption.

Im Inneren des Hotels wurden sie auf das Herzlichste empfangen. Von der Rezeption kam ihnen eine junge Frau entgegen, die im Nebenjob ein zweijähriges Mädchen bespaßte. Wie ein Klammeraffe hing es am Unterschenkel der Mutter.

»Grüß Gott«, sagte Frau Egger in beschwingtem Tonfall und einem Lächeln aus klaren blauen Augen. »Ihr seids bestimmt die Herren Bartok und Barrus?«

»Ja«, antwortete Imre.

»Ich habe für euch die Zimmer drei und vier herrichten lassen«, sagte Frau Egger und griff ans Schlüsselbrett. »Frühstück gibt es von sieben bis zehn und Abendessen um neunzehn Uhr.«

Während ihrer Erklärung hatte sie eine Schublade aufgezogen und legte nun zwei kleine Kärtchen auf den Rezeptionstresen. »Das ist unsere Almencard«, erklärte Frau Egger das bunte Kärtchen. »Damit könnts ihr den Bus hinauf auf die Rodenecker Alm benutzen und zusätzlich alle Seilbahnen der Region Gitschberg-Jochtal.«

»Kostenfrei?«, fragte Imre, und Barrus glaubte an der Stimmlage des Ungarn zu erkennen, dass der sich bereits den ganzen Tag mit der Seilbahn hoch und runter fahren sah. Deshalb wünschte er sich nichts sehnlicher, als dass diese Almencard nicht einmal eine Ermäßigung in Aussicht stellte.

»Woll, woll«, sagte Frau Egger. »Damit könnts ihr so lange fahren, bis euch schwindelig wird.«

»Sindelich«, wiederholte der kleine Klammeraffe und schien noch ein wenig fester an der Mutter zu kleben.

In seinem Zimmer trat Barrus ans Fenster, das von der linken zur rechten Wand reichte. Ein Ausblick, der in seiner Erhabenheit nicht mehr zu steigern war. Über die unterhalb des Rosenhofes liegenden Dächer von Mühlbach konnte er frei bis auf die Plose blicken, den Hausberg der Stadt Brixen, dessen Spitze in gut zweitausendfünfhundert Metern Höhe in der prallen Sonne lag. Ein Motiv, das jeden Fotografen zur Kamera greifen lässt.

Als es leise an der Tür klopfte, schreckte Barrus aus seiner kurzen Traumphase hoch, und war erstaunt, wie schnell ihn die Bergwelt auch gedanklich in eine ganz andere, von seinen Problemen sehr weit entfernte Welt gezogen hatte. »Herein«, rief er, worauf Imre ganz behutsam die Tür öffnete.

»Ich hoffe, ich nicht störä?«

»Nein«, sagte Barrus. »Du störst nicht.«

Imre trat ein, gekleidet wie ein Wandersmann mit knielangen Hosen, einer windfesten Jacke und groben Wanderschuhen. Sogar an einen Tiroler Hut hatte er gedacht.

»Cheffä, ich wollte fahren hoch auf Gitschberg. Du kommst mit?«

Barrus winkte ab. »Fahren heißt in deinem Fall mit der wackligen Gondel, oder?«

Imre nickte freudig.

»Kein Bedarf«, entschied Barrus. »Ich bleibe lieber bodenständig, wünsche dir aber trotzdem viel Spaß.«

»Gut«, sagte Imre. »Dann wir sehen uns beim Abendessen und danach entscheidän, wie wir weitermachen morgen.« Kaum hatte Imre das gesagt, zog er hinter sich die Tür zu und ließ Barrus im Rosenhof zurück.

Unten an der Rezeption drückte Barrus auf die kleine Klingel.

»Grüß Gott.« Der junge Mann, der aus einem Büro trat, war genauso freundlich wie zehn Minuten zuvor seine Frau. Dass er der Ehemann der Rosenhofwirtin war, ließ sich leicht ableiten: Der kleine Klammeraffe hatte den Unterschenkel der Mutter gegen den Hals des Vaters eingetauscht.

»Guten Tag«, erwiderte Barrus den Gruß. »Darf ich Sie etwas fragen?«

»Nur zu. Wenn ich helfen kann, gerne.«

Barrus lehnte sich gegen den Tresen. »In einem Ort wie Mühlbach kennt doch jeder jeden, nehme ich an.«

»Sicher.«

»Das dachte ich mir«, sagte Barrus und legte die Unterarme auf den Tresen. »Vorhin war ich im Antiquariat von Franz Zöggeler. Ein netter Mensch, wie ich finde, und er hat uns von seinem Schicksalsschlag erzählt.«

»Sie meinen die Geschichte mit dem Uli und der Anna.«

»Ja. Er kümmert sich wirklich sehr aufopferungsvoll um die Enkeltochter.«

»Das tut der Franz gewiss. Aber er ist auch der Einzige, der das noch bewerkstelligen kann, nachdem der Uli bei dem Unfall den Tod gefunden hat.«

Barrus blickte den Rosenhofwirt fragend an. »Gibt es denn keine Mutter mehr?«

Der Wirt schüttelte den Kopf. »Nein. Die Liesl ist schon gleich nach der Geburt der Anna gestorben. Das hat den Ulli damals sehr hart getroffen. Aber was sollte er machen? Aufgeben und der Liesl nachgehen, hätt er nicht können. Er war ja für die Anna verantwortlich, und außerdem passte Aufgeben zum Ulli so wenig, wie Rodeln zum Sommer.«

Das entsprach dem Bild, das Barrus sich nach dem Gespräch mit Franz Zöggeler von dem Staatsanwalt gemacht hatte. Aber er wollte noch mehr wissen. »Woran ist die Liesl denn gestorben?«

Der Wirt setzte seine Tochter auf den Tresen und hob die Schultern. Dass dem jungen Mann die Antwort nicht leicht fiel, war unschwer zu erkennen. »Wissen Sie, man erzählt viel im Ort. Da weiß man letzten Endes kaum noch, was stimmt und was nicht.

So war es ja auch mit dem Tod vom Uli. Die einen glauben an einen tragischen Unfall, die anderen an Mord.«

»An Mord?«, hakte Barrus nach.

»Ja. Es gibt Leute, die sagen, dass der Uli hat sterben müssen, weil er die alten Sachen auskramen wollte.«

»Sie meinen seine Ermittlungen wegen des Massakers in Sant' Anna?«

»Auch. Uli war immer ehrgeizig und auch immer Perfektionist. In der Bergwacht zum Beispiel hat er erst aufgegeben, wenn die anderen die Rettung schon lange eingestellt hatten. Ich nehme an, dass er so auch im Beruf war, als Staatsanwalt meine ich. Immer hundertzwanzig Prozent.«

»Und die Liesl? War das auch Mord?«

»Nein. Wenn überhaupt, dann Selbstmord. Die Liesl litt schon als kleines Mädchen an Depressionen. Sie hatte es aber auch nicht leicht, damals.«

»Unter Depressionen?«, fragte Barrus und drehte sich zur Seite. Sein ausgestreckter Arm zeigte durch die bodentiefe Glasfront in das herrliche Bergpanorama um die Plose, das in hellem Sonnenlicht lag. »Wie kann man denn hier Depressionen bekommen?«

Über das Gesicht des Wirts huschte ein schnelles, doch ehrliches Lächeln. »Da haben Sie Recht. An der Natur kann es eigentlich nicht liegen. Aber der alte Prantnerbauer führte ein einsames Leben. Er hat sich und seine Familie von allen abgeschottet, und darunter hat die Liesl sehr gelitten.«

»Hatte der Vater einen Grund dafür?«

Wieder hob der Wirt die Schultern. »Das weiß ich nicht so genau. Die Leute reden viel, und ich will mich daran …«

»Sie brauchen keine Angst zu haben«, fiel Barrus dem jungen Mann ins Wort. »Ich gehe mit Ihren Informationen äußerst diskret um. Aber alles, was ich hier erfahre, könnte bei den Ermittlungen in meiner Heimat sehr hilfreich sein.«

»Ich weiß«, sagte der Wirt. »Meine Frau hat mir erzählt, dass Sie und Herr Bartok von der Polizei kommen und sich wegen einer Mordsache in Mühlbach aufhalten.«

»So ist es«, sagte Barrus. »Und in diesem Zusammenhang suchen wir nach einem Mann mit dem Namen Nikolaus Hueber. Kennen Sie diesen Mann vielleicht?«

»Nikolaus Hueber?«, wiederholte der Wirt, und es war ihm unschwer anzusehen, dass er Barrus' Frage äußerst merkwürdig fand. »Ist das jetzt ernst gemeint?«

»Ja, warum? Er hat sich als Nikolaus Hueber bei mir vorgestellt.«

»Er hat sich wirklich als Nikolaus Hueber vorgestellt und behauptet, er komme aus Mühlbach?«, fragte der junge Mann noch einmal nach.

»Ja.«

»So, so«, sagte der Wirt, dessen Blick immer ungläubiger wurde. »Ich glaube, Herr Barrus, da hat Ihnen jemand einen riesigen Bären aufgebunden, denn Nikolaus Hueber, das lernt man hier bereits in der Schule, ist seit über dreihundert Jahren tot.«

Barrus sah ihn ungläubig an.

»Nikolaus war der Vater von Maria Hueber, die im siebzehnten Jahrhundert in Brixen lebte. Sie hat die Kongregation der Tertiärschwestern gegründet, die es sich zur Aufgabe gemacht haben, Mädchen aus dem Volk zu helfen, indem sie ihnen Zugang zu Bildung verschafften. Daraus hat sich unser Herz-Jesu-Institut entwickelt, an dem Sie vorbeigefahren sein müssen, als Sie hier nach Mühlbach gekommen sind. Das Institut ist heute eine private Mittelschule mit Internat.«

»Tatsächlich, Nikolaus Hueber war eine historische Person?«

»Ja.«

Barrus strich sich wie immer, wenn eine Sache sein Gehirn marterte, mit Daumen und Zeigefinger über die Nase. »Haben Sie hier eine Polizeistation?«, fragte er dann.

»Ja, in der Katharina-Lanz-Straße hinter unserer Kirche. Die können Sie nicht verfehlen.«

***

Als der Riegel erneut zurückgeschoben wurde und die Tür über den Steinfußboden schubberte, ging dieses Mal auch das Licht an. Berit kniff sofort die Augen zu, aber zu spät, die ersten Strahlen hatten sich schon durch ihre Pupillen gebissen. Es schmerzte unglaublich, als hätte ihr jemand eine Handvoll Sand in die Augen geworfen. Nur sehr langsam und von tausenden Tränen begleitet, ließen die Schmerzen nach.

Erst als Berit sich wieder auf etwas anderes als ihre tränenden Augen konzentrieren konnte, nahm sie wahr, dass er wieder im Raum stand. Irgendwo hinter ihr musste er sein und er musste sie beobachten. Das spürte sie und versuchte, gegen die Schmerzen die Lider zu öffnen. Es war schwer, fast unmöglich, aber es gelang ihr, auch wenn sie feststellen musste, dass sie immer noch nahezu blind war.

»Könnten Sie das Licht wieder ausmachen?«

»Nein«, sagte er. »Aber ich kann es etwas dimmen.«

»Danke.«

Als der Raum nur noch in einer Art Halbschatten lag, versuchte Berit, erneut die Augen zu öffnen, und es gelang.

»Was wollen Sie von mir?«

»Dir Wasser bringen.« Im Augenwinkel nahm Berit auch schon wahr, dass sich von links hinter ihr ein dunkler Gegenstand in ihr Sichtfeld schob.

»Was ist das?«

»Wasser. Hab ich doch gesagt. In dem Glas steckt ein Strohhalm. Ich halte ihn dir vor den Mund.«

Berit schnappte mit den Lippen nach dem Strohhalm wie ein Säugling nach der Brust. Gierig sog sie die Flüssigkeit in sich hinein, ohne Luft zu holen, bis das Glas komplett leer war.

»Danke«, stieß sie hervor und atmete tief durch.

»Das tut gut, oder? Es ist sehr heiß hier unten, ich weiß.«

Die Stimme klang irgendwie warm, eher schüchtern, und Berit hatte plötzlich das Bild eines Achtzehnjährigen vor sich, der verpickelt vor einem Mädchen stand und überlegte, wie er der Angebeteten seine Liebe gestehen sollte. Plötzlich kam es ihr nicht mehr angemessen vor, ihn zu siezen. »Warum hast du mich geschlagen?«, fragte sie.

»Das war er. Er hat mich runtergeschickt, um dir Wasser zu geben. Aber er wird nachher selbst kommen und er wird auch wieder den Wasserschlauch bei sich haben. Du solltest also genau überlegen, was du sagst.«

»Was will er von mir?«

»Ich weiß es nicht. Ich bin hier nur zu deiner Bewachung. Alles andere macht er, und er stimmt das alles mit der Chefin am Telefon ab.«

»Und wer ist sie, die Chefin?«

»Das kann ich dir nicht sagen. Ich habe immer mit ihm zu tun und bin zufrieden, wenn er mir nicht ständig auf den Kopf schlägt.«

Dann hörte Berit nur noch, wie sich die Tür wieder schloss und der Riegel einrastete. Das Licht ließ er an.

## 24

Barrus' Schritte vom Rosenhof hinunter zur Katharina-Lanz-Straße waren zögerlich. Wohin sollte er sich zuerst wenden? An das Herz-Jesu-Institut, wo er Fragen zu Nikolaus Hueber stellen konnte, einen Mann, der seit über dreihundert Jahren tot war, oder sollte er vorher lieber zur Polizeistation gehen, wo er sicher weitere Informationen zum Unfall von Uli Zöggeler erhalten würde.

An der Talstation der Gitschbergseilbahn, die zwischen dem Polimarkt und dem Café Leitner gelegen ist, fiel Barrus ein Schild auf, das an die Glastür geklebt war. *Bis Mittwoch vorübergehend wegen Wartungsarbeiten außer Betrieb. Busersatz bis Meransen ab Parkplatz.*

Na, dachte Barrus, da hat Imre aber Pech gehabt.

Als er wieder am Antiquariat von Franz Zöggeler vorbeikam, begegnete er erneut etwas Unerwartetem. Die Inschrift des Schildes, das hinter der Glasscheibe der Eingangstür hing, zog ihn in den Bann: *Wegen Urlaubs geschlossen.*

Merkwürdig. Darüber hatte Zöggeler kein Wort verloren. Und nichts hatte darauf hingedeutet, dass er in Aufbruchsstimmung gewesen war.

Barrus trat bis ans Schaufenster und legte die Hände neben den Kopf, um in das Antiquariat hineinzuschauen. Aber da war nichts, was ihm weiterhelfen würde. Nur ein Rucksack stand auf dem Verkaufstresen, sonst konnte er nichts Außergewöhnliches ausmachen. War das Schild vielleicht nur Legende? Oder hatte sein Besuch bei Zöggeler den Antiquar zu einem schnellen Handeln animiert, vielleicht sogar zur Flucht?

Das waren weitere Fragen, denen Barrus sich aber später widmen wollte. Er hatte sich entschlossen, zuerst das Herz-Jesu-Institut aufzusuchen, um mehr über Nikolaus Hueber zu erfahren.

Da Ferien waren, wirkte der Hof der Mittelschule, die sich im Herz-Jesu-Institut befand, recht verwaist. Aber ein älterer Herr mit der typischen Südtiroler Schürze, blau und einen Zipfel nach oben geschlagen, wusste zu helfen.

»Da haben Sie aber Glück«, sagte der Mann, den Barrus für den Hausmeister hielt. »Schwester Margareth ist vor einer halben Stunde gekommen. Ansonsten ist hier kaum jemand, es sind doch Ferien. Aber die Schwestern bereiten das Heim fürs Wochenende vor, da dient es als Herberge für Kinderblasorchester, die in Rodeneck an einem Ausscheid teilnehmen.«

»Und wo finde ich Schwester Margareth?«

Der Hausmeister zeigte mit seinem Zollstock auf einen Gebäudeteil mit mehreren Etagen, der hinter dem Brunnen lag und deren erster und zweiter Stock durch prächtige Arkadengänge auffielen. »Da hinten im Freyenthurn, dem Hauptgebäude unseres Institutes, wohnen ganz oben immer noch die Schwestern. Dort ist auch das Büro der Heimleiterin, wo Sie Schwester Margareth finden werden.«

Da der Hausmeister sich mit der Beschreibung sehr viel Mühe gegeben hatte, fand Barrus das Büro der Heimleiterin auf Anhieb. Schwester Margareth war gerade dabei, die Blumen zu gießen.

»Grüß Gott«, sagte die Schwester, als sie ihren Gast wahrnahm.

»Guten Tag«, erwiderte Barrus den Gruß in seiner hochdeutschen Sprache.

»Sie müssen der Herr Prichtschneider sein. Kommen Sie, auch wenn Sie noch ein wenig zu früh sind.«

»Nein«, sagte Barrus und nahm seinen Hut ab, »mein Name ist Barrus, Jo Barrus, und wir haben keinen Termin. Ich würde Ihnen trotzdem gerne ein paar Fragen stellen, wenn Sie das einrichten könnten.«

Schwester Margareth wies auf einen der beiden Sessel, stellte die Gießkanne weg und setzte sich dann neben Barrus.

»Was kann ich für Sie tun, Herr Barrus«, fragte die Nonne, legte dabei den Kopf etwas seitlich und strahlte ihn an, als hätte sie schon mehrere Jahre auf seinen Besuch gewartet.

»Wissen Sie, ich habe von Ihrem Hausmeister gehört, dass hier am …«

»Ja, hierher kommen ganz viele Mädchen und Jungen, um zu musizieren. Ist das nicht großartig? Sie kommen aus dem gesamten Alpenraum.«

»Schön«, sagte Barrus. »Aber ich bin aus einem weniger erfreulichen Grund hier in Mühlbach. Ich bin nämlich Polizist.«

Schwester Margareth hielt den Kopf wieder gerade und lächelte weiter. »Hier von unserer Carabinieristation? Ich habe Sie noch nie gesehen.«

»Nein. Ich komme aus Brandenburg, einer Stadt in dem gleichnamigen Bundesland, ganz in der Nähe von Berlin. Und dort arbeite ich in der Mordkommission.«

Das Lächeln verschwand aus dem Gesicht der Nonne, als sie sich bekreuzigte. »O Heiligemuttergottes! Was ist denn geschehen?«

»Mehrere Morde sind geschehen«, erklärte Barrus. »Und in diesem Zusammenhang gibt es eine Spur, die von Brandenburg in Ihr Institut führt. Sie ist aber etwas verwirrend. Vielleicht können Sie mir ja helfen, diesen Faden aufzudröseln.«

»Gerne. Wenn ich das vermag.«

Barrus war immer noch ein wenig irritiert und wusste nicht so recht, wie er beginnen sollte. Dann aber entschied er sich für den Frontalangriff. »Es geht um einen Mann, der sich mir als Nikolaus Hueber vorgestellt hat.« Barrus wartete auf eine Reaktion der Nonne. Die aber blieb aus, anders als beim Rosenhofwirt. »Mittlerweile weiß ich, dass Nikolaus Hueber der Vater der Nonne war, die dem Herz-Jesu-Institut seinen Namen gegeben hat, und er schon lange tot ist.«

»Das ist nicht ganz richtig. Unsere Mittelschule im Her-Jesu-Institut trägt den Namen Maria Hueber, der Ordensgründerin der Tertiärschwestern. Aber sie ist wie auch ihr Vater Nikolaus wirklich schon lange tot. Sie wurde am zweiundzwanzigsten Mai sechzehnhundertdreiundfünfzig als jüngstes von fünf Kindern geboren. Doch leider kam ihr Vater nicht aus dem Krieg heim, was für die Mutter bedeutete, die Kinder in Armut großziehen zu müssen. Und so entschloss sie sich, Maria als Kind einer adligen Familie anzuvertrauen. Dort wurde sie zu besonderer Frömmigkeit erzogen und betete lieber, als dass sie spielte. Sie arbeitete als Hausmädchen und hatte immer Kontakt zu den geistlichen Beratern der Adelsfamilie. Und so war es schließlich Gottes Wille, dass Maria im Jahre siebzehnhundert in Brixen eine Schule für mittellose Mädchen gründete, die sie in Lesen, Schreiben und Nähen unterrichtete. Deshalb trägt unsere Schule ihren Namen.«

»Und ihr Vater? Können Sie mir vielleicht etwas über ihn erzählen? Vielleicht gibt es ja irgendeine Parallele zu heute, die mir weiterhilft.«

Die Nonne lehnte sich jetzt in ihrem Sessel zurück und schüttelte den Kopf. »Was ist mit Nikolaus Hueber?«

»Ich sagte ja, ich weiß, dass Nikolaus Hueber längst tot ist. Der Wirt des Rosenhofes war so nett und hat mich aufgeklärt. Aber ob Sie es mir glauben oder nicht, bei mir in Brandenburg war ein Mann, der sich als Nikolaus Hueber vorgestellt hat. Und er hatte sogar einen italienischen Pass auf diesen Namen.«

»Was hat er Ihnen sonst noch gesagt?«

»Dass er zwei Menschen umgebracht hat.«

Schwester Margareth schloss die Augen und bekreuzigte sich mehrere Male.

»Heiligemuttergottes.« Dann öffnete sie wieder die Augen. »Hat er das nur gesagt, oder …«

»Ja, aus meiner Sicht hat er das nur gesagt. Aber das …« Barrus hielt plötzlich inne. »Schwester, von welchem Nikolaus Hueber reden wir eigentlich? Doch gewiss nicht von dem Vater der Ordensgründerin.«

»Nein«, sagte Schwester Margareth. »Wir reden von dem Mann, der Ihnen in Brandenburg gegenübergesessen hat. Von Nikolaus Hueber, der eigentlich Enzo Cardone heißt. Er kommt aus einem kleinen toskanischen Dorf, aus Sant'Anna di Stazzema, wo er neunzehnhundertvierundvierzig als Kind von der SS mit einem Flammenwerfer beschossen wurde, weshalb er an der linken Körperseite großflächige Brandnarben hat.«

»Weshalb er auch ein wenig hinkt?« Barrus erinnerte sich, wie er mit Hueber zu seinem Büro gegangen war.

»Ja.«

»Aber wie geht das? In seinem Pass steht, dass er am zwölften August neunzehnhundertvierundvierzig in Mühlbach geboren wurde. Irgendetwas stimmt doch da nicht.«

»Nein, da haben Sie Recht. Aber was sollten wir denn machen? Ich war noch Novizin, gerade einmal sechzehn Jahre alt, als es in den Abendstunden am Tor klopfte. Ein hübscher junger Mann, der aussah wie ein amerikanischer Filmschauspieler, stand da, ein schreiendes Bündel im Arm, dass sich als übel zugerichteter, etwa dreijähriger Junge herausstellte. Er habe das Kind am Straßengraben gefunden, sagte der Mann und gab den Jungen in unsere Obhut. Für unsere Bemühungen legte er mir auch noch ein wertvolles Stundenbuch in den Schoß.«

»Und da haben Sie ihm den Namen Nikolaus Hueber gegeben.«

»Ja. Es hat sehr lange gedauert, bis der Junge wieder gesund war. Aber er stand trotzdem weiter unter Schock. Es war kein Wort aus ihm herauszubekommen. Er musste das Sprechen vollkommen neu erlernen. Die Mutter Oberin hat dann beschlossen, ihn nach Marias Vater zu benennen, Nikolaus Hueber, und als Geburtstag den Tag festzulegen, an dem er bei uns angekommen ist.«

»Und der Mann, der ihn gebracht hat? Sah der vielleicht aus wie Clark Gable?«

Die Nonne nickte und senkte den Blick. Dann nahm sie den Kopf aber abrupt wieder hoch. »Herr Barrus, was ist mit ihm? Was ist mit Nikolaus?«

»Er ist tot. Man hat auch ihn ermordet, und wie es aussieht, schiebt ihm irgendjemand die anderen Morde in die Schuhe und lässt Huebers Tod wie einen Suizid aussehen. Aber ich glaube nicht daran und hoffe, dass Sie mir helfen.«

»Nikolaus tot …« Sie schloss für einen Moment die Augen. Barrus sah wie unter den geschlossenen Lidern Tränen hervorquollen, und ließ ihr Zeit, die traurige Neuigkeit zu begreifen. Eine Weile saßen sie still beieinander. Dann bekreuzigte sich die Nonne, wischte sich die Tränen mit einem Tuch ab, das sie sich umständlich aus einer Tasche in ihrem Habit hervorzog, und begann zu erzählen.

»Er wuchs hier im Heim auf und ging auch hier zur Schule. Aber er hatte es schwer, wurde oft von Alpträumen verfolgt und weinte viel. Es war schwer für uns, mit anzusehen, wie der Junge litt. Und wir konnten ihm auch nicht helfen, denn er sprach mit niemandem über das, was in seinem Kopf herumspukte. Bis vor einigen Monaten, als plötzlich einer unserer ehemaligen Schüler hier auftauchte und nach Nikolaus fragte.«

»Und wer war das?«

»Uli Zöggeler. Er war zu der Zeit schon Staatsanwalt und wollte unbedingt mit Nikolaus reden. Wir konnten ihm helfen, denn Nikolaus arbeitete ja bei uns in der Hauswirtschaft als zweiter Hausmeister neben Herrn Panoner, den Sie ja im Hof schon kennengelernt haben.«

»Und dann?«

»Mehr weiß ich nicht, Herr Barrus. Als Uli Zöggeler verunglückt ist, hat Nikolaus gekündigt. Er hat es mir nicht erklärt, hat nur um Verständnis gebeten und gesagt, dass ich mit Schwester Martha reden soll, falls ihm etwas zustößt. Er würde jetzt nach Deutschland fahren und drei Männer zur Verantwortung ziehen, die ihm und seiner Familie grausame Dinge angetan hätten. Hat er sie wirklich nicht getötet?«

Barrus schüttelte den Kopf. »Nein. Er war es nicht. Als er auf die Männer traf, waren sie bereits tot. Wo kann ich Schwester Martha finden?«

»Bei den Zöggelers. Sie pflegt dort die kranke Tochter von Ulrich.«

***

Mittlerweile hatten sich Berits Augen an das Licht gewöhnt. Die sie umgebende Helligkeit biss nicht mehr in den Pupillen wie das Gift einer Speikobra, und die Hitze, die seit Stunden von irgendwoher durch jede Ritze zu ihr geströmt war, hatte auch nachgelassen. Wenn sie genau darüber nachdachte, dann waren die Finsternis und die Gluthitze sogar etwas, das Berit zu vermissen begann, denn das undurchdringliche Dunkel und das Gefühl, zumindest in dem heißen Vorhof der Hölle auf die letzte Schleusung zu warten, waren doch der sichere Garant dafür, sich nichts sehnlicher herbeizuwünschen, als die Flucht aus diesem Verlies. Nicht, dass dieser feuchte und graue Keller nun zu so etwas wie Berits neuer Heimstatt werden könnte, aber im Moment störte sie nur noch die Garotte, und das war bedenklich.

Berit wartete kurz, bis sich dieser absurde Gedanke wieder verflüchtigte, und konzentrierte sich dann erneut auf das Gehör, den einzigen ihrer Sinne, der sie in die Lage versetzte, die Umgebung außerhalb ihres Gefängnisses wahrzunehmen.

Aber der Keller war gnadenlos. Nichts als Stille, kein einziges Geräusch, fast hätte man glauben können, Berit habe den Abflug der Menschheit von diesem Planeten verpasst und sei nun mutterseelenallein.

Da konnte sie nicht anders, als aufzulachen. Hatte sie während ihrer Haftstrafen auch an solch einen Blödsinn gedacht? Oder raubte ihr die Gewissheit gerade den Verstand, doch noch einer viel grausameren Folter auf diesem schrecklichen Stuhl ausgesetzt zu werden, als sie sich vorstellen wollte, und danach den Weg nach draußen nur in einer verschlossenen Kiste antreten zu können? War sie ihrem Ende wirklich schon so nahe? Natürlich würde sie keine Antwort auf diese Fragen bekommen, aber war das ein Grund, sie nicht zu stellen?

Allmählich kam Berit zur Realität zurück und beugte sich nach vorn, um wie einem Automatismus folgend die Festigkeit ihrer Fesseln zu prüfen. Und auch dieser Versuch brachte nichts weiter als die grausame Erkenntnis, dass ihre Peiniger Meister waren, zumindest wenn es um das Handwerk des Henkers ging.

Berit fauchte wie eine Katze, rief sich damit wieder zur Räson. Lass dich nicht irre machen, lautete ihre Mahnung, sei stark und gib dich nicht auf. Warte auf deine Chance, dann wird sie auch kommen. Mach das, was Jo dir schon als kleines Mädchen eingebläut hat, wenn du neben ihm auf der Couch Astrid-Lindgren-Filme geguckt hast: Sei Pippi – nicht Annika.

## 25

Nach dem Besuch im Herz-Jesu-Institut stiefelte Barrus wieder die Katharina-Lanz-Straße entlang, wo er den Schildern zu folgen gedachte, die den Weg zur Carabinieristation wiesen. Dort hoffte er, etwas über den offensichtlich mysteriösen Unfalltod von Ulrich

Zöggeler zu erfahren und vielleicht auch etwas mehr über Nikolaus Hueber.

Vor der Polizeistation herrschte eine Hektik, die Barrus aus seinem eigenen Berufsleben nicht fremd war. Es wies alles darauf hin, dass ein eiliger Einsatz bevorstand, denn hetzende Polizisten sprangen in zwei Alfa Romeo und preschten mit quietschenden Reifen über das Kopfsteinpflaster.

»Mein Name ist Barrus, Jo Barrus. Ich bin ein deutscher Kollege«, sagte er zu dem Beamten, der in der Tür der Station stand und noch immer den beiden Alfas nachschaute. »Ich brauche dringend Ihre Hilfe in einem Mordfall.«

Der Beamte sah Barrus mit einigem Verblüffen an. »Haben Sie uns gerade angerufen?«

Barrus schüttelte den Kopf. »Nein. Aber vielleicht meine Dienststelle.«

Jetzt schüttelte der Carabiniere den Kopf. »Nein, der Anruf, in dem uns vor nicht einmal zwei Minuten ein Toter auf dem Fischnallerhof gemeldet worden ist, kam nicht von einer Dienststelle.«

»Ist das Opfer ein alter Mann?«

»Ja«, antwortete der Carabiniere. »Es ist ein Mann. Ein älterer Herr, wie es der Anrufer formulierte.«

## 26

Der Carabiniere, der allein in der Station zurückgeblieben war, hörte sich Barrus' Schilderungen der Morde in Brandenburg sehr aufmerksam an, lud dann den deutschen Kollegen kurzerhand in seinen privaten PKW und fuhr ihn auf den Fischnallerhof. Der Hof lag in vollkommener Stille. Er bestand aus einem verwitterten Wohnhaus und alten Stallungen, die längst verwaist waren. Der Tote, das konnte Barrus schon aus einiger Entfernung sehen, lag bäuchlings über einem hüfthohen Hauklotz, auf dem im Winter sicherlich das Brennmaterial gespalten wurde. Von den Bewohnern des Hofes schien niemand anwesend zu sein.

»Wissen Sie schon, wer der Tote ist?« fragte Barrus.

»Ja.«

»Und wer?«

»Ein Mann aus Mühlbach. Er hieß Franz Zöggeler und hatte in der Katharina-Lanz-Straße ein Geschäft.«

»Der Antiquar«, sagte Barrus entsetzt.

Der Carabiniere blieb abrupt stehen. »Sie kennen den Mann?«

Barrus nickte.

»Aber Sie haben mir doch eben erklärt, dass Sie erst vor ein paar Stunden angekommen sind. Finden Sie das nicht merkwürdig? Was wollten sie von ihm?«

»Ich habe mich mit ihm unterhalten.«

»Worüber?«

»Über die Geschehnisse in Brandenburg und über seinen Sohn Ulrich.«

Der Carabiniere hielt Barrus am Ellenbogen fest. »Jetzt mal ganz langsam und so, dass ich es auch verstehe. Sie kommen vor einigen Stunden hier an, unterhalten sich mit einem Geschäftsmann, der kurz darauf tot auf einem alten Bauernhof liegt, und wollen mir auch noch verklickern, dass der alte Zöggeler sich mit Ihnen über Uli unterhalten hat? Herr je, das kann kein Mensch kapieren.«

»Ich weiß«, musste Barrus zugeben. Es blieb ihm wohl nichts anderes übrig, als die italienischen Kollegen einzuweihen, wollte er verhindern, dass man ihn wegschickte oder sogar festnahm. »Ich erkläre es gleich. Lassen Sie uns aber bitte erst einen Blick auf den Toten werfen.«

Der Carabiniere war von dieser Option nicht sonderlich begeistert, ließ aber Barrus' Ellenbogen los und stellte den stämmigen Deutschen seinen Kollegen vor.

»Michael Gruber«, sagte ein Mann in Barrus' Alter, der offensichtlich der ranghöchste Beamte in der Runde war. »Wie kann ich helfen?«

»Wissen Sie schon, wie er ums Leben gekommen ist?«

»Nein«, antwortete Gruber. »Wir haben ihn zwar noch nicht ausgiebig untersucht, aber auf den ersten Blick lässt sich keine äußere Gewaltanwendung erkennen. Wir müssen auf den Gerichtsmediziner warten.«

Barrus nickte. So war ihm das am Ufer des Beetzsees auch gegangen, als er vor der Leiche von Alfred Lindner gestanden hatte. Und auch er hatte auf den Gerichtsmediziner warten müssen. Er ließ sich ein paar Latexhandschuhe reichen und trat an den Kopf des Toten, der noch immer über dem Hauklotz lag. »Darf ich?«, fragte Barrus und befühlte, als niemand Einwand erhob, mit dem Zeigefinger den Nacken des Toten. »Dachte ich mir's doch. Schwer zu sehen unter den Haaren, aber doch deutlich zu spüren. Man hat ihn abgenickt.«

»Abgenickt?«, fragte Gruber.

Barrus holte tief Luft. »Abgenickt ist ein Begriff aus der Jägersprache. Dabei wird das Wild durch einen gezielten Stich ins Genick getötet. So wie hier. Die Tatwaffe dürfte wie in Brandenburg ein dünnes Laguiolemesser sein.«

Gruber verzog das Gesicht. »Und das geht einfach so? Man sticht einen Dolch in den Hals und ein erwachsener Mann ist sofort tot?«

»Der Mörder ist kein Laie«, erklärte Barrus. »Wie bei den Leichen in Brandenburg, hat er auch hier punktgenau zwischen den Os Occipitale, dem Haupthinterbein des Schädels und den Atlas, dem ersten Halswirbel eingestochen. Durch diesen Stich wird das Nervenzentrum für die Atmung und den Blutkreislauf zerstört, was zum sofortigen Tod führt. Ungefähr so, wie bei einer Hinrichtung per Genickschuss.«

Gruber reagierte prompt auf diese neue Erkenntnis. »Klaus, du rufst sofort alle her, die wir üblicherweise brauchen. Und du«, Gruber nickte einem etwas abseits wartenden Carabiniere zu, »du organisierst hier mal so etwas wie eine Absperrung. Ich will niemanden dichter als einhundert Meter dran haben.«

## 27

Um einundzwanzig Uhr saß Barrus auf dem Hof der Carabinieristation, wo er einen Gartenstuhl in die Fünfundvierziggradneigung brachte. Wie ein Sternenforscher schaute er in den Abendhimmel und hielt sich den Bauch. Den obersten Knopf seiner Hose hatte er geöffnet, denn der Salatteller, die anschließenden Taglierini in einer Pilzsauce, dann die Hühnerbrüstchen zu Rosmarinkartoffeln an Bohnen im Speckmantel und zum Abschluss auch noch marinierte Erdbeeren waren einfach zu viel für einen Magen, auch wenn der wie in Barrus' Fall zuletzt beim Frühstück bedient worden war. Erschwerend für seine Diätvorsätze war hinzugekommen, dass die Wirtin des Rosenhofes nicht nur eine sehr gute, sondern eine ausgezeichnete Köchin war, was dazu geführt hatte, dass Barrus die Teller sogar mit einer Scheibe Brot abgerieben hatte, um dem Geschirrspüler nicht einmal den winzigsten Krümel zu überlassen.

Während Barrus sich auf das Rauschen des nahen Baches konzentrierte, kam Michael Gruber aus dem Stationsgebäude, eine Flasche Veltliner unter dem Arm und zwei Gläser in der Hand.

sucht, der ihm hilft. Und dieser jemand könnte von Abendorf sein, denn Frau Lindner hat den Sohn nach alten Fotos gefragt, auf denen jemand aufgeschrieben hatte, wer darauf abgelichtet worden war. Wenn das so stimmt und jeder bei uns wusste, dass Reiter im Gefängnis saß, dann kann er nur nach von Abendorf gesucht haben.«

Gruber warf einen neuen Blick auf das Foto der drei Deutschen in Sant'Anna, zog die kleine Stabtaschenlampe hervor, die an seinem Gürtel hing, und leuchtete das Bild aus. Dann legte er es auf den Tisch und gab Barrus die Lampe. »Sieh dir diesen von Abendorf mal etwas genauer an. Die dunklen Haare und dieser fein gezeichnete Schnauzbart. Er sieht aus wie ein amerikanischer Schauspieler. Findest du nicht?«

Barrus warf höflichkeitshalber einen kurzen Blick auf das Foto. »Clark Gable. Das hat meine Nichte auch schon festgestellt.«

»Es gibt in Mühlbach eine alte Legende, an die zwar niemand so recht glaubt, die sich aber trotzdem hartnäckig hält.« Gruber sprang auf und zog sein Schlüsselbund hervor. »Los komm. Ich schließe die Station ab und wir machen einen kurzen Spaziergang. Nur ein paar Häuser weiter gibt es eine alte Schreinerei. Die wird zwar nicht mehr betrieben, aber der Murner Alois lebt noch da. Er hat damals die Geschichte von Clark Gable in Umlauf gebracht, wofür man ihn fast schon des Wahnsinns bezichtigt hat.«

Nur fünf Minuten später standen sie vor der Schreinerei. Alois Murner, ein ledriger Alter mit weißem Rauschebart und rauen, rissigen Händen öffnete, nachdem Gruber mehrmals den Eisenring gegen den Türschlag gehämmert hatte.

»Ah, der Herr Gruber. Was führt dich denn so spät zu mir?«

»Grüß Gott, Alois«, sagte Gruber und stellte auch gleich seinen deutschen Kollegen vor. »Können wir uns in deine Stube setzen?«

Der Alte lotste die beiden Besucher in die gute Stube und stellte den Fernseher leiser. »Was kann ich denn für euch tun?«

Gruber zögerte nicht lange. Er legte das Foto auf den Tisch, das Barrus aus Brandenburg mitgebracht hatte. »Erzähl meinem Kollegen die Geschichte von Clark Gable«, forderte er den Alten auf. »Schau, Alois, hier ist sogar ein Foto, auf dem der Mann abgelichtet ist.«

Murner aber dachte nicht im Traum daran. Er wurde von einer Sekunde auf die andere sehr ungehalten. Sein Gesicht warf noch mehr Runzeln, als es sowieso schon hatte, und mit einem Schlag wich alle Freundlichkeit aus ihm. »Michael«, sagte er mit ernstem Blick. »Ich kannte bereits deinen Großvater und mochte auch deinen Vater. Aber das gibt dir nicht das Recht, mich alten Mann auf den Arm zu nehmen. Ich hatte wegen der Geschichte genug Ärger. Nein, das ist vorbei, und ich will auf meine alten Tage nicht mehr daran erinnert werden. Lasst mich einfach in Ruhe damit.«

Gruber aber gab nicht nach. Er schob das Foto direkt vor den Alten. »Ist er das?«

Murner und Gruber tauschten intensive Blicke. Dann aber siegte die Neugier, und der Alte nahm das Foto in die Hand. »Wo habt ihr das her?«, fragte er und sah zu Barrus.

»Es stammt aus einem Nachlass und zeigt drei Männer, die an einem Massaker der SS beteiligt waren.«

»Alle drei?«, fragte der Alte. »Der eine trägt doch die Uniform der Wehrmacht.«

»Ein Major, ja, aber wir wissen aus sicherer Quelle, dass er irgendwie dabei gewesen ist.«

»Das erklärt natürlich«, murmelte der Alte mehr zu sich, als zu seinen Besuchern, »warum er hier untergetaucht ist.«

»Wer?«, fragte Barrus.

»Mister Gable«, antwortete der Alte und begann zu strahlen. Hatte er damals doch Recht gehabt. Die späte Rehabilitation gefiel ihm gut. »Der Mann hier auf dem Foto«, sagte er und zeigte mit seinem krummen Finger auf von Abendorf. »Das ist Mister Gable. Er ist hier in den letzten Kriegstagen aufgetaucht und hat sich auf dem Fischnallerhof versteckt. Ich habe oft was für den alten Anton gebaut und hin und wieder einen Obstler mit ihm getrunken. Den hat der Anton immer selbst gebrannt, der alte Gauner. Außerdem war da die Martha, seine Tochter, müsst ihr wissen. Sie war sehr schön und zudem Witwe, seit ihr Mann im Krieg geblieben ist. Aber nichts für mich, leider. Die Martha hatte nur Augen für Mister Gable, genau wie ihre Tochter Marie, Mister Butler hat sie ihn genannt, keine Ahnung, warum. Eines Tages kam der Anton zu mir und wollte sich meinen Kastenwagen ausleihen. Er muss dringend nach Rom, hat er gesagt. Das muss im Sommer fünfundvierzig gewesen sein, glaube ich. Aber das Auto ist nie wieder aufgetaucht. Auch ist nicht der Anton damit gefahren, sondern dieser Mister Gable.«

»Und wo ist dein Auto abgeblieben?«, wollte Gruber wissen.

»Das war mir eigentlich egal, denn der Fiat war schon alt und keine zweihundert Lire mehr Wert. Doch der Anton konnte das nicht auf sich sitzen lassen. Er hatte ein schlechtes Gewissen und hat mich ausgezahlt.«

»Und womit?«

Der Alte zeigte mit seiner knochigen Hand hinter sich. »Damit.«

Barrus sah zu der Wand, auf die Alois Murner deutete. Ihm war das Gemälde schon aufgefallen, als sie die Stube betreten hatten. Doch er hatte es nicht genauer betrachtet.

»Ich habe es für schlechte Zeiten aufgehoben«, sagte der Alte. »Aber die sind nicht gekommen, und so hängt der alte Schinken noch immer hier. Der ist sogar echt, sagt man.«

Barrus erhob sich und ging ganz dicht an das Gemälde heran. »Das glaube ich jetzt nicht«, war das Einzige, was er an Worten herausbrachte, als er die Signatur erkannte, die er bereits während der Vernissage in den Brennaborwerken gesehen hatte.

»Was glaubst du nicht?«, fragte Gruber, der Barrus zu dem Gemälde gefolgt war.

Der alte Murner drehte sich um und erhob mahnend den Zeigefinger. »Nicht anfassen, meine Herren«, sagte er. »Das ist ein Matisse.«

## 28

Grübelnd saß Barrus wieder im Hof der Carabinieristation, während Gruber hineingegangen war, um sich über den Fortschritt der Ermittlungen im Todesfall Zöggeler zu erkundigen. Er versuchte die Fülle von Informationen und Eindrücke des heutigen Tages zu sortieren. Es war ein so buntes Gemisch. Nikolaus Hueber, einer der Überlebenden von Sant'Anna - aber um welchen Preis? Der Staatsanwalt, der ums Leben gekommen war, als er begonnen hatte, die Ereignisse von Sant'Anna für eine Anklageschrift zu erforschen. Seine Tochter, die den Unfall überlebt hatte und nun ganz allein dastand, da der Großvater ums Leben gekommen war, abgenickt wie die Opfer in Brandenburg. Die kleine Marie, die Enkelin auf dem Fischnallerhof, wo von Abendorf nach dem Massaker Unterschlupf gefunden hatte: Mister Butler hat sie ihn genannt, keine Ahnung, warum! Der Satz ging Barrus nicht aus dem Kopf. Seine Gedanken wanderten zu dem Matisse, der bei Alois Murner hing - kehrten zurück nach Brandenburg, die Vernissage, Matisse, Butler! Er sprang auf, lief zum Bach, zurück zu seinem Stuhl, umkreiste den kleinen Tisch. Immer wieder.

Natürlich!

Von Abendorf, der aussah wie Clark Gable. In welchen Filmen hatte er gespielt? Was hatte Berit gesagt? *Vom Winde verweht*! Die männliche Hauptrolle - Rhett Butler – Doktor Butler. Die Erkenntnis ließ ihn sich setzen. Endlich kam Licht in den dunklen Fall. Ein Hoch auf den italienischen Kollegen Gruber, der ihn zu Murner gebracht hatte. Der Carabiniere war nicht mit Gold aufzuwiegen.

Es ging also nicht nur um die drei Stundenbücher, sondern um viel mehr Kunstschätze, mit denen von Abendorf hier abgetaucht war, um auf das Kriegsende zu warten, einer davon hing seit Jahrzehnten unbeachtet bei Alois Murner.

Er stürzte in die Carabinieristation. »Kann ich nach Deutschland telefonieren?«

»Na klar. Auf dem Schreibtisch steht ein Telefon.«

Er wählte die Nummer von Wassertor. »Es ist alles ganz einfach, Heiner. Butler ist von Abendorf. Ja, ich bin sicher, nun … ich glaube es. Du musst dazu recherchieren. Zapf deine Quellen an. Du weißt ja, meine sind im Augenblick versiegt. Und sag Bescheid. Im Hotel, ja.«

Barrus hatte Gruber zuhören lassen. Als er aufgelegt hatte, nickte sein italienischer Kollege erst zustimmend, und dann zog er für Barrus noch ein Ass aus dem Ärmel: Er wusste, von welcher hübschen Martha der alte Alois Murner gesprochen hatte und wo die Frau heute zu finden war.

»Der Fischnallerhof steht seit vielen Jahren leer«, sagte Gruber. »Die letzte Erbin hat sich aus dem weltlichen Leben zurückgezogen und ist in den Orden der Tertiärschwestern eingetreten.«

»Ah, dann ist das die Schwester, von der auch Schwester Margareth heute Nachmittag gesprochen hat. Also müssen wir jetzt zurück zum Herz-Jesu-Institut«, vermutete Barrus.

»Nein. Schwester Martha kümmert sich um Anna, die Enkelin von Franz Zöggeler.«

Als die beiden am Antiquariat ankamen, war das Haus völlig dunkel. Auch auf das Klingeln hin erfolgte keine Reaktion. Erst eine Nachbarin, die gerade nach Hause kam, klärte Barrus auf.

»Sie suchen Schwester Martha?«, fragte die Frau.

»Ja.«

»Sie ist weg. Als die Nachricht hier ankam, dass der Franz tot ist, ist sie mit Anna in das Pflegeheim nach Bruneck umgezogen.«

Barrus sah Gruber bittend an. »Fährst du mich dorthin? Morgen früh?«

»Natürlich.«

## 29

Gruber hatte es sich nicht nehmen lassen, Barrus am Abend zu seinem Hotel zu fahren, dort waren sie auf Imre gestoßen. Der war von seiner Bergtour sehr erschöpft, aber immerhin aufnahmefähig genug für die neuen Erkenntnisse. »Hast du sehr gut gemacht, Cheffä. Jetzt wir können schlafen gut. Und morgen früh wir überlegen, wie weitergeht.«

Doch Imre war nicht zum Frühstück erschienen. Barrus wartete nicht lange, bestellte einen Kaffee und wollte sich gerade auf den Weg zum reichhaltigen Büffet machen, als das kleine Klammeräffchen erschien und ihm »Tefelon, Tefelon« zurief.

»Ich habe nicht daran gedacht, dass du dich in die Höhle des Löwen begibst, als ich dich gebeten habe zu recherchieren. Was willst du dort denn erreichen?«, fragte Barrus, nachdem Wassertor ihn von dem Plan erzählt hatte, Gut Fanum zu besuchen.

»Deine Vermutung zu Doktor Butler – ich will ihm ein wenig auf den Zahn fühlen.«

»Aber denk daran, noch können wir ihm nichts beweisen. Möglicherweise hat er die Morde in Auftrag gegeben. Aber das ist bloße Spekulation.«

Wassertor ließ sich davon nicht abschrecken. »Warum lässt du es mich nicht wenigstens versuchen? Schließlich geht es um das Leben deiner Nichte. Und da ist es allemal besser, irgendwelchen Spekulationen auf den Grund zu gehen, als im Zeitungsarchiv staubige Luft einzuatmen und das unkritische Geschreibsel feiger Journalisten über den großartigen Kunstmäzen und Gönner Doktor Butler zu lesen.«

Ja, natürlich, Wassertor hatte Recht. Es ging wirklich darum, Berit so schnell wie möglich zu finden, und das lebend. Es machte keinen Sinn, die Hände in den Schoß zu legen und darauf zu warten, dass jemand anderes fehlende Steinchen für das Mosaik herbeitrug.

»Also gut«, sagte Barrus. »Aber was willst du da machen?«

»Das Fest«, schlug Wassertor vor. »Am Freitag findet auf Gut Fanum ein riesiges Fest statt, auf dem der Bundespräsident persönlich Doktor Butler das Bundesverdienstkreuz an die Brust heften wird. Alles, was im Umkreis von zweihundert Kilometern Rang und Namen hat, wird dort auftauchen. Und das interessiert natürlich auch den Märkischen Kurier. Ich habe vor zehn Minuten die Büroleiterin von Doktor Butler angerufen und gleich für heute Nachmittag einen Termin bekommen. Und wir werden um Punkt vierzehn Uhr da aufschlagen.«

»Wir?«

»Ja, Hildi und ich.«

»Hildi? Was soll Hildi denn da?«

»Sie wird Wein anbieten.«

»Wein? Glaubst du nicht, dass die auf dem Gut genug Wein haben?«

»Schon. Aber nicht solchen, denn Hildi wird Werderaner Wachtelberg anbieten.«

Umgehend zog Barrus eine Grimasse, wie sie Kinder ziehen, die unvorbereitet in eine saftige Zitrone gebissen haben. »Bei allem Respekt, Heiner. Der Wachtelberg ist zwar das nördlichste Weinanbaugebiet Deutschlands, aber genau das ist auch sein Problem. Ich glaube nicht, dass Doktor Butler sich für einen solchen Anlass Rotwein andrehen lässt, dem eindeutig die südliche Sonne fehlt. Auf Gut Fanum werden sicherlich edlere Sorten gelagert.«

»Das glaube ich allerdings auch«, räumte Wassertor ein. »Aber die Idee ist trotzdem klasse. Hildi wird als Sponsor auftreten und den regionalsten aller Brandenburger Weine als Geschenk darbieten, sozusagen als ihre persönliche Würdigung des großen Tages. Und dann wird sie dem Sommelier des Hauses so um den Bart gehen, bis der ihr freiwillig den Weinkeller zeigt. Vielleicht finden wir ja eine Spur von Berit.«

»Dann versucht es von mir aus. Aber ich kann mir immer noch nicht vorstellen, dass Butler euch auf den Leim gehen wird.«

»Wir werden sehen«, sagte Wassertor und legte auf.

## 30

Barrus war vom Anblick der Nonne fasziniert. Bei Zöggele im Haus hatte er zu wenig Zeit gehabt, sie genauer zu betrachten. Schwester Martha wirkte ohne die schwarze Kutte und die dazugehörige Haube mit ihrem kurzen, fast bübischen Haarschnitt wie ein freches kleines Mädchen, das lediglich in die Jahre gekommen war. Sie gönnte Barrus und Gruber ein knappes Lächeln und kam sofort zur Sache: »Ich wollte nur dafür sorgen, dass Anna wohlbehütet untergebracht ist, dann hätte ich mich bei Ihnen im Rosenhof gemeldet, Herr Barrus. Oder bei Ihnen, Herr Gruber. Und ich halte es nach dem, was hier und ja auch bei Ihnen in Brandenburg passiert ist, für angebracht, ein wenig Licht ins Dunkel zu bringen«, sagte sie, während sich die Neonleuchte in ihren Augen spiegelten, ohne dass Martha zu blinzeln begann. Sie hob den dürren Zeigefinger und sagte: »Ich glaube, jetzt ist es an der Zeit, das jahrzehntelange Schweigen endlich zu brechen.«

Barrus konnte seine Neugier nicht mehr zähmen. »Bitte, wir sind sehr gespannt.«

»Wie mir Schwester Margareth berichtet hat, ist Nikolaus tot. Stimmt das?«

Barrus nickte. »Offiziell war es Selbstmord, ich aber glaube, dass man ihn umgebracht hat.«

»Und wen vermuten Sie hinter der Tat, Herr Barrus?«

»Einen Mann, der sich heute Doktor Butler nennt, der meiner Meinung nach aber ein ehemaliger Wehrmachtsmajor ist, der sich zum Kriegsende hier in Mühlbach versteckt hat.«

»Das ist so, denn Clark Butler ist das Produkt der Fantasie eines kleinen Mädchens. Eines Mädchens, das sich unsterblich in einen Mann verliebt hat, der aussah wie Rhett Butler oder wie Clark Gable, der ihn gespielt hat.«

»Vom Winde verweht«, sagte Barrus.

»Ja. Ich habe mir mit meiner Tochter diesen Film im Kino angesehen. Und eines Tages stand er plötzlich vor ihr, der Filmheld. Und dieses kleine Mädchen gab ihm vor sehr, sehr langer Zeit den Anstoß, sich aus den beiden Namen Rhett Butler und Clark Gable eine neue Identität zu schaffen, nämlich die des Ihnen bekannten Doktor Clark Butler. Und Clark Butler, meine Herren, ist niemand anderes als der Mann, den Sie suchen. Es ist Doktor Joachim von Abendorf.«

»Woher wissen Sie das?«, fragte Barrus.

»Weil meine Tochter heute mit ihrem Vater zusammenlebt, als Marie Johnsen.«

Barrus sah die Nonne nun ungläubig an.

»Ich werde es Ihnen erklären, Ihnen die ganze Geschichte erzählen, die in den frühen Abendstunden des zwölften August neunzehnhundertvierundvierzig begann …«

*Der Motor des Mercedes 170V lief auf Hochtouren. Der Wagen schoss über die staubigen Landstraßen Norditaliens. Nur vor allzu großen Bombentrichtern hatte Joachim von Abendorf den Fuß vom Gas genommen.*

*Sein Weg hatte ihn von Sant'Anna immer nordwärts geführt. Kurz vor Bologna hatte er sich schließlich sicher genug gefühlt, hatte in einem kleinen Dorf angehalten, um das pausenlos schreiende Kind zu versorgen. Eine Bäuerin war ihm dabei zur Hand gegangen. Sie hatte keine Fragen gestellt, aber ihre dunklen Augen waren Anklage genug. Trotzdem überließ sie von Abendorf gegen ein gutes Entgelt den Anzug ihres Mannes. Sie verband die Brandwunden des Kindes und war schließlich froh, als der Deutsche wieder verschwand. Und der? Der hatte, während die Bäuerin die klebrigen Wunden versorgte, immer wieder an Sant'Anna denken müssen, an die Greul und an das Glück, das der Kleine trotz allem gehabt hatte.*

*Die SS hatte etwa siebzig Frauen und Kinder in ein Haus getrieben und dann begonnen, diese armen Menschen nacheinander zu erschießen. Als auch eine hochschwangere Frau an der Reihe war, kam der kleine Junge angerannt, bis dahin hatte er sich wohl versteckt gehalten. »Mamma, mamma«, schrie er, immer wieder, und blieb wie erstarrt stehen. Und dann musste er mitansehen, wie Reiter seine Mutter auf eine Bank warf, seinen Dolch zog und sie abnickte, wie ein Stück Wild. Da lief der Junge los, wollte hin zu seiner Mamma, kam aber nicht an. Alfred Lindner richtete seinen Flammenwerfer auf den Jungen und drückte ab. Unfassbar, aber der Junge überlebte die Tortur. Auch seine kleine Schwester, die bald geboren worden wäre, überlebte, aber nur für Sekunden. Reiter hatte ihrer Mutter den Bauch aufgeschlitzt, das Baby herausgezerrt und mit seiner Pistole erschossen.*

*Nun lagen bereits Triest und Bozen hinter von Abendorf, und nach Brixen waren es nur noch zehn Kilometer. Ohne die Geschwindigkeit zu drosseln, trieb er den Wagen weiter über die Landstraße. Viel Verkehr herrschte nicht und der Mercedes ließ sich gut durch die engen Kehren steuern.*

*Doch hinter einer scharfen Kurve geschah es dann. Ein lautes Krachen riss von Abendorf aus seinem Sekundenschlaf, und nur im Augenwinkel sah er noch, wie ein dunkler Gegenstand über die Motorhaube schoss.*

*Sofort lenkte er den Wagen an den Straßenrand und schaltete den Motor ab. Absolute Stille umfing ihn. Selbst das Kind schien zu schlafen. Das lauteste Geräusch, das von Abendorf wahrnahm, stammte von seinem eigenen Blut, das wie ein reißender Gebirgsbach durch die Ohren rauschte.*

*Als er schließlich den Schrecken überwunden hatte, sah er nach hinten und bemerkte sofort den gekrümmten Körper. Wie ein Sprinter rannte er dorthin, wo der Mann in embryonaler Haltung im Staub lag. Auf den ersten Blick war zu erkennen, dass hier jede Hilfe zu spät kam. Der Schädel des Mannes war vollkommen zerschmettert.*

*Er kehrte zum Wagen zurück und zündete sich eine Zigarette an. Dann ließ er den Blick schweifen. Es war wunderschön hier. Südlich schoben sich die Bergmassive der Dolomiten auf knapp dreitausend Meter in den blauen Himmel und im Norden, da wo sein Ziel lag, gingen die Spitzen der Alpen über diese Marke sogar deutlich hinaus.*

*Doch so schön das Panorama auch war, er fand daran keine Freude. Er hatte einen Menschen überfahren und in Sant'Anna Hunderte andere sterben sehen. Wie viele Menschenopfer würde das Gemetzel dieses Krieges noch fordern? Immer wieder tauchten die Bilder aus Sant'Anna in seinem Kopf auf. Die dunklen Schwaden, die sich aus den Scheiterhaufen gen Himmel geschoben hatten, und der süßliche Gestank nach brennenden Leichen. Er hatte bei der Abfahrt an der Bergkuppe über*

*Sant'Anna noch einmal angehalten und mit dem Fernglas hinunter ins Dorf geblickt. Wahnsinn, was dort passiert war. Und Wahnsinn, was dieser verdammte Krieg von ihm einforderte. Er hatte so sehr gehofft, im »Einsatzstab Reichsleiter Rosenberg« von all den Schweinereien verschont zu bleiben. Aber das hatte sich als Irrtum herausgestellt. Und nun war er selbst schuld an dem Tod eines Menschen.*

*Von Abendorf trat die Zigarette aus und ergriff eines der Stundenbücher. Vorsichtig strich er mit der flachen Hand über den Einband. Ein wahrhaftes Geschenk, das er da in den Händen hielt. Die Stundenbücher des Herzogs de Valentin. Und sein Blick wanderte wieder in die umliegenden Berge. Welcher Kontrast. Hier das friedvolle Gebimmel der Kuhglocken, dort das unbändige Schreien sterbender Menschen – hier saftige Wiesen, dort brennende Häuser.*

*Und an dieser Stelle wusste Joachim von Abendorf, dass er nicht mehr mitmachen wollte. Er legte den immer noch schlafenden Jungen vorsichtig ein wenig entfernt von dem Auto ins Gras und stellte sein Gepäck neben ihm ab. Dann lief er zu der Stelle zurück, wo der tote Mann noch immer am Straßenrand lag, schulterte den leblosen Körper und trug ihn zu seinem Mercedes. Dort zog er dem Toten seine Majorsuniform an und setzte ihn hinter das Lenkrad. Anhand der metallenen Hundemarke würde man den Mann später als Joachim von Abendorf identifizieren. Seine Walther P38, der Siegelring mit dem Wappen derer von Abendorf und das silberne Zigarettenetui mit den Initialen JvR würden nur noch bestätigen, dass hier Major von Abendorf im heldenhaften Einsatz für Führer, Volk und Vaterland gefallen war. Er sah schon den Brief, den seine Mutter in der Hand halten und der seinen Vater, wenn dieser durch und durch nazitreue Wehrmachtsgeneral überhaupt noch lebte, mit seinem nichtsnutzigen Sohn versöhnen würde. Nichtsnutzig, weil er sich wie eine Tunte der Kunst verschrieben hatte, anstatt dem Feind im Schützengraben die Stirn zu bieten, wie es seit Generationen Sitte in der Familie von Abendorf gewesen war.*

*Er holte die übrig gebliebenen Benzinkanister aus dem Kofferraum, übergoss mit einem die Leiche des Bauern und verteilte den Inhalt der* anderen beiden im Innenraum. Dann sprach er ein kurzes Gebet, bekreuzigte sich und warf sein brennendes Feuerzeug in den Wagen.

Mit dem schwer verletzten Kind im Arm lief von Abendorf über Wiesen, bis er auf die nächsten Lebewesen stieß. Dieses Mal waren es Kühe, nur wenige, die friedlich am Hang grasten. Er betrachtete den vor Erschöpfung schlafenden Jungen in seinem Arm, legte ihn sicher ins Gras und deckte ihn mit seiner Jacke zu. Dann ging er hinüber zu der kleinen Herde.

Als er sich ihnen näherte, glotzten ihn die Kühe neugierig an, und er fragte sich, ob es ihm gelingen würde, eine von ihnen zu melken. Aber wie es mit Rindviechern so ist, noch dazu mit solchen Freiläufern, wollte sich keines mit ihm einlassen. Er schaffte es gerade einmal, sich den Tieren bis auf drei Schritte zu nähern. Dann machten sie einen Satz zur Seite. Laut fluchend setzte sich von Abendorf ins Gras und ließ den Rücken gegen den Hang fallen.

»Sie müssen mit ihnen reden«, empfahl ein junges Mädchen, vielleicht zehn oder elf Jahre alt. Breitbeinig stand es da und stemmte die Hände in die Hüften.

»Und was soll ich ihnen sagen?«, fragte er.

»Egal«, antwortete das Mädchen und kam ohne jede Scheu näher. Von Abendorf betrachtete sie genau. Sie wirkte sportlich, hatte eine schlanke Gestalt und ein rundliches Kindergesicht, neben dem zwei geflochtene Zöpfe hin und her baumelten. Sie ging auf eine der braunen Kühe zu. »Marie, kimm. Kimm her, Marie.« Dann drehte sie sich zu von Abendorf und lächelte mit dem ganzen Gesicht. »Sehen Sie?«

Und von Abendorf sah es. Die Kuh machte ein paar Schritte nach vorn und blieb direkt vor dem Mädchen stehen. »Und was mache ich, wenn ich ihren Namen nicht kenne?«

Das Mädchen lachte laut auf. »Dann nennen Sie die Kuh eben Eva oder Maxi. Hauptsache, Sie reden mit ihr und Ihre Stimme klingt nett.«

Er befolgte ihren Rat und bemühte sich um eine überaus nette Stimme. »Marie, du Schönheit der Berge, würdest du mir ein wenig von deiner Milch geben? Ich habe Durst und bin zudem sehr hungrig.«

*»Sie würde Ihnen bestimmt gerne von ihrer Milch geben. Aber das kann sie nicht mehr«, sagte das Mädchen und sah von Abendorf verlegen an. »Das Braunvieh gibt zwar viel Milch, aber ich habe sie alle fünfe gerade erst gemolken.«*

*»Schade. Ich hätte wirklich einen Schluck gebrauchen können.«*

*»Dann kommen Sie.«*

*Das Mädchen führte von Abendorf zu einer kleinen verwitterten Holzhütte, die sich farblich hervorragend in den Waldrand einfügte. Drinnen nahm das Mädchen den Deckel von einer großen Milchkanne und reichte von Abendorf schließlich eine bis an den Rand gefüllte Holzkelle. »Bitte. Trinken Sie.« Dann eilte sie wieder nach draußen.*

*Von Abendorf trank und gönnte sich gleich noch zwei Kellen, von denen er gut ein Drittel über seinen Anzug kippte.*

*»Hat es Ihnen geschmeckt?«, fragte das Mädchen, als er sich neben sie ins Gras setzte.*

*»Sehr gut, danke.« Er wischte sich mit dem Handrücken die restliche Milch aus dem Schnurrbart. »Und wie nenne ich dich, wenn ich dich näher kennenlernen möchte?«*

*Das Mädchen sprang auf, machte einen Satz hangabwärts und stemmte wieder die Hände in die Hüften. »Haben Sie Angst, dass ich genauso widerspenstig bin wie die Kühe?«*

*»Vielleicht.«*

*»Ich heiße auch Marie«, trällerte sie. »Mein Großvater hat alle seine Kühe nach den Enkeltöchtern benannt. Und wie heißen Sie?«*

*»Was glaubst du denn, wie ich heißen könnte?«, fragte er.*

*Sie formte mit den Daumen und den Zeigefingern ein Viereck, durch das sie von Abendorf betrachtete. »Wenn ich es nicht besser wüsste, dann würde ich denken, Sie sind Clark Gable«, schwärmte Marie und hüpfte zwei Meter entfernt an von Abendorf vorbei. Dann beugte sie sich vor, stützte die Hände auf die Knie und sah ihn herausfordernd an.*

*»Wie kommst du auf Clark Gable?«*

*Marie sprang auf. »Weil Sie so aussehen wie er. Ich war mit meiner Mutter im Kino. Wir haben einen tollen Film mit Clark Gable ange-*

schaut und ich habe mich sofort in ihn verliebt. Der Film hieß Vom Winde verweht. Clark Gable war hinreißend.«

»Und ich sehe auch hinreißend aus?«

Marie musterte von Abendorf ausgiebig und blieb das erste Mal für mehr als fünf Sekunden an einem Fleck stehen. »Sie haben auch so schöne schwarze Haare und diesen schmalen Schnurrbart. Außerdem sind Ihre Hände genauso zart wie die von Herrn Gable.«

»Ehrlich?«

»Ja, ehrlich.«

»Dann nenn mich einfach Clark Butler.«

Als von Abendorf mit dem Kind im Arm den Bauernhof betrat, war Marie schon vorgerannt. Lauthals rief sie nach dem Großvater, als brächte sie langersehnten Besuch mit nach Hause.

Marie lief dann auf Geheiß des Großvaters nach Spinges. Der Weg dahin war steil, und so färbten sich ihre Wangen schnell knallrot, und bald bekam sie kaum noch Luft. Aber sie wollte keine Zeit verlieren, schließlich hatte der Großvater nach der Mutter geschickt, und in der Stube wartete Clark Butler.

Schon weit vor dem Dorf sah Marie die spitztürmige Kirche, wohin die Mutter einmal pro Woche aufbrach, um für den Herrn Pastor die Wäsche zu machen. »Mutter, Mutter.« Marie rief schon von Weitem, obwohl sie immer noch vollkommen außer Puste war. Erschöpft, aber glücklich sackte sie schließlich bei der Wäscheleine zusammen.

»Kind. Was ist mit dir?«, fragte die junge Frau, nachdem sie die Klammern aus dem Mund genommen hatte. »Du bist ja ganz erhitzt«.

»Du wirst es nicht glauben, wer bei uns unten im Hof ist«, schnaufte sie, und Maries weit aufgerissene Augen leuchteten, als stünde sie unter hohem Fieber.

»Na, wer schon«, winkte die Mutter ab. »Der Großvater und vielleicht noch der Alois, der mal wieder nach einem Obstler fragt.«

»Nein«, schwor Marie. »Wir haben Besuch, und du wirst nicht erraten, wer da ist.«

*»Nun sag schon. Hat der Alois noch jemanden mitgebracht.«*

*»Nein«, quiekte Marie. »Clark Gable ist da. Und er sieht genauso aus wie im Film. Und Großvater sagt, du sollst schnell heimkommen. Los, beeil dich, du musst ihn dir anschauen.«*

*Also ging die Mutter zum Pastor, um sich von ihm zu verabschieden, seinen Segen zu empfangen und dann der Tochter nachzueilen. Erst an der Stöcklvaterkapelle, an der sie zum Hof abbiegen mussten, verfiel Marie wieder in den Schritt.*

*»Warte«, sagte sie und musterte den Sitz von Mutters Frisur. »Dein Haar ist am Rand ein bisschen herausgerutscht. Steck es noch einmal neu.« Marie half ihr dabei und zog die Mutter, der man die Anstrengung des zügigen Marsches ohnehin schon ansah, unerbittlich wieder hinter sich her. Als sie endlich auf den Hof kamen, standen der Großvater und Clark Butler vor der Tür.*

*»Guten Tag«, sagte der Fremde und hob sein Schnapsglas zum Gruß.*

»Also war es Zufall«, fragte Barrus, »dass von Abendorf mit dem verletzten Kind hier in Mühlbach aufgetaucht ist?«

»Nein«, antwortete Martha. »Wir waren ehemalige Kommilitonen.«

»Sie und von Abendorf?«

»Ja, und Ernst Reiter. Wir haben alle drei in Padua Kunstgeschichte studiert und uns angefreundet. Und dann ist es passiert. Ich wurde schwanger, habe sofort das Studium abgebrochen und bin zu unserem Hof zurückgekehrt.«

»Ist …«

»Ja. Joachim ist der Vater von Marie. Ich habe es ihm dann gesagt, aber als er Marie auf der Alm gesehen, ihr Alter geschätzt und das mit dem Datum meines Weggangs aus Padua verglichen hat, war er schon selbst darauf gekommen.«

»Und das verletzte Kind?«

»Der Junge hatte schwerste Verbrennungen, und mir war klar, dass wir ihn nicht versorgen konnten. Ich habe Joachim mit ihm zum Herz-Jesu-Institut geschickt, und die Nonnen haben ihn aufgenommen.«

»Und wie ging es dann weiter?«

»Joachim ist hiergeblieben und hat mit meinem Vater zusammen den Hof versorgt. Bis …«

»Ja?«

»Bis eines Tages Marie verschwunden ist.«

*Der Sommer vierundvierzig war in den Herbst, der Herbst in den Winter gewechselt, und das viel schöner, als von Abendorf es von zu Hause kannte, denn der Winter geizt in Südtirol nicht mit der Sonne. Es war einfach herrlich, und so genoss er jede freie Minute, in der er mit seiner Tochter in der Abgeschiedenheit des Hofes herumtoben konnte. Hier hinauf verirrte sich niemand, und wenn doch Besuch kam, dann geschah das zumeist nicht überraschend. Von Abendorf fühlte sich in Sicherheit.*

*Die ersten warmen Sonnenstrahlen des Frühlings hatte er allerdings verpasst, denn seit Anfang März fünfundvierzig hatte er tage- und nächtelang vor dem winzigen Radio in einer Kammer des Bauernhauses gesessen, um sich von der BBC über jede Änderung des Frontverlaufes informieren zu lassen. Im Westen hatten die Amerikaner bereits den Rhein überquert, die Russen kämpften hartnäckig und unaufhaltsam an der Weichsel, und die vermeintliche Alpenfestung, die Hitler noch Ende vierundvierzig als uneinnehmbare Bastion beschworen hatte, entpuppte sich mehr und mehr als Phantasievorstellung der NS-Propaganda, die den Angriffen der 3. und 7. US-Armee nicht standhalten konnte.*

*Doch das alles veranlasste von Abendorf nicht, den Kopf aus seiner Höhle zu strecken. Noch immer agierten Verbände der Wehrmacht und der SS im Alpenraum, und es war nicht auszudenken, fiele er durch Unachtsamkeit einer solch versprengten Gruppe in die Hände, womöglich noch Teilen jener 16. SS-Panzergrenadierdivision, der er im August in Sant'Anna begegnet war. Aber sein Paradies blieb nicht unberührt.*

*Martha rief ihm zu: »Hast du Marie irgendwo gesehen?«*

»Vorhin war sie oben am Stadl. Sie wollte nach den Schafen sehen. Und da hat sie wohl die Zeit vergessen.« Von Abendorf nahm Martha in die Arme, um sie auf andere Gedanken zu bringen.

»Aber da ist sie nicht.« Sie wand sich aus seiner Umarmung. »Ich bin gerade bei den Schafen gewesen. Sie haben noch nicht einmal ihr Futter.«

Er ließ von ihr ab und sah hinauf zu dem etwa fünfzig Meter oberhalb gelegenen Stadl. »Ich schaue gleich mal nach«, sagte er. »Aber erst bringe ich die Milch ins Haus.«

Martha griff nach seinem Arm und hielt ihn zurück. »Geh bitte gleich nachsehen und nimm Vaters Büchse mit.«

»Martha, du übertreibst. Sie wird wieder irgendetwas entdeckt haben. Eine Katze oder einen Hasen, und darüber hat sie alles andere vergessen.«

Aber Martha ließ sich nicht beschwichtigen. Sie hatte die Worte der anderen Bauern in den Ohren, die seit Wochen immer wieder von herumstreunenden deutschen Soldaten erzählten. »Joachim, hol dir bitte Vaters Gewehr«, flehte sie.

Er bückte sich nach den beiden Kannen, in denen sich die Milch des Morgens befand, und stellte sie zurück in den Stall. Dann trat er wieder in die Sonne und starrte erneut zum Stadl, dessen dunkles Holz seit Tagen die Rinnsale des tauenden Schnees aufsaugte. Das kleine Tor, durch das die Schafe eigentlich schon ins Freie gelassen sein müssten, war verschlossen, aber die Luke, die sich am Giebel unterhalb des Daches befand, stand weit offen. Das war ungewöhnlich, hätte es doch zu dieser Tageszeit genau andersherum sein müssen.

»Habt ihr gestern Abend die Luke nicht geschlossen?«, fragte er.

Auch Martha drehte sich um und blickte hoch zum Stadl. »Doch. Vater hat sie selbst verriegelt, nachdem er lauthals mit Marie geschimpft hatte, weil sie es vergessen hatte.«

»Bist du sicher?«

»Ganz sicher. Ich habe ihm noch gesagt, dass ich es nicht möchte, wenn er sie so ganz alleine die schmale Stiege zur Luke hochschickt.«

*Von Abendorf kniff die Augen zusammen, aber auch mit allergrößter Anstrengung gelang es ihm nicht, in dem Dunkel hinter der Luke etwas zu erkennen. »Ich gehe mal nachsehen«, sagte er und griff nach der Forke, die gegen die Stallwand lehnte. »Wenn mir etwas komisch vorkommt, hole ich das Gewehr.«*

*Von Abendorf begann, den schmalen, vollkommen unter Schneematsch verborgenen Weg hinaufzusteigen. Bei jedem dritten oder vierten Schritt hielt er kurz inne, um in die Stille der Bergwelt zu lauschen. Aber außer dem eigenen Atmen konnte er keine Geräusche ausmachen. Schon gar nicht solche, die auf Marie hinwiesen.*

*»Marie«, rief er. »Marie.«*

*Dann, er war schon fast oben angekommen, fiel sein Blick auf kleine Schuhspuren in dem noch unberührten Schnee. Das mussten die von Marie sein, und sie führten in den Wald, der hinter dem Stadl lag. Das alleine hätte von Abendorf noch nicht misstrauisch gemacht, aber die Tatsache, dass parallel neben der Spur der Kinderschuhe eine solche mit den Abdrücken von Soldatenstiefeln zu erkennen war, ließ ihn das Blut in den Adern gefrieren. Seine geliebte Tochter schwebte in höchster Gefahr.*

*Noch intensiver als beim Aufstieg zum Stadl horchte er in die Umgebung, während er den Hang hochstapfte. Er versuchte, das leiseste Geräusch aufzusaugen, und verdammte den Moment, da er Marthas Bitte, das Gewehr mitzunehmen, in den Wind geschlagen hatte. Zudem bemerkte er, wie kalt die Luft im Schatten des Stadls noch war und wie wenig Wärme sein Flanellhemd spendete. Ein starkes Zittern befiel ihn, aber er hätte nicht sagen können, wie viel davon auf das Konto der niedrigen Temperaturen ging und wie viel auf das der Angst um Marie. Er wusste nur, dass er mit seiner Forke ziemlich erbärmlich aussah und dass sich ein deutscher Soldat, der um sein Überleben kämpfte, wohl kaum von seinem Anblick in die Flucht schlagen lassen würde. Trotzdem stapfte er weiter auf den Waldrand zu, von dem er nur noch einen Steinwurf entfernt war.*

*Plötzlich kam aus dem Unterholz ein knackendes Geräusch, und seine Augen jagten in genau diese Richtung. Als er Schnee von den Zweigen einer Tanne rieseln sah, hob er die Forke und spitzte wieder die Ohren. Aber das nächste Geräusch kam nicht aus dieser Richtung, sondern von rechts, und es war eines, das jeden Mann, der in einem Krieg gekämpft hatte, zur Salzsäule erstarren ließ. Ein metallisches Klacken, erzeugt vom Verschluss einer Maschinenpistole, der durch die Federspannung angetrieben nach vorne rast und damit preisgibt, dass der folgende Laut der Knall eines oder mehrerer Schüsse sein könnte.*

*Unvermutet schnell fand von Abendorf die Beherrschung wieder und steckte den Stiel der Forke vor sich in den Schnee. »Deutscher?«, fragte er ins Ungewisse hinein.*

*»Ja«, kam knapp die Antwort.*

*Von Abendorf zögerte einen Moment. Fast hätte er gefragt, ob der Soldat desertiert sei, was ihn aber womöglich provoziert hätte. »Wie geht es meiner Tochter?«, fragte er stattdessen und drehte den Oberkörper ganz vorsichtig in die Richtung, in der er den Soldaten vermutete. Aber als ihm ein warnendes »Na, na!« entgegengeschleudert wurde, hielt er inne. Und er fragte weiter:*

*»Ist sie bei dir?«*

*»Ja«, antwortete der Soldat wieder denkbar knapp, was von Abendorf nicht einmal die Möglichkeit einräumte, den Dialekt des Mannes und damit seine Herkunft zu erraten.*

*»Geht es ihr gut?«*

*»Ja.«*

*»Kann ich sie sehen?«*

*»Nein.«*

*Nur zu gern hätte er sich abrupt zur Seite gedreht, um zum einen den Soldaten und dessen derzeitige Verfassung einschätzen zu können und zum anderen einen Blick auf Marie zu werfen. Aber er scheute das Risiko und überlegte stattdessen, wie er das Gespräch in Gang halten konnte.*

*Dabei kam ihm der Soldat unerwartet entgegen. »Du bist also Clark Butler?«, fragte er.*

*Von Abendorf schwieg. Er wusste nicht, was er darauf antworten sollte. Würde er seinen richtigen Namen nennen, könnte die gerade erst* geschaffene neue Identität platzen, würde er aber auf Clark Butler bestehen, könnte der deutsche Soldat ihn für einen Amerikaner halten und ihn sofort erschießen. Er fand eine klügere Lösung. »Wer hat dir das gesagt?«

»Deine Tochter.«

»Ach so. Das ist ein Spiel, das wir immer wieder spielen. Jeder darf sich einen Vornamen ausdenken, den Nachnamen bekommt er dann von dem anderen. Und diese Namenskombination hält den ganzen Tag, bis wir das Spiel am nächsten Morgen erneut beginnen.«

»So, so«, sagte der Soldat. »Und der deutsche Offizier? Wo ist der?«

Von Abendorf lief es eiskalt den Rücken hinunter. Konnte es sein, dass dieser Soldat gar nicht zufällig in Mühlbach aufgetaucht war? Suchte er etwa im Auftrag des Einsatzstabes Reichsleiter Rosenberg nach Major Joachim von Abendorf, weil man dahintergekommen war, dass er mit den wertvollen Stundenbüchern durchgebrannt war?

»Von welchem deutschen Offizier sprichst du?«

»Von dem Major, der hier im letzten August angeblich in seinem Auto verbrannt ist«, sagte der Soldat.

»Hier oben bei uns?«

»Nein, unten auf der Straße.«

Von Abendorf hob die Schultern. »Davon habe ich gar nichts gehört«, behauptete er, sich streng an seine einmal eingeschlagene Linie haltend. Dann aber knallte es ohrenbetäubend laut und zwei Geschosse schlugen sehr dicht neben seinen Stiefeln ein.

»Nicht lügen«, sagte der Soldat. »Es war ein hoher Offizier und er hatte einen Jungen bei sich, der komischerweise nicht in dem Wagen verbrannt ist.«

»Nein, ich lüge nicht«, sagte von Abendorf. »Aber sag mir, was du von mir willst? Sag es oder erschieß mich, aber führe hier nicht so ein Theater auf.« Er hatte sich in Bruchteilen einer Sekunde für die Flucht nach vorne entschieden, ohne in dem Moment zu wissen, was er sich davon versprach.

»Wo ist das Balg?«

*»Ich weiß nicht, wovon du sprichst.«*

*»Dreh dich zu mir«, forderte der Soldat plötzlich. »Aber ganz langsam.«*

*Und von Abendorf gehorchte. Er war auf alles gefasst, auf einen abgemagerten, auf einen verwundeten, selbst auf einen verzweifelten Soldaten, aber nicht auf den Mann, der fröhlichster Laune nur zehn Meter von ihm entfernt im Schnee stand. Von Abendorf brauchte etwa fünfzehn Sekunden, dann erst war er in der Lage seine Überraschung in Worte zu fassen.*

*»Ernst Reiter«, sagte er, als er in dem Soldaten den ehemaligen Kommilitonen und den Schlächter von Sant'Anna erkannte, der erfolgreich seine Stimme verstellt haben musste. »Glaub es mir oder glaub es mir nicht, aber irgendwie habe ich schon viel früher mit dir gerechnet.«*

Schwester Martha kramte in ihrer Handtasche und förderte ein altes Foto hervor. »Hier«, sagte sie. »Da Ernst noch einen weiteren Mann aus seiner Kompanie dabei hatte, waren sie nun zu dritt auf unserem Hof, und es entstanden diese Fotos. Sie kannten sich ja aus der Heimat, aus ihrem Dorf, in dem sie alle drei groß geworden waren.«

Barrus nahm das Bild, obwohl er genau wusste, was da drauf sein würde. »Alfred Lindner, Ernst Reiter und Joachim von Abendorf vor dem Dom von Brixen.«

»Ja«, sagte Schwester Martha. »Aber neben Kultur haben sie auch noch andere Interessen gehabt. Kommen Sie bitte morgen früh wieder, dann bringe ich Sie zu einem Mann, der Ihnen erzählen wird, warum Joachim alles unternehmen muss, damit die alten Geschichten auf keinen Fall ans Tageslicht kommen.«

»Nämlich?«

»Sein gesamtes Imperium würde zusammenbrechen.«

# 31

Noch vor dem gelben Ortsschild bog Wassertor in die Kiesauffahrt ab, die zum Gut Fanum führte. Als das Auto mit lauten Knirschgeräuschen auf dem Kies ausrollte, kam ein Mann die Treppe herunter, dem man seine Jahre wohl ansah, der aber nicht alt wirkte. Er grüßte freundlich, indem er Zeige- und Mittelfinger an die Schläfe tippte.

Wassertor nickte ihm zu. Irgendwie kam ihm der Mann bekannt vor. Das Gesicht hatte er doch schon einmal gesehen …

»Kennst du den?«, unterbrach Hildi seine Grübelei.

Wassertor drehte sich noch einmal um und sah dem Spaziergänger nach, der gerade das Eingangsportal passierte. Dann kam die Erinnerung zurück. »Ich glaube schon. Wenn mich nicht alles täuscht, dann war das Hinrich Dhelandt, ein bekannter Bildhauer.«

»Das ist Hinrich Dhelandt?« Hildi war verblüfft. Sie hatte schon viel von dem norddeutschen Künstler gehört, verfügte aber nicht über das nötige Kleingeld, um auch nur den Abfall erstehen zu können, den Dhelandt bei der Arbeit von seinen Marmorblöcken schlug. Sie hatte erst neulich in irgendeinem Feuilleton gelesen, dass Dhelandt seit Jahren auf der Liste aller möglichen Preise stand, die in der Kunstwelt verliehen worden waren.

»Was macht der denn hier?«

»Herr Dhelandt«, hörten Wassertor und Hildi jemanden rufen. Ein Mann kam die Treppe heruntergerannt und versuchte, den Bildhauer zu erreichen, bevor der in den Weiten des Gutsparks verschwinden würde. Als er zu Dhelandt aufschloss, drückte er ihm einen Zettel in die Hand, worauf der Künstler sich mit einer angedeuteten Verbeugung bedankte.

Dann kam der Mann, der dem Bildhauer nachgelaufen war, an den BMW und öffnete erst die Beifahrer-, dann die Fahrertür.

»Ah, die Herrschaften vom Märkischen Kurier.«

Der Aufzug des Mannes war beeindruckend. Er sah aus wie ein Orchestermusiker, mit Frack; es fehlte nur noch der Zylinder. »Ich darf Sie im Namen der Familie Butler recht herzlich begrüßen.« Mit einer devoten Verbeugung trat er einen Schritt zur Seite.

Hildi, die mittlerweile auf der Beifahrerseite ausgestiegen war, fühlte sich außerordentlich geschmeichelt. »Das ist aber sehr freundlich von Ihnen. Aber nur der Herr ist vom Kurier, ich komme wegen des Weins.«

»Gut«, sagte der vornehme Diener und wandte sich an Wassertor. »Mein Name ist Georg und ich werde Sie jetzt zu Herrn Doktor Butler bringen«, sagte er. »Und Sie, gnädige Frau, warten hier. Die Köchin wird sich sofort um Sie kümmern.«

Nachdem Georg die Visitenkarte von Wassertor in eine Tasche seiner Weste gesteckt hatte, führte er den Journalisten die Treppe hinauf und durch ein fürstliches und in helles Sonnenlicht getauchtes Foyer, dessen Mittelpunkt eine fast mannshohe Vase bildete. Der glasierte, warme Terrakottaton und die weinrote Kordel, die durch Ösen am oberen Ende von vier Stützen die Vase umrundete, legten den Schluss nahe, dass hier keine Kopie vor dem versehentlichen Umstoßen geschützt wurde. Woher es stammte und welchen Wert das Prachtstück verkörperte, vermochte Wassertor allerdings nicht zu sagen.

»Mingväschen?«, fragte er provokant und zeigte auf die Mitte des Foyers.

»Tang Dynastie, etwa siebenhundert nach Christi. Man schätzt die Vase auf … aber das dürfte Ihre Möglichkeiten sowieso übersteigen.« Georg lächelte Wassertor dezent zu und verneigte sich knapp. Der Spaß, den ihm seine eigene Bemerkung bereitete, war dem Diener deutlich anzusehen. Er freute sich umso mehr, als er einen Journalisten damit getroffen hatte.

In der ersten Etage öffnete Georg die Tür zu der überaus reich gefüllten Bibliothek des Gutshauses und führte Wassertor in einen lichtdurchfluteten Erker, in dem Doktor Butler bereits wartete.

»Danke, Georg«, sagte der Hausherr und wies auf einen gepolsterten Biedermeierstuhl, der an einem reich verzierten Intarsientisch stand. »Bitte, mein Herr. Ich habe mir erlaubt, der heißen Witterung entsprechend etwas Zitronenwasser und erfrischendes Obst bereitstellen zu lassen. Sie bedienen sich bitte selbst?«

Wassertor öffnete aber erst einmal sein Notizbuch und blätterte bis zu der Seite, auf der er kurz vor der Abfahrt nach Neu Fanum noch schnell einige Daten über den toten Alfred Lindner notiert hatte. Unter anderem, dass er sich neben seiner eigenen Landwirtschaft auch um die Pferde des Gutshofes gekümmert hatte, auch noch mit über siebzig Jahren. Mit dieser neuen Erkenntnis wollte er den Hausherrn unbedingt konfrontieren.

»Herr Doktor Butler«, begann Wassertor also und setzte sich. »Auch wenn ich hier bin, um über die Verleihung des Bundesverdienstkreuzes zu reden, kann ich meiner journalistischen Haut nicht entfliehen. Ich muss daher die tragischen Ereignisse ansprechen, die seit dem Wochenende wie ein böser Fluch über Neu Fanum schweben.«

Doktor Butlers Augen wirkten nervös, huschten hin und her, als überprüfe er seine Umgebung. Dann aber nickte er.

Während in der Bibliothek das Interview weiterlief, hatte Alma, die Köchin des Gutes, Hildi abgeholt und in die Küche geführt.

»Kommen Sie«, forderte Alma sie mit freundlichen Augen auf und bot Hildi einen Platz an. »Vielleicht ein Käffchen?«

»Nein, nein«, sagte Hildi und stellte die schwere Weinkiste auf den Tisch. »Aber vielleicht gönnen wir uns ein Schlückchen von dem Wein, den ich mitgebracht habe. Er muss doch verkostet werden.«

Alma wischte sich die feuchten Hände an der Schürze ab. »Warum eigentlich nicht.«

»Na dann«, antwortete Hildi und setzte sich neben der Tür in einen Korbstuhl, wo sie den Korkenzieher in den Flaschenhals drehte. Alma holte unterdessen zwei Gläser aus dem Schrank und stellte sie auf die Arbeitsfläche, über die sie zuvor mindestens drei Mal mit dem Handtuch gewischt hatte. »Das macht sonst eigentlich der Sommelier, aber der ist nach Berlin gefahren, um die Weine für Freitag abzuholen.« Ihr Blick wanderte zur gegenüberliegenden Wand, an der neben Kochlöffeln und Messern ein Blatt Papier hing, das wie eine Weinkarte aufgemacht war.

»Was gibt's denn?«

Almas Augen begannen zu glänzen. »Nur das Beste vom Besten«, sagte sie und ging zur Wand, nahm das Blatt ab und reichte es Hildi. »Bitte, lesen Sie selbst. Ich kann das nicht einmal aussprechen.«

Hildi setzte ihre Brille auf und studierte die Karte. Bereits beim Weißwein kam sie ins Schwärmen. »Nikolaihof Riesling 1975 - 254 Mark die Flasche. Und die Roten sind noch edler. Alain Voge Cornas Vielles Fontaines - 184 Mark, Chateau Bausejour Duffau-Lagarosse - 319 Mark, Chateau Clinet - 294 Mark. Alle Achtung.«

»Ja, auch beim Wein lässt sich Doktor Butler nicht lumpen.«

»Da spiele ich mit meinem Werderaner Wachtelberg aber in einer ganz anderen Liga. Die Flasche kostet 9 Mark, was ich schon ziemlich viel finde.«

Alma lächelte weise und gutmütig. »Aber er ist von hier, und das zählt. Der Doktor wird sich sehr freuen über Ihr Geschenk. Glauben Sie mir.«

»Wie läuft das am Freitag eigentlich ab?«, wollte Hildi nun wissen.

»Das mit dem Bundesverdienstkreuz?«

»Ja.«

»Keine Ahnung«, sagte Alma und sah Hildi mit hochgezogenen Brauen an. Dann blickte sich die Köchin in ihrer Küche um, als müsse sie sicherstellen, dass sie nicht belauscht würden. »Es kommen doch der Bundespräsident und der Kanzler«, flüsterte sie schließlich.

»Ehrlich?«, staunte Hildi. »Und Sie müssen die alle bekochen?«

Alma schüttelte den Kopf und setzte sich neben Hildi. Auf dem Schoß eine Schüssel Mirabellen zum Entkernen. »Nein, nein. Der Bundespräsident kommt mit seinem ganzen Gefolge. Auch der Kanzler, der Ministerpräsident und der Landrat haben zugesagt. Da hat Frau Johnsen, also die Tochter vom Doktor Butler, lieber eine richtige Ketteringfirma beauftragt.« Almas Enttäuschung war nicht zu überhören, genauso wenig wie ihre Ungeübtheit mit der englischen Sprache.

»Großer Bahnhof. Ich verstehe«, sagte Hildi.

Die Köchin erhob sich und stellte die Schüssel auf den Fliesenboden. Dann winkte sie Hildi ans Fenster. »Hier ist ja jetzt schon jede Menge Aufregung. Sehen Sie die beiden Gärtner da drüben neben dem Trompetenbaum?«

Hildi suchte die Männer und machte sie schließlich zwischen zwei Rhododendronbüschen aus, die unter einem mächtigen Trompetenbaum standen. Zwei junge, kräftige Burschen, die ihr bislang nicht aufgefallen waren. »Was ist mit ihnen?«

Alma sah Hildi verschwörerisch an. »Nie und nimmer sind das Gärtner, auch wenn man sie uns so vorgestellt hat«, behauptete sie und blickte wieder in den Park. »Dazu sind die viel zu faul. Außerdem braucht kein Gärtner einen Knopf im Ohr.«

Hildi versuchte den besagten Knopf zu erkennen, aber die beiden waren viel zu weit weg. »Vielleicht von einem Walkman. Damit kann man …«

»Ich weiß, was ein Walkmann ist. Mein Mann hat unserm Enkel einen zum Geburtstag gekauft. Die beiden«, Alma kam mit den Lippen ganz dicht an Hildis Ohr, »die haben blitzblanke Fingernägel. Die sind vom Sikrit Serviss.« Dann nickte Alma, als wäre sie seit Jahren die Köchin im Weißen Haus und wüsste ganz genau Bescheid. »Hat doch der amerikanische Präsident auch.«

»Meinen Sie?« Hildi starrte noch immer die beiden Männer an, die lediglich in der Gegend umherschauten. Die Harken zu ihren Füßen blieben unberührt.

»Die sind am Wochenende gekommen und der Karl Böttcher, der eigentlich den Garten macht, kennt sie nicht mal. Karl sagt, sie können Dahlien nicht von Astern unterscheiden.«

»Am Wochenende? Dann sind sie nicht wegen des Bundespräsidenten da? Wozu dann? Doktor Butler ist schließlich nicht der Präsident von Amerika. Wozu soll er denn Personenschutz brauchen? Wer sollte ihm etwas tun?«

Alma zuckte mit den Achseln. »Wir jedenfalls nicht. Wir sind den Butlers in jeder Hinsicht dankbar.«

Hildi setzte sich wieder. »Aber vielleicht gibt es Neider im Dorf?«

»Neider?«, fragte Alma und ging zu ihrer Schüssel zurück. »Bei uns? Nee, nee. Nach der Wende hat jeder Bauer sein Land von der LPG zurückbekommen. Auch die Jungbauern, denen man erst bei der Bodenreform ein paar Morgen zugeschlagen hatte. Aber was sollten sie damit?« Alma sah Hildi fragend an. »Die Schläge waren viel zu klein, und Maschinen hatte auch keiner. Nicht mal der Krutz. Da waren doch alle froh, als der Herr Doktor Butler kam und das Land aufgekauft hat. Und großzügig war er. So wie wir ihn halt kennen.«

»Und die, die kein Land hatten? Womit hat er die versorgt?«

»Land hatten alle, wenn auch manche nicht mehr wussten, wo es lag. Aber der Herr Doktor Butler hat nicht nur großzügig gezahlt, er hat auch sofort das Gutshaus in Schuss gebracht. Ist jetzt alles neu und nur vom Feinsten.« Sie sagte es mit einem solchen Stolz, als gehöre ihr das Gut. »Das sah ja so was von jämmerlich aus hier, und da hat aus jeder Familie mindestens einer Arbeit gekriegt.«

»Wie Sie?«

Alma nickte, ohne von den Erdbeeren aufzuschauen. »Ja, auch ich. Die meisten arbeiten auf den Feldern der Butlers oder im Gestüt, und selbst der Fleischer und der Tischler im Dorf bekommen durch das Gut Aufträge. Ohne die Butlers könnten sie nicht überleben.«

Hildi sah das etwas skeptischer, wollte aber Almas Idylle nicht in Frage stellen.

»Haben Sie schon unseren Sportplatz gesehen?« Alma nahm den Kopf hoch. Ihre kreisrunden Augen sprühten förmlich vor Begeisterung.

»Nur ganz kurz, als wir vorhin dran vorbeigefahren sind.« Hildi hatte der Sportanlage nur einen flüchtigen Blick gegönnt, ohne sich besonders dafür zu interessieren. Jetzt aber, da Alma sie darauf ansprach, fiel ihr das weitläufige Gelände wieder ein. Zumindest mit der zweiten Bundesliga mussten die Trainingsplätze keinen Vergleich scheuen. Zwei Rasenplätze, die der Qualität eines Greens auf dem Golfplatz in nichts nachstanden, und ein Kunstrasenplatz. Alle mit modernen Flutlichtanlagen ausgestattet.

»Sie haben sogar richtige Trainer«, schwärmte Alma unterdessen weiter. »Auch für die Kinder. So sind sie von der Straße weg.«

»Alle? Ich meine, spielen alle Kinder aus dem Dorf in dem Verein?«

»Ich glaube ja. Oder sie sind in der Feuerwehr, manche machen auch beides … Nicht bewegen«, sagte Alma plötzlich und legte den krummen Zeigefinger an die Lippen. Dann nahm sie den Kopf so weit nach unten, dass er fast in der Schüssel verschwand. Nach gut einer Minute sah sie wieder auf.

»Was war denn?«

»Georg ist draußen vorbeigelaufen«, erklärte Alma. »Er meint, dass wir uns nicht mit den Gästen unterhalten sollen und schon gar nicht in der Besenkammer oder der Küche.«

»Aber warum denn nicht?«

Alma zog die Schultern hoch. »Ich weiß es nicht. Aber es ist auch erst so streng hier, seit Georg da ist. Früher waren wir ein viel offeneres Haus und hatten richtig Spaß miteinander.«

»Und den hat Georg nun verdorben?«

Alma winkte ab. »Der glaubt, dass jeder ein potenzieller Verbrecher ist und dem Herrn Doktor Butler ans Leder will. Erst recht, wo doch die Lindnersche ...« Alma zog die rechte Hand vor den Mund, als müsse sie verhindern, ein böses Wort auszusprechen.

»Ja?«

»Sie haben alle Angst vor dem Mörder.«

»Ich denke, der hat sich selbst umgebracht. Dann ist doch die Gefahr vorbei, oder?«, fragte Hildi.

Almas Blick wurde noch ernster. »Ach, leider nicht. Der Georg sagt, dass wir weiter alle Augen und Ohren offen halten sollen. Er glaubt wohl nicht daran, dass der tot ist.«

»Und wen hat Georg in Verdacht?«

»Das weiß ich auch nicht so genau«, gestand sie schließlich und dachte offenbar weiter nach. Sie wiegte den Kopf hin und her, bis sie sich entschlossen hatte, dass sie mit der netten Frau offen reden konnte. »Der Beelzebub. Georg sagt, dass es der Beelzebub war.«

## 32

Barrus hatte fürchterlich geschlafen. Sei es nun, weil ihm die Details des gestrigen Tages im Kopf umhergingen, oder sei es, weil er Imre so lange nicht mehr gesehen hatte. Gestern Morgen war er nicht unten erschienen, solange Barrus im Hotel gewesen war. Und als er zurückgekommen war, hatte Imre das Hotel verlassen und war noch nicht zurückgekehrt, als Barrus sich schlafen gelegt hatte. Sein Frühstück heute Morgen hatte er wieder allein eingenommen. Barrus konnte sich keinen Reim darauf machen. Eine Sorge mehr. So kam er nicht zu der inneren Ruhe, die er dringend brauchte, um sich auf alles zu konzentrieren, was Berit jetzt benötigte. Ihm, vor allem aber ihr lief die Zeit weg. Er war aufgewühlt und angespannt, und daher zuckte er innerlich zusammen, als sein Zimmertelefon klingelte. Es war Wassertor, der aus der Redaktion des Märkischen Kuriers anrief.

»Morgen, Barrus. Also, wir ...«

»Warte mal. Ich habe den Kopf voll und kann im Moment selbst kaum entscheiden, was ich zuerst tun sollte. Und ich habe auch noch nicht alle Informationen sondiert, um sie dir vernünftig weitergeben zu können. Aber du bekommst deine Story, versprochen.«

»Ich glaub dir das gerne und will auch gar nichts von dir hören, mein Guter. Setz dich in einen Sessel und hör mir einfach zu, denn wir waren doch gestern in Neu Fanum und hatten einen Termin sowohl bei Doktor Butler, als auch bei der Köchin, die einiges zu berichten wusste. Diesen Doktor Butler können wir als Täter oder Auftraggeber ausschließen.«

»Wie kommst du da drauf? Hier verdichtet sich seine Täterschaft eher.«

»Ich glaube das aber trotzdem nicht, Barrus. Es spricht zu viel dagegen, und mein Bauch sagt mir, dass wir mit ihm als Auftraggeber für die Morde auf dem Holzweg sind.«

»Und warum?«

»Weil er selbst Angst hat. Aber er weiß etwas, was er mir natürlich nicht sagen wollte. Stattdessen hat er sich auf Allgemeinplätze geflüchtet, wie etwa seine dämlichen Criollogäule, die er aus Argentinien mitgebracht hat, um sie hier zu züchten. Von mir aus kann er die in der Pfeife rauchen. Aber der Mann hat regelrecht Panik, das nächste Opfer zu sein, und die Ursache dafür müssen wir herausfinden.«

»Wie kommst du darauf, dass er um sein Leben fürchtet?«, fragte Barrus.

»Seine Augen. Du hättest seine Augen sehen sollen. Die waren voller Panik, hoch nervös und irgendwie immer auf der Flucht. Und sein Butler trägt eine Waffe unter dem Gehrock, dass es ihm eine ziemliche Beule unter die linke Achsel wirft. Und der Türrahmen in der Bibliothek, in der Doktor Butler seine Gäste empfängt, ist ein versteckter Metalldetektor, wie man sie von den Flughäfen kennt. Nur eben besser getarnt.«

»Was soll das, Heiner? Das klingt sehr nach Verschwörungstheorie. Ich habe hier die Bestätigung gefunden, dass es sich bei Doktor Butler um Major von Abendorf handelt. Und diese Bestätigung hält sogar vor einem ordentlichen Gericht stand. Außerdem haben sich in Mühlbach nicht nur von Abendorf versteckt, um auf das Kriegsende zu warten, sondern auch Ernst Reiter und Alfred Lindner.«

»Das spräche natürlich für Hueber als Täter, wie deine Kollegen bei der Polizei meinen«, musste Wassertor eingestehen.

»Es gibt auch etwas, was gegen Hueber spricht«, sagte Barrus nachdenklich. »Von Abendorf hat ihn als kleines Kind aus der Hölle von Sant'Anna gerettet.«

»Und außerdem ist Hueber tot und Doktor Butler fürchtet sich immer noch. Und wie, mein Lieber.« Der Journalist bekam wieder Oberwasser. »Glaub mir, ich bin schon bei diversen Interviews in Hochsicherheitsbereichen durch diverse Detektoren gelaufen, die in Türen versteckt sind. Ich habe ein Näschen für solche Dinger. Und Butler hat auch so einen. Ich habe nämlich noch nie in meinem Leben eine Türzarge gesehen, die einen Stromanschluss hat.«

»Aber vor wem, zum Teufel, hat er Angst?«

»Das kannst du wahrscheinlich nur da in Südtirol herausfinden. Es würde mich nicht wundern, wenn es mit der Zeit zusammenhängt, die die drei dort zusammen verbracht haben.«

»Könnte sein«, sagte Barrus. »Ich treffe mich in knapp einer Stunde noch einmal mit einer Nonne, die mir jemanden vorstellen will, der Unangenehmes über von Abendorf zu berichten weiß. Sie sagte, dass mit dieser Aussage Butlers ganzes Imperium zusammenbrechen könnte.«

»Okay, das klingt nach einem vielversprechenden Hinweis. Aber da gibt es noch etwas. Hildi sagt, die alte Köchin habe ihr erzählt, sie hätten auf dem Gut einen Verdacht, wer der Mörder ist.«

»Und?«

»Es handelt sich um den Teufel«, erklärte Wassertor.

Barrus zog die Augenbrauen zusammen. »Sag mal Heiner, wo sitzt du gerade?«

»In meinem Büro, wieso?«

»Nicht bei Hildi im Belmondo?«

»Nein, in meinem Büro bei Tee und Wasser, falls es dich interessiert. Aber ich muss mich korrigieren, sie hat gesagt, es sei der Beelzebub.«

»Heiner, ich habe jetzt wirklich andere Probleme. Beelzebub und Teufel sind doch so ziemlich das Gleiche, oder? Nur ein anderes Wort, etwa wie Satan oder Luzifer«, kommentierte Barrus. »Alte Leute benutzen oft überholtes Vokabular.«

»Aber der Beelzebub ist eben nicht nur einfach ein anderer Name für den Teufel.«

»Dann lass mal hören. Aber schnell, ich muss mich um Wichtigeres kümmern.«

»Ich habe aus purer Neugierde mal nachgeschlagen. Im Alten Testament ist Beelzebub von Baal Sebul hergeleitet, einem alten Fürsten, der in Ekron, einer Stadt im heutigen Israel, gelebt haben soll.«

Barrus zog die Stirn kraus. »Was soll das werden? Religionsunterricht?«

»Nein. Hör mir einfach zu«, forderte Wassertor. »Baal Zebub wird nämlich übersetzt mit *Herr der Fliegen* und ist vermutlich eine Verspottung der Philister, die im damaligen Palästina lebten und auch im Hochsommer Tiere opferten, was bekanntermaßen viele Fliegen anlockt …«

»Danke«, sagte Barrus, der kurz überlegte, ob er die richtigen Freunde hatte. Ein Journalist, der sich eine kreischende Story zusammenphantasierte. »Also weißt du, deine …«

»Barrus«, mahnte Wassertor, »hör einfach weiter zu, es soll nicht zu deinem Schaden sein. Also, das Opferritual lockt immer viel Ungeziefer an, was zu dem polemischen Titel geführt hat: Herr der Fliegen.«

»Und du meinst, das hat die Köchin gewusst?«

»Nein. Es war der Hausdiener, der die Geschichte vom Beelzebub aufgebracht hat. Die Köchin hat es nur aufgeschnappt. Aber nun denk bitte an die Leiche, die du in der Wohnung entdeckt hast.«

»Heiner, ich bitte dich. Es ist Sommer, und da bedarf es zur frühen Verwesung keiner Opferrituale, sondern nur ein paar Tage Hitze«, versuchte Barrus zu relativieren und damit auch gleich der Fantasie des Freundes eine schwere Kugel ans Bein zu binden.

»Das mag richtig sein, mein Lieber. Aber mich hat das nicht losgelassen, und so ein Personenschützer wie dieser Georg spricht doch nicht umsonst vom Beelzebub. Und da ich darüber nun schon mal in Palästina gelandet bin, habe ich bei verschiedenen Nachrichtenagenturen gecheckt, ob es in Israel einen Serienkiller gibt oder gegeben hat.«

»Und?«

»Ich habe einen gefunden! Den sogenannten Haifakiller. Auf sein Konto gehen dort fünf Morde.«

»Das mag ja sein. Aber um Himmels willen, nun sag mir endlich, was das mit Brandenburg zu tun hat.«

»Ben Hanselmann hat seinen Opfern ein Laguiolemesser in den Nacken getrieben.«

Barrus musste schlucken. »Weißt du noch mehr über diesen Hanselmann?«

»Er kam irgendwann über Russland nach Israel. Seine Opfer arbeiteten alle für Institutionen, die Deutscher Beutekunst aus dem Zweiten Weltkrieg auf der Spur waren, um sie wieder dem jüdischen Volk zugänglich zu machen. Jede Leiche, die man in Israel gefunden hat und die augenscheinlich auf das Konto dieses Ben Hanselmann geht, befand sich in genau demselben Zustand, wie die Leiche von Ernst Reiter. Vielleicht hatte er bei den anderen nur nicht so viel Zeit. Aber könnte es nicht auch so sein, dass sich jemand diesen Beelzebub zum Vorbild genommen hat, um jetzt in Deutschland den Spieß umzudrehen und diejenigen zu töten, die Beutekunst gemacht haben?«

Barrus war dankbar, was er Heiner auch nicht verschwieg. Er hatte doch die richtigen Freunde, und das war ein riesiges Geschenk. Er verabschiedete sich von ihm und trat auf den Balkon seines Zimmers, von dem er mit einiger Mühe und unaussprechlicher Verrenkungen in Imres Zimmer blicken konnte. Aber da war noch immer keine Bewegung, auch das Bett war nach wie vor unangetastet.

Also beugte er sich nach vorn, stützte die Unterarme auf das hölzerne Geländer und schaute dem bunten Treiben auf dem Parkplatz des Rosenhofes zu. Die Fraktion der Wanderer rüstete zum Angriff. Sie machten sich und ihre Ausrüstung fit für das schweißtreibende Vergnügen.

Barrus' Blick wechselte zum Rand des Parkplatzes. Dort traten zwei kleine Mädchen aus dem Holzschuppen und folgten einem alten Mann. Alle drei schleppten schwer an wassergefüllten Gießkannen, der alte Mann an einer großen grauen, metallenen, die Mädchen an kleinen roten, plastenen. Eines war der kleine Klammeraffe, der bei seiner Ankunft hier im Hotel am Bein der Mutter gehangen hatte.

Barrus blinzelte in die Sonne und schloss die Augen. Die ihn umgebende Idylle war trügerisch, das wusste er, und sie machte träge. Deshalb wehrte sich seine Seele sofort und projizierte das

Bild der kleinen Berit gegen seine geschlossenen Augenlider wie gegen eine Filmleinwand. Auf der goss die kleine Berit mit kindlicher Begeisterung und unerschöpflicher Ausdauer Tante Giselas Orchideen. Ja, sie ersäufte die armen Pflanzen fast. Berit war ein reines Energiebündel gewesen, von der es jetzt nicht das geringste Lebenszeichen gab. Doch wo konnte er sie suchen? Und wer konnte ihm dabei helfen?

Seine Gedanken wurden brüsk unterbrochen. Wie aus dem Nichts schoss ein blauer Alfa Romeo auf den Parkplatz des Hotels. Die anderen beiden Streifenwagen der Mühlbacher Carabinieristation preschten an der Hoteleinfahrt vorbei und rasten weiter in Richtung des siebenhundert Meter höher gelegenen Ortes Meransen. Das krächzende Tatütata hallte ohrenbetäubend vom Berg wider.

## 33

Aus dem Alfa sprang Michael Gruber und rannte über den knirschenden Kies. Er stoppte erst, als er vor dem Tresen der Rezeption stand.

»Herr Barrus?«, fragte Gruber. »Ist er da?«

Die Hotelchefin drehte sich zum Schlüsselbrett und sah dann wieder den Polizeioffizier an. »Müsste er. Soll ich ihn holen?«

»Nein. Sagen Sie mir nur seine Zimmernummer. Ich hole ihn selbst.«

»Drei. Im ersten Stock die zweite Tür links.«

Und schon verschwand Gruber im Stiegenhaus, nahm dort nur jede zweite Stufe und stand wenige Augenblicke später vor Barrus, der ihn bereits erwartete. »Michael. Welcher Teufel hat dich denn geritten?«

»Komm«, forderte Gruber in scharfem Ton. »Wir müssen nach Meransen. Im Altfasstal hat es Schüsse in einer Hütte gegeben.«

Barrus, der den ersten Schreck überwunden hatte, winkte dankend ab. »Das ist ja furchtbar nett von dir«, sagte er mit einer Stimme, der man seine Erschöpfung anmerkte. »Und ich weiß es auch zu schätzen. Aber du musst mich nicht zu jedem eurer Einsätze holen. Fahr nur ruhig in dein Tal und berichte mir nachher, welcher Jäger sich warum in den Kopf geschossen hat.«

Doch der Carabiniere schien die Angelegenheit anders zu sehen. »Zwei Wanderer, die hoch zu den Seefeldseen wollten, haben gesehen, wie ein Mann einen anderen Mann in eine Hütte gezerrt hat, und als beide drin waren, sind sofort Schüsse gefallen. Also los jetzt, und lass dich nicht ewig bitten. Der Vorfall sollte auch dich interessieren, denn die Hütte gehört zum Fischnallerhof und die Beschreibung, die die beiden Wanderer von dem offensichtlich entführten Mann abgegeben haben, passt haargenau auf deinen Kompagnon.«

»Auf Imre?«

»Ja.«

Mit einem Schlag war Barrus wieder im Geschäft. »Schon gut«, schnaufte er. »Ich komme.«

Als sie die Treppe hinunterliefen, hielt Barrus Gruber kurz am Arm fest. »Ward ihr schon in der Hütte drin?«

»Nein. Die anderen beiden Wagen sind dahin unterwegs, und die Wanderer warten in sicherer Entfernung.«

Grubers Fahrstil war der eines Wahnsinnigen. Bei der Hatz durch die Serpentinen presste Barrus ständig die Lippen gegeneinander und krallte sich mit beiden Händen irgendwo fest, während der Carabiniere nebenbei noch funkte und über die langsame Kurvenfahrt von Autos mit deutschen Kennzeichen fluchte. Im Altfasstal trieb Gruber den Alfa über den schmalen Kiesweg und bremste erst, als ihn die Heckpartien der anderen beiden Streifenwagen dazu zwangen.

Die unglaubliche Schönheit des Altfasstales, das malerisch zwischen dem Kleinen Gitsch und der Feldspitz lag, ging allerdings komplett an Barrus vorbei. Er zog sogar in Erwägung, für den Rückweg lieber die Seilbahn zu nehmen, als noch einmal mit Michael Gruber in einem Auto zu sitzen.

Während Barrus kreideweiß ausstieg, ließ sich Gruber bereits von einem seiner Beamten in die Lage einweisen. Es war der, zu dem er während der Fahrt Funkkontakt gehalten hatte. Die anderen drei Polizisten schlichen geduckt und in Schusswesten gehüllt mit ihren Maschinenpistolen den Hang hinauf.

»Sag mal, hast du sie noch alle?«, fragte Barrus, als er schwer atmend neben Gruber auftauchte.

»Wieso?«, fragte der und drehte sich um. »Du lieber Gott. Jo, du bist ja ganz grün im Gesicht. Wenn ich gewusst hätte, dass du nicht bergtauglich bist, wäre ich doch langsamer gefahren.«

»Danke für die Anteilnahme«, schnaufte Barrus und atmete ein letztes Mal tief durch, dann hatte er fürs Erste den Schock überwunden.

»Bitte«, sagte Gruber. »Aber meine Sorge gilt nicht dir, sondern den Ledersitzen meines Autos. Man bekommt das Erbrochene so schwer aus den Nähten.«

Für mehr Sticheleien fehlte die Zeit, denn die drei anderen Beamten meldeten über Funk, dass sie die Hütte erreicht hatten. Alles schien ruhig zu sein, man erbat von Gruber eine Weisung zum weiteren Vorgehen.

»Kommst du mit hoch?«, fragte der Carabiniere.

»Ja«, antwortete Barrus spontan und ließ sich von Gruber eine schusssichere Weste und eine Pistole geben. Dann folgte er dem Carabiniere mit einiger Mühe den steilen Hang hinauf bis zum Jägersteig und darauf die gut zweihundert Meter, bis sie in Rufweite zur Hütte waren. »Hast du … eigentlich … Verstärkung an… gefordert?«, fragte er noch schnaufend.

Gruber blieb abrupt stehen und sah Barrus entgeistert an. »Wofür? Wir sind fünf, mit dir sogar sechs. Wozu brauchen wir da Verstärkung?«

»Wie bitte!«, protestierte Barrus und rang noch einmal nach Luft, bevor er loswetterte. »Es sind Schusswaffen im Spiel. Habt ihr kein SEK oder so was?« Er konnte nicht glauben, mit welchem Leichtsinn Gruber hier zu Werke ging.

Doch bevor der Carabiniere antworten konnte, schwebte wie aus dem Nichts ein *Puma* über die Bergkuppe und landete direkt hinter der Großberghütte, an der die drei Streifenwagen standen. Noch bei drehenden Rotorblättern sprangen zehn Elitepolizisten aus dem Hubschrauber und rannten den Hang hinauf, als handele es sich dabei lediglich darum, die neunundsechzig Meter des Marienbergs in Brandenburg an der Havel zu erklimmen.

Barrus wurde sofort wohler ums Herz, was ihn jedoch nicht davon abhielt, Michael Gruber ins Kreuz zu stoßen. »Wenn du mich heute nur noch einmal auf den Arm nimmst, dann drehe ich dir eigenhändig den Hals um, du … du … Bergheini du.«

Gruber, der sich nicht länger zurückhalten konnte laut loszuprusten, setzte zu einer entschuldigenden Geste an. »Tut mir leid«, sagte er mit tränennassen Augen. »Aber ich wollte mal sehen, wie weit ich gehen muss, bis du deine Nerven verlierst. Deine Brandenburger Kollegen haben mir erzählt, dass du ein ausgeprägtes Temperament besitzt.«

»Wer hat dir das gesagt und warum hast du da angerufen?«

Gruber schnaubte in ein Taschentuch. »Ich musste doch deine Schilderungen überprüfen, oder hältst du mich wirklich für so naiv, dass ich jedem ohne Zögern Glauben schenke, der hier ohne amtliche Anmeldung auftaucht und mir erklärt, dass er einem Serienmörder auf der Spur ist? Aber deine Kollegin war recht nett am Telefon.«

»Und wer war das, wenn ich fragen darf?«

»Edith Hoppe.«

Inzwischen hatten die Elitepolizisten die Hütte erreicht, und deren Anführer stimmte sich auch schon mit Gruber ab, der seine Gemütsverfassung wie ein Oktopus die Farbe binnen Sekunden ändern konnte. Er war längst wieder der Polizeiprofi, der mit Umsicht die Aktionen am Tatort koordinierte.

Auf sein Handzeichen hin verteilten sich die schwer bewaffneten Männer und näherten sich in der Deckung der umstehenden Bäume dem Eingang der Hütte. Als jeweils ein vermummter Beamter links und rechts neben der Tür Posten bezogen hatte, öffnete sich diese mit einem erbärmlichen Quietschen. Zum Vorschein kam ein Besenstiel, an dessen Ende ein weißer Lappen baumelte.

»Ich kommen raus«, erklang eine männliche Stimme. »Bitte nicht schießän.«

Gruber formte mit den Händen einen Trichter vor dem Mund. »Aber mit erhobenen Händen und ganz langsam«, schrie er.

»Jawohl. Nur bitte nicht schießän. Und Cheffä, es nicht ist so, wie du denkst. Ich kann alles erklärän.«

***

Berit war fast ausgetrocknet. Darauf jedenfalls ließen ihr Unwohlsein und der stechende Schmerz in ihrem Mund schließen. Auch wenn sie hier unten nicht Tag von Nacht unterscheiden konnte, wusste sie, dass er sie sehr lange allein gelassen hatte. Einen Tag oder sogar mehr. Doch plötzlich hörte sie wieder Schritte, und erkannte erleichtert, dass es nicht der Schläger war, der sich ihrem

Verlies näherte. Und dessen war sie sich sehr sicher, hatte ihr Gehör doch in der Zeit, die sie im Gefängnis verbracht hatte, ein ausgezeichnetes Training genossen. Bereits nach zwei Bodenberührungen der sich nähernden Schließerinnen hätte sie sagen können, welche es war und mit welchem Satz sich gleich die Zellentür öffnen würde. Und so wusste sie auch jetzt, dass es der Wasserträger war, wie sie den Mann mit der jugendlichen Stimme getauft hatte.

Als er wie ein Geist an ihr vorbeiglitt, streifte seine Hand ganz sanft ihre Schulter, eine vertrauensvolle Geste, wie sie eine Mutter dem Gameboy spielenden Sohn gönnt, während sie mit dem Staubtuch durch das Kinderzimmer huscht. Oder sollte die leise Berührung Berits Aufmerksamkeit wecken, ihr sagen, nun guck schon – so sehe ich aus? Das war möglich, denn er kam erstmals in ihr Sichtfeld, doch von seinem Gesicht war nicht viel zu erkennen. Nur seine Augen, hellblaue Jungenaugen, blinzelten durch die venezianische Karnevalsmaske.

»Ich habe dir Essen mitgebracht«, sagte er und stellte eine halb volle Suppenschüssel ans Ende des Brettes, auf dem Berit saß.

»Wo warst du. Ich bin am Verdursten«, klagte sie.

»Ich musste etwas besorgen.« Er reichte ihr ein großes Glas Wasser, das sie gierig austrank.

Dann sah Berit auf die Schüssel. »Was ist das?«

»Minestrone. Habe ich selber gemacht.«

»Du kannst kochen?«

»Ja.«

»Das ist ungewöhnlich.«

»Was?«

»Dass junge Männer kochen können. Normalerweise sind sie ohne ihre Mütter so lebensunfähig wie alte Männer ohne ihre Frauen. Wo hast du es gelernt?«

Er stockte. Vielleicht, ging es Berit durch den Sinn, hatte sie zu schnell eine der Fragen gestellt, die persönlicher Natur waren und deren Antworten ihn identifizieren konnten. Sie bemühte sich krampfhaft, sich an die Gespräche zu erinnern, in denen Jo versucht hatte, sie auszuhorchen, mit Erfolg, weil er in solchen Dingen einfach ein alter Fuchs war. »Du musst es mir nicht sagen, wenn du nicht willst. Es hat mich nur interessiert, weil ich mich zu Männern, die kochen können, hingezogen fühle. Sie sind so sinnlich.«

»Bei meiner Oma. Mit meinem Opa bin ich zur Jagd, und das erlegte Wild haben wir dann gemeinsam zubereitet. Sie war eine erstklassige Köchin.«

»War?«

Wieder stockte er. »Ja, war. Sie ist vor zehn Jahren gestorben, an Krebs.«

»Meine auch. Ich habe sie sehr geliebt«, sagte Berit.

»Sie hat mir all das beigebracht, was ich im Leben brauche.«

»Auch, dass man junge Frauen an eine Garotte fesselt?«

Ein deutlicher Ruck ging durch seinen Körper und die blauen Augen verschwanden für einen kurzen Moment im Schwarz hinter der Maske. Dann legte er den Löffel, den er die ganze Zeit über in den Händen gedreht hatte, neben die Minestrone und ging mit schnellen Schritten zur Tür.

»Entschuldige«, rief Berit ihm hinterher. »Ich wollte deine Oma nicht beleidigen. Tut mir leid.«

Ein paar Sekunden lang passierte nichts, dann tauchte er wieder vor Berit auf. »Schon gut. Sie würde sich bestimmt nicht freuen, wenn sie sieht, was ich hier mache.«

Berit nickte kaum wahrnehmbar. Auch sie hatte oft diese Gedanken gehabt, allerdings auch immer erst, wenn es zu spät und die Zellentür hinter ihr zugefallen war, die Einsamkeit zur Wahrheit wurde.

»Ich würde ja gerne deine Minestrone kosten, aber wie? Du müsstest mich füttern.«

Als hätte er nur auf diese Frage gewartet, trat er hinter die Garotte und befreite Berit von den Handfesseln, wobei er sich große Mühe gab, sie so wenig wie möglich zu berühren.

»Danke«, sagte sie und rieb sich die schmerzenden Handgelenke. Dann nahm sie den Löffel und tauchte ihn in die duftende Suppe.

## 34

Die Morgensonne hatte mittlerweile auch die beschauliche Hütte oberhalb des Altfasstales erreicht. Aber eine Postkartenidylle wollte sich nicht einstellen, denn das blau-weiße Flatterband, das von Baum zu Baum gespannt war, deklarierte den Bereich eindeutig als polizeilichen Tatort.

Gruber hatte, nachdem Imre in seiner Obhut war, die schwer bewaffneten Männer die Hütte stürmen lassen. Sie fanden einen Mann, der mit einer Schusswunde und stöhnend an eine Wand gelehnt saß. Er wurde unter Bewachung ins Krankenhaus geschafft, und Gruber hatte Barrus' Bitte nachgegeben, ihm Imre zu überlassen.

»In die rechte Schulter bei dem diffusen Licht in der Hütte. Alle Achtung«, lobte Barrus zuerst einmal Imres Schießkünste.

»Na ja, war gar nicht so schwer.«

»Für einen Historiker aber doch ungewöhnlich. Zudem wusste ich gar nicht, dass euer Berufsstand auch bewaffnet ist. – Wer bist du wirklich?«, fragte Barrus, als er sich neben Imre ins Gras des sonnenüberfluteten Hanges setzte. »Glaubst du nicht auch, dass es langsam an der Zeit ist, die Wahrheit zu sagen?«

Imre nickte bedächtig, ganz so, als drücke ihn das schlechte Gewissen. Er griff in seinen Wanderrucksack und zog ein schwarzes

Lederetui hervor, das er Barrus hinhielt. »Bittä. Da drin ist meine wahre Identität …«

Barrus hielt das Etui in der rechten Hand. Er ließ es geschlossen, sah es nur an, als stünde all das, was ihn interessierte, oben auf dem Deckel.

Imre legte Barrus freundschaftlich die linke Hand auf den Oberschenkel. »Ich konnte nicht sagen dir, Cheffä. Es ging alles auf einmal ganz schnell.«

»Was ging ganz schnell?«

»Hanselmann. Wir waren schon dicht auf Fersen. Wir auch geahnt, dass er zuschlagen würde in Südtirol, und wir vermutät, dass Franz Zöggeler wird sein nächstes Opfer.«

Barrus schüttelte den Kopf. »Warum Zöggeler? Wer ist *wir*? Und verdammt noch mal, was habe ich mit der ganzen Sache zu tun? Du klebst doch nicht zufällig an meinen Fersen.«

»Nein, Cheffä. Hanselmann ist Auftragskiller. Er arbeitet für eine Organisation von Ex-Nazis, die hat von Südamerika überspannt ganze Welt mit dichte Spinnennetz. Zu Organisation auch gehört Doktor Butler, alias Joachim von Abendorf. Sie töten jeden, der gefährlich wird für ihre Geschäft mit Beutekunst. Und Franz Zöggeler war Vater von Staatsanwalt, der hat herausgefunden einiges über von Abendorf und seine Tun zu Kriegsendä. Staatsanwalt hatte Information von Alfred Lindner, bei dem er war in Deutschland. Damit war Zöggeler in Lebensgefahr, denn Organisation nahm an, dass Sohn gibt Erkenntnisse an Vater.«

»Und, hat er?«

»Das weiß ich nicht. Als ich stand an Seilbahn und musste lesen, dass Seilbahn wegen Wartungsarbeiten nicht fährt, ich habe entschlossen, noch mal zu gehen zu Zöggeler, um zu reden. Aber war er gerade dabei, abzuschließen Antiquariat. Hat er gesagt, er nicht Zeit hat für mich. Kam mir komisch vor, der Mann. War er gar nicht freundlich wie vorher. Darum ich habe verfolgt Zöggeler bis Fischnallerhof. Musste ich großen Abstand halten, hier auf Land kann man nicht gut verstecken. Auf Hof hat schon gewartet Hanselmann. Ich war zu spät.«

»Hast du die Carabinieri angerufen?«

»Ja. Und ich dann wieder zu Antiquariat, weil ich wollte warnen Schwester Martha, weil ich angenommen, dass Hanselmann kommt in Wohnung, um zu durchsuchen alles.«

»Deshalb ist Schwester Martha mit Zöggelers Enkelin nach Bruneck gegangen.«

»Ja, sie hat angerufen Weiße Kreuz. Sie haben im Wagen für Krankentransport weggebracht Anna mit große Bett.«

»Und weiter?«

»Dann ich habe gewartet auf Hanselmann in Geschäft von Zöggeler.«

»Aber er ist nicht gekommen.«

»Doch. Aber er hat geahnt etwas. Er ist wieder verschwunden, und ich habe geheftet mich an seine Fersen bis hier zu diese Hüttä, in der Hanselmann hat kampiert. Und darin er ist geblieben.«

»Zwei Tage lang? Und die ganze Zeit hast du hier ausgeharrt? Hattest du gar keinen Hunger?«

Imre schürzte die Lippen. »Cheffä, du musst wissen, dass ich bin Israeli und nur habe ungarische Wurzeln. Ich habe gedient in Armee. Und da wir haben gelernt, dass man kann trinken aus Bach und braucht immer Proviant. Hab ich gehabt hervorragende Gamswurzen von Metzgerei Pichler in meinem Rucksack.«

»Und Hanselmann? Warum hast du ihm in die Schulter geschossen?«

»Ich habe gewartet lange. Ich wollte nicht in dunkle Hütte und ich wusste nicht, ob Hanselmann ist allein. Dann aber er kam endlich raus und ich …«

Imre stockte, was Barrus dazu verleitete, die Antwort selbst zu formulieren. »Du wolltest ihn eigentlich töten, hast aber vorbeigeschossen, nur die Schulter getroffen.«

»Ja«, sagte Imre. »Er hat getötet meine geliebte Großmutter. Ich erzähle dir später, ja?«

Barrus sah wieder das schwarze Lederetui an und ließ es dann Imre in den Schoß fallen. »Und warum ich? Warum hast du dir nicht einen anderen Polizisten ausgesucht?«

»Weil du warst von Anfang an unsere Zielperson«, antwortete Imre, der offenbar froh war, dass Barrus auf seine Bitte einging und ihn nicht weiter über die Schießerei an der Hütte ausfragte. »Du lebst in Brandenburg und wir gehofft, dich zu gewinnen für unsere Sachä.«

»Eure Sache?«, stieß Barrus hervor. »Was ist eure Sache, und wer seid ihr überhaupt? Und was hat das mit Brandenburg zu tun?«

»Wir sind israelischä Organisation, die sich kümmert um Beutekunst der Nazis. Das heißt, die auftreibt gestohlene Kunstschätze. Und wir so gekommen sind mit Polizei in Haifa auf Ben Hanselmann. Hanselmann immer dann ist in Erscheinung getreten, wenn jemand aus unserä Organisation kam Kunstschatz dicht auf Fersen. Und immer wieder tauchte auf der Name Doktor Butler, ein aus Argentinien in die USA eingewanderter Kunsthändler.«

»Aber das klärt noch nicht, warum du mir schon bei meinem Urlaub in Budapest mit dem Schachbrett auf die Pelle gerückt bist. Butler ist ja erst neunzehnhundertneunzig nach Fanum übergesiedelt.«

»Ich weiß. Ich bin geboren in Tel Aviv und aufgewachsen bei meiner Großmutter. Sie ist geflohen neunzehnhundertvierunddreißig aus Budapest. War Jüdin. Nach Militärdienst und ein paar Jahre Mossad, ich bin in die Organisation eingetreten, der meine Großmutter angehörtä.«

Barrus zog die Augenbrauen zusammen. »Und welche ist das?«

»Gehört zu Jewish Claims Conference. Ein Zusammenschluss mehrerer jüdischer Organisationen, um Entschädigungsansprüche jüdischer Menschen zu vertreten, also den Opfern von Nationalsozialismus und von Holocaust-Überlebendä. Die Conference hat Sitz in New York und Repräsentanzen in Frankfurt, Wien und Tel Aviv. Meine Großmutter war Leiterin von Büro in Tel Aviv und neunzehnhundertsiebenundachtzig drittes Opfer von Hanselmann.«

»Deshalb wolltest du ihn töten«, sagte Barrus.

»Ich habe an Grab von Großmutter versprochen, dass ich finde Mörder und setze fort Lebenswerk von ihr, nachdem ich habe sie gerächt.«

»Und weiter? Was habe ich nun mit Butler zu tun?«

»Wir haben herausgefundä, wer ist Doktor Butler wirklich. Nämlich Joachim von Abendorf. Und wir haben gewusst, dass er hat mit Reiter und Lindner zusammen sich bedient aus Depots von Einsatzstab Reichsleiter Rosenberg.«

»Das meinte Schwester Martha also, als sie sagte, dass sein gesamtes Imperium zusammenbrechen könnte. Sein Reichtum beruht auf Beutekunst.«

»Ja, und nicht nur seiner. Deshalb hat bezahlt Organisation ja Hanselmann, um zu töten Gegner und auch Mitwisser, die nicht halten können Mund.«

»Wie Lindner und Reiter.«

»Nein, wie Franz Zöggeler. Lindner, Reiter und Staatsanwalt Ulrich Zöggeler gehen auf andere Konto. Hanselmann war zu Zeitpunkt dieser Morde in Israel, wie wir wissen ganz genau. Aber wer andere Mörder ist, wir wissen nicht.«

»Und ich? Das verstehe ich noch immer nicht.«

»Wir haben gewusst, dass von Abendorf kommt aus Fanum und wir haben vermutet, dass er kommt zurück dorthin.«

»Was er ja auch getan hat.«

»Ja. Und wir wollten eine Mann bei Polizei, der ist auf unserä Seite.«

»Aber ihr hättet euch doch ganz offiziell an die deutschen Behörden wenden können.«

»Cheffä, für manche Dinge ist inoffizielle Weg besser, als an Öffentlichkeit zu gehen.«

»Aber warum ich und nicht Edith oder ein anderer.«

»Weil du bist Querkopf. Damit war klar, dass du nicht immer bist loyal, wenn dir nicht passt irgendeine Sachä. Und deswegen du warst unser Mann.«

»Deshalb das Schachbrett und dein Job bei Hildi.«

Imre nickte.

»Aber das Schachbrett war noch zu DDR-Zeiten. Ihr konntet neunzehnhundertsiebenundachtzig unmöglich ahnen, dass zwei Jahre später die Mauer fallen wird.«

»Es ging um letztä Fall, mit dem war befasst meine Großmutter. Die Conference hatte erfahren, dass in Brandenburg saß ehemaliger SS-Hauptsturmführer wegen Kriegsverbrechen in Gefängnis.«

»Ernst Reiter.«

»Ja. Er war verurteilt zum Tode, hat aber DDR-Geheimdienst angeboten, zu benennen Versteckä, wo lagern unvorstellbar wertvolle Kunstsammlungen.«

»Die Beutekunst aus den Depots des Einsatzstabes, die er sich mit von Abendorf und Lindner beschafft hatte.«

»Richtig. Meiste Depots waren in Österreich und Bayern. Hauptdepot auf Schloss Neuschwanstein. Und alle gut erreichbar von Südtirol.«

»Und die hat er der Stasi verraten.«

»Ja. Und in jedä Gesellschaft, auch in sozialistische, man kann kaufen alles mit funkelnde Schmuck. Sie haben Todesstrafe umgewandelt in lebenslange Haftstrafe und sogar waren bereit, auch fallen zu lassen irgendwann das Lebenslang.«

»Vorausgesetzt die Lieferung stimmt«, ergänzte Barrus.

»Ja.«

»Aber warum saß er dann bis vor Kurzem immer noch im Knast?«

»Misstrauen«, sagte Imre. »War Reiter misstrauisch geworden, hat nicht verraten Verstecke, als seine Tochter ist verschwunden.«

»Was heißt verschwunden?«

»Zwangsadoption. War in DDR nicht selten bei Kindern von Häftlingä oder bei, wie habt ihr gesagt? Bei Republikflüchtlingä.«

Barrus überlegte und fragte dann: »Ist ja alles gut und schön, aber wer steckt hinter den Morden? Von Abendorf, der seine Mitwisser aus dem Weg räumen wollte? Als Reiter aus dem Gefängnis kam, stand es zwei gegen eins. Sie hätten ihn verraten können, schließlich haben sie von der Beute kaum etwas abbekommen, sie saßen ja in der DDR fest.«

»Dann er brauchtä nicht mehr haben Angst. Hat er aber. Kannst du sagen mir warum? Ich glaube, gibt jemand, der weiß von Versteck, das haben angelegt Reiter, Lindner und von Abendorf, und der jetzt will an diesen Schatz.«

»Wie groß ist der Schatz überhaupt?«

»Wenn sie haben ausgeräumt auch nur ein oder zwei Depots, dann es sind Hundertä von Millionen Dollar.«

»Das lohnt sich! Aber wer ist es, der dafür zu morden bereit ist?«

Darauf hatte Imre keine Antwort. Er blickte nur auf seine Schuhspitzen und zog die Schultern hoch.

***

Ob er ihr neue Fesseln anlegen würde, sobald sie die Minestrone verputzt haben würde? Die Frage nagte an Berit, seit der Boden der Schüssel sichtbar geworden war. Oder würde es ihr gelingen, ihn irgendwie abzulenken, so dass er vergaß, die Fesseln zu erneuern? Aber wie sollte sie das anstellen?

Berit sah über den Löffel hinweg zu ihm hinüber. Er stand seit gut zwei Minuten mit dem Rücken an die Wand gelehnt und rieb mit dem linken Zeigefinger über eine Warze auf dem rechten Daumen. Sie konnte es zwar nicht so genau sehen, aber sicherlich hatte er noch mehr davon, denn eine Warze kommt selten allein. Erst recht nicht, wenn sie das Produkt psychosomatischer Störungen sind, wie Berit es selbst hatte erleben müssen, als sich das erste Mal in ihrem Leben die Gefängnistore hinter ihr geschlossen hatten. Der Stress mit den anderen inhaftierten Frauen, die ständige Angst und dann irgendwann auch die Depressionen waren einfach zu viel gewesen, und diese knubbeligen Hautwucherungen hatten ihre Hände regelrecht kolonisiert.

»Hast du Stress?«, fragte Berit mit Blick zur Wand.

»Warum fragst du das? Sehe ich etwa aus, als hätte ich welchen? Wie kommst du eigentlich darauf?«

Berit setzte sich aufrecht hin und legte den Löffel in die Schüssel. »Ich wüsste ein Mittel dagegen. Das hat mir auch geholfen, meine Warzen loszuwerden.«

Mit einem kurzen Ruck stieß er sich von der Wand ab und versteckte blitzschnell die Hände hinter dem Rücken, wie es ein kleiner Junge tut, den man beim Äpfelklauen erwischt hat.

»Glaub mir«, sagte Berit mit ruhiger Stimme. »Ich weiß wovon ich rede. Es sind nicht irgendwelche Erreger, die deine Warzen sprießen lassen, sondern deine Seele. Der Stress hat dein Immunsystem angegriffen, und deshalb können die kleinen Dinger auf deinen Händen wuchern.«

»Und woher weißt du das? Bist wohl Ärztin, oder was?«

»Nein, bin ich nicht. Aber meine Mutter hat mich das gelehrt. Sie verstand viel davon. Und sie hat auch gewusst, was ich tun muss, um den Stress zu besiegen und wieder ins Gleichgewicht zu kommen.«

»Und was ist das? Was müsste ich deiner Meinung nach tun, um den Stress zu besiegen?«

Seine Scham war offensichtlich verschwunden. Er zog die Hände wieder hinter dem Rücken hervor und kam bis auf einen Schritt an die Garotte heran. Berit konnte jetzt sogar sein billiges Rasierwasser riechen. Dann streckte er die Hände nach vorn, als würde Berit seine Fingernägel kontrollieren wollen.

»Es sind acht«, sagte er. »Vier oben und vier unten.«

Unter anderen Umständen hätte Berit die Hände ergriffen und sie hin und her gedreht. Aber heute war sie dazu nicht bereit. Auch wenn er gerade begonnen hatte, Vertrauen zu ihr aufzubauen, blieb er doch immer noch einer ihrer Peiniger, und zu denen wollte sie wenigstens ein Minimum an Abstand halten.

»Kannst du Schach spielen?«, fragte sie, als seine Hände wieder nach unten sanken. Er wirkte kraftlos mit dieser Geste, und auch die dunklen Schatten unter seinen Augen, die deutlich hinter der Maske sichtbar wurden, sagten ihr, dass er müde und ausgelaugt war.

Er zögerte mit der Antwort. »Nein«, sagte er dann. »Das hat mir niemand beigebracht. Aber wie könnte mir ein Brettspiel auch helfen?«

»Hol eins«, sagte Berit mit neuem Mut. »Dann zeig ich's dir.«

Er war gegangen, ohne ihr die Hände anzubinden. Aber ihre Freude war schnell vorbei. Der andere kam, er hatte keinen Gartenschlauch, aber Kabelbinder. Und er löschte das Licht, als er ging.

# 35

Den Weg von Mühlbach nach Bruneck konnte Barrus im Gegensatz zu der vorherigen Fahrt mit Gruber nun in seiner vollen Pracht genießen. Er führte immer ostwärts, tief hinein ins Pustertal. Die Staatsstraße 49 war eine traumhafte Magistrale, links und rechts gesäumt von hoch in den Himmel ragenden Bergmassiven. Und Bruneck selbst war eine in Würde alt gewordene Kleinstadt, in der honorige Häuser modernste Modelabel beherbergten.

»Das Leben ist eine einzige Prüfung«, begrüßte Schwester Martha ihre Gäste, nachdem man Barrus und Imre zu ihr geführt hatte. »Das Ergebnis erfährst du, wenn du gehst.«

»Es ist noch nicht so weit«, tröstete Barrus mit Blick auf die zwar kleine, aber doch für ihr Alter noch überaus agile Frau. »Der Tod wird Sie noch eine Weile auf sich warten lassen.«

»Aber er ist schon aufgebrochen in meine Richtung, Herr Barrus. Da müssen wir uns nichts vormachen. Ich bin sechsundsiebzig Jahre alt. Er wird also bald kommen.«

Schwester Marthas Gedanken schienen sie gerade sehr weit wegzutragen, hinaus aus dem Zimmer, irgendwohin auf den Kronplatz hoch über Bruneck, auf den ihr starrer und leerer Blick fiel.

»Dann Sie geben ihrem Gott am besten die Chance, Ihnen zu verzeihen«, sagte Imre. »Es sind genug Menschen gestorben wegen alte Geschichtä. Sorgen Sie für ein Ende von Morden. Sagen Sie uns, was die drei haben gemeinsam gemacht, als sie kamen hierher?«

Schwester Martha nickte und faltete die Hände in ihrem Schoß. »Sie fingen an, Depots des Einsatzstabes Reichsleiter Rosenberg auszuräumen. Joachim wusste ja, wo sie waren, und Ernst hatte genug Waffen und Munition mitgebracht, so dass sie auch Widerstand von Wachmannschaften brechen konnten.«

»Und wo liegt Zeug heutä, oder ist aufgebraucht alles?«, fragte Imre.

»Kommen Sie«, forderte Schwester Martha die beiden Männer auf und erhob sich. »Wir gehen auf die Station. Dort liegt der Mann, Herr Barrus, den ich Ihnen gestern angekündigt habe.«

Zielstrebig lief Schwester Martha auf eine Tür zu und drückte sie auf. »Anton, wie geht es dir heute?«, fragte sie in den Raum hinein.

»Gut«, sagte der alte Mann, der in einem Krankenbett lag und steil nach oben an die Decke starrte, als interessiere ihn überhaupt nicht, wer neben Schwester Martha noch in das Zimmer getreten war.

»Anton, hier sind zwei Herren aus Deutschland, die gerne deine Geschichte vom Seefeldsee hören wollen.«

»Aber ...«

»Erzähl es ihnen ruhig. Ich befreie dich von dem Schweigegelübde.«

»Es ist längst an der Zeit«, sagte der Alte und schloss die Augen, bevor er weitersprach. »Eines Tages kam der Alois Murner zu mir. Er war doch mit dem Fischnallerbauer befreundet, und Alois erzählte mir, dass sich dort drei Deutsche versteckt halten, die meinen alten LKW brauchen. Es solle mein Schaden nicht sein, sagte Alois, und ich gab ihm den LKW. Was sie damit gemacht haben, weiß ich nicht, nur, dass sie ein paar Tage später, es war mitten in der Nacht, an meine Tür schlugen und mich aufforderten, in den LKW zu steigen, um sie hoch zu den Seefeldseen zu bringen. Sie kannten sich hier ja nicht aus, und brauchten einen Bergführer. Bis ans Ende des Altfasstales konnte ich sie mit dem LKW fahren, dann ging es nur noch zu Fuß weiter. Und das mit schweren Kisten den steilen Steig hinauf. Oben angekommen, warfen sie die Kisten dann in den Großen Seefeldsee.«

»Was war drin in den Kisten?«, fragte Barrus.

Schwester Martha legte die Hand auf Antons Unterarm und übernahm die Antwort. »Diamanten aus den Depots des Einsatzstabes.«

Barrus wandte sich wieder an den alten Mann. »Und was war Ihre Belohnung für die Dienste?«

»Eine Kugel in den Kopf«, antwortete Anton.

»Deshalb ist er seit diesem Tage blind«, ergänzte Schwester Martha. »Sie sind mit ihm wieder auf unseren Hof gefahren und haben ihn kaltblütig niedergeschossen. Doch Anton hat überlebt, und ich habe ihn in Sicherheit gebracht.«

»Die Kisten? Wo sind Kisten heutä?«, fragte Imre.

»Die sind längst geborgen«, sagte Martha. »Fahren Sie zurück nach Fanum und reden Sie mit Joachim von Abendorf. Sie wissen jetzt genug, um ihn zum Reden zwingen zu können. Er ist der Einzige, der Ihnen die letzten Puzzleteilchen liefern kann.«

## 36

Barrus hatte Imre das Steuer von Hildis Käfer überlassen und sich Stille erbeten. Er war schockiert, fühlte sich angegriffen und auch hilflos. Er glaubte sogar, dass ihm für den noch ausstehenden Akt im Hause Butler-von Abendorf die Kraft fehlen würde. Er liebte sein Land, die Menschen, die in der Mark lebten, und er war im Großen und Ganzen zufrieden mit den Verhältnissen, die das Leben in einem solchen Landstrich abseits der Ballungszentren kennzeichneten. Und er nahm es auch hin, dass es wie überall auf der einen Seite die breite Masse gab, die sich immer wieder mit Brot und Spielen in wechselnder Form ruhigstellen ließ, die glaubte, die Welt zu verstehen, weil sie ihnen in einer bunten

Zeitschrift mit einfachen Worten und prägnanten Bildern erklärt wurde. Und auf der anderen Seite gab es die sogenannte Elite, die ungeniert in die Taschen der einfachen Leute griff, während Erna Müllermann neben dem Gatten Burger kauend den dargebotenen Spielen folgte, gebannt von Glanz und Gloria anderer.

Hingenommen bedeutete aber für Barrus nicht, dass bei diesen Gedanken nicht seine Zahnreihen knirschend aneinanderrieben. Hingenommen bedeutete nur, dass er machtlos war gegen diese Art der Schwarmintelligenz, welche die große Masse in der Reuse des für sie vorbestimmten Lebens gefangen hielt.

Aber wie stand es mit der Selbstbedienungsmentalität der Eliten? Konnte er sie einfach hinnehmen? Es wollte ihm einfach nicht gelingen. Selbst dann nicht, wenn ihn Hildi bei seinem Kampf um Gerechtigkeit immer wieder mit dem auf Windmühlen anrennenden Don Quichote verglich. *Es ist genau die richtige Zeit, zu der Männer wie Don Quichote und Jo Barrus an ihr Tagwerk gehen sollten.*

Imre verlangsamte die Fahrt und reihte den Käfer in die Schlange vor der Brennermautstation.

Barrus presste die Lippen zusammen, um die Stille nicht durch unnötige Worte zu durchbrechen. Dann aber gewann seine innere Unruhe doch die Oberhand. »Wisst ihr, wie es von Abendorf gelungen ist, Südtirol zu verlassen?«

Imre blickte in seinen Schoß, wo er sich bemühte, mit nervösen Fingern die Mautgebühr passend aus seinem Portemonnaie zu klauben. Barrus spürte, dass diese Kleingeldzählerei nichts weiter war, als Imres Versuch, Zeit zu gewinnen, um abwägen zu können, wie viel er preisgeben wollte. Er griff Imres Hände und nahm ihm die Geldbörse ab. »Was wisst ihr?«

Imre blickte auf, sah Barrus direkt in die Augen und nickte. »Ich habe versprochen, zu sagen ganzä Wahrheit. Also gut, dann ganzä Wahrheit. Aber sie wird nicht gefallen dir.«

»Erzähl es mir trotzdem.«

»Den Tipp wir haben bekommen vom Simon-Wiesenthal-Center. Dort man hat Nazis verfolgt, die waren beteiligt an Holocaust. In Papiere, die ausgewertät dort, man ist gestoßen auf Verbindung von SS zu Einsatzstab Reichsleiter Rosenberg. Unter anderem ist aufgetaucht der Name von Major von Abendorf. Und diese Name ist gekommen zum zweiten Mal in Spiel, als wir haben verfolgt die Rattenlinie von Rom nach Südamerika.«

Als Imre dieses Wort aussprach, wechselte sein zuvor ruhiger Blick in einen voller Zorn. »Die Feiglinge haben verlassen sinkende Schiff wie Ratten.«

»Aber dabei muss Ihnen doch jemand geholfen haben«, stellte Barrus fest. »Europa war zu dieser Zeit fest in der Hand der Alliierten. Wie sollte jemand wie von Abendorf da rausgekommen sein?«

Imre beugte sich über das Lenkrad und blickte durch die Frontscheibe in den blauen Himmel. »Hilfe kam von ganz oben. Wir haben uns geschnappt einen Geistlichen und gedroht, dass wir ihn stellen vor höchste Gericht in Israel. Und Monsignore hat gesungen wie kleines Vögelchen.« Wie in Zeitlupe schüttelte Imre den Kopf. »Ein schmutziges Geschäft trotz zehn Gebotä.«

»Wie hat er es angestellt?«, hakte Barrus nach.

»Von Abendorf ist gefahren im Juli neunzehnhundertfünfundvierzig mit Auto nach Rom.«

»Mit dem Fiat von Alois Murner«, ergänzte Barrus.

»Ich kenne nicht diesen Murner«, sagte Imre.

»Aber ich.«

»Also. Von Abendorf hatte gepackt in Kofferraum einige Bücher und Gemälde, die er gestohlen mit Reiter aus Depots von Einsatzstab. Andere haben sie in Versteck gelassen. Wollten sie abholen später, wenn von Abendorf gefunden Absatzmarkt. Und von Abendorf wusste, dass gut war für Männa wie er, zu fahren in die ewige Stadt nach Kriegsende. War der Vatikan eine prima Anlaufstelle für SS-Verbrecher, Nazis oder ehemaligä reichsdeutschä Regierungsmitglieder. Haben auch andere Kircheneinrichtungen geholfen. Zuerst von Abendorf ist gefahren bis Piazza Navona, wie alle andere Nazis. Von da man hat gesehen Deutsche Reichsadler auf Turm der Santa Maria dell' Anima, ist Nationalkirche von Deutschsprachigä in Rom. Er ist empfangen worden von Rektor von Priesterseminar höchst selbst, von ehrenwertä Bischof Hudal. Während von Abendorf hat gespeist mit Bischof, hat gefahren Monsignore Kappa, den wir später haben geschnappt, den Fiat in Innenhof von Anima und hat gebracht spendable Gast eine Viertelstunde später Autoschlüssel zurück.«

»Was war das für ein Mann, dieser Bischof?«, fragte Barrus.

»Hudal war glühendä Nationalsozialist. Aus seiner Feder stammt Werk *Die Grundlagen des Nationalsozialismus,* das er hat geschenkt dem Führer mit persönliche Widmung: *Dem Siegfried deutscher Größe* soll er geschrieben haben.«

»Du machst Witze. Der Mann war Bischof.«

»Ja, und war er Professor der Theologie. Aber war Hudal auch großer Verehrer von Hitler. Und diese Mann hatte keine Skrupel deutsche Kriegsverbrecher auszustellen Persilschein und neue Dokumentä.«

»Verstehe. Und wie ging es dann weiter?«

»Monsignore Kappa hat erledigt Papierkram. In seine Ufficio schon mehrere Schreiben gewartet haben auf Unterschrift. Eine schriftliche Bestätigung, dass von Abendorf hat geschenkt Kirche die Gemälde und die wertvolle Bücher aus Kofferraum, was war nur eine Teil von seine Kunst-Beute.«

Barrus sah wieder zu Imre herüber. »Aber offiziell gab es doch Major Joachim von Abendorf gar nicht mehr. Er war im August neunzehnhundertvierundvierzig nahe Mühlbach gefallen und in seinem Auto verbrannt.«

»Das nicht spielte Rollä in diese Geschäft. Papier war nicht gedacht für unbefugte Augen, nur zur Absicherung für Notfall. Sogleich folgte Schreiben zwei. Darin von Abendorf musste erklären

Übertritt von Protestantismus in Schoß von katholische Kirche. Dann kam wie üblich in diese Procedere Blatt drei mit Insignien der Assistenza Pontificia Profughi Esteri.«

»Was ist das?«, fragte Barrus.

»Päpstliche Hilfsstelle für ausländische Flüchtlingä. Die stellte aus Papiere auf Name, mit dem wollte von Abendorf leben ab diese Tag.«

»Verstehe«, sagte Barrus. »Und da hat er natürlich den Namen genommen, mit dem er schon in Mühlbach gelebt hat: Doktor Clark Butler. *Vom Winde verweht.*«

»Richtig. Und in welche Land wollte er leben, er schrieb auf: Argentinien. Hat geraten ihm Monsignore.«

»Schweine«, sagte Barrus.

»Nein«, kam es von Imre. »Arme Tiere haben nicht verdient diese Vergleich. Und dann bekam neue Herr Butler Zettel, auf der stand Adresse von Pension. Dort war Zimmer reserviert, wo vielleicht auch schon haben übernachtet Eichmann und Mengele. Pension lag direkt an Tiber und hat eingeladen zum Ausspannen, während Kappa sich hat gekümmert um Visum und Schiffspassagä.«

## 37

Auf dem Weg durch Österreich, Bayern und Thüringen, hatte Barrus wieder nichts weiter getan, als dem Brummen des Motors zu lauschen. Und Imre hatte rechtzeitig erkannt, in welcher Gemütsverfassung sich sein Beifahrer befand. Deshalb ließ er das Radio abgeschaltet und schottete Barrus damit von der Außenwelt ab, wie der es gerade brauchte. Imre kannte Barrus lange genug, um zu wissen, dass der Freund mit sich rang, mit den verschiedenen, oft vollkommen entgegengesetzten Kräften, die das Innere des Hauptkommissars fast zu zerreißen drohten. Aber er wusste auch, dass niemand einen Jo Barrus aufhalten konnte, wenn er nach langem Nachdenken und Ringen endlich einen Entschluss gefasst hatte. Dann war er wie eine Walze, eine alles platt machende Dampframme, die der lateinischen Bedeutung seines Namens voll und ganz gerecht wurde: *Barrus, der Elefant*.

Am Hermsdorfer Kreuz regte sich der brodelnde Vulkan endlich und bat Imre, auf den Rasthof zu fahren, um von dort aus zu telefonieren.

»Edith? Jo hier. Wir sind auf dem Rückweg und in etwa zwei Stunden in Brandenburg. Ich weiß jetzt, wer unser Mörder ist und wer Staatsanwalt Zöggeler in Italien umgebracht hat. Ich brauche jede Menge Unterstützung, auch handfeste. Am besten, du organisierst mir eine Festnahmeeinheit der Bereitschaftspolizei in mindestens Zugstärke. Schick sie nach Fanum, sie sollen am Gutshaus auf mich warten.«

Mehr sagte Barrus nicht. Er legte auf. Kein Wort der Erklärung gegenüber der Leiterin der Mordkommission.

»Du denkst jetzt doch, dass Butler ist der Mörder?«

»Nein«, sagte Barrus.

»Und wer ist Mörder?«

»Als ich die Rechnung im Rosenhof bezahlt habe, sagte der Wirt, dass sie sich über unseren Besuch gefreut hätten und dass ich das Hotel weiterempfehlen solle, falls es uns gefallen habe. Und das habe ich ihm zugesichert. Er hat genickt und gesagt, dass es ja offensichtlich schon einmal funktioniert habe.«

»Schon einmal funktioniert? Wie hat er gemeint das?«

»Er sagte, dass er annimmt, wir seien auf Empfehlung in seinem Hotel abgestiegen.«

»Wir?«

»Ja. An dem Tag, als Ulrich Zöggeler bei einem Unfall ums Leben kam, ist schon einmal ein Zimmer von der Brandenburger Polizei gebucht worden.«

»Von wem?«

»Das erzähle ich dir gleich. Erst muss ich noch jemanden anrufen.«

***

Das Erste, was Berit wahrnahm, war ein schwerer Parfümduft. Und der verhieß nichts Gutes, er erinnerte sie an den pfeifenden Gartenschlauch, der ihr mit jedem Schlag eine andere Stelle ihrer Haut aufgerissen hatte. Die unbehandelten Wundränder brannten noch jetzt.

Es war ein süßlicher Geruch, der einem in den indischen Läden entgegenströmt, die allerorten eröffneten, seit bunte Zeitschriften das Nirwana auch für Europäer versprachen, solange die nur genug Ayurvedatee tranken und ihre Speisen mit Himalayasalz würzten.

Das Licht ging an und »Geht das?« fragte eine Stimme neben Berit, die sie nicht erwartet hatte, dafür aber umso freudiger zur Kenntnis nahm.

»Zeig her«, sagte sie und warf einen Blick auf das Schachspiel. Das Brett war riesig, wie auch die Figuren. Selbst die Bauern maßen mindestens zehn Zentimeter und glichen spitz zulaufenden Kerzen.

»Es geht, natürlich. Beim Schachspielen kommt es nicht auf das Brett oder die Figuren an, sondern auf den Kopf.«

»Aber die Figuren sind sehr groß und sie sind unhandlich«, antwortete er.

»Egal. Stell sie einfach auf.«

»Und wie?«

Berit sah ihm in die Augen. Sofort legte sich ein Ring um ihre Brust, sie begann, heftiger zu atmen. Panik machte sich in ihr breit. Konnte das sein? Die Augen, die sie aus der Maske anschauten, waren nicht die des hilfsbedürftigen jungen Mannes, in dem eine unterdrückte Seele schlummerte. Das waren die des Schlägers! Er war der Schläger! Konnte das möglich sein? Ein und dieselbe Person? In ihr reifte ein schrecklicher Verdacht. Wenn in ihm zwei Menschen wohnten, ein brutaler und einer, der Schutzinstinkte wachrief, einer mit Rasierwasser, einer mit Parfüm, dann war er … schizophren!

»Mach mir die Hände frei, dann zeig ich es dir«, schlug sie vor, um die Initiative zu übernehmen.

Ohne ein Wort trat er hinter Berit und durchtrennte die Kabelbinder. Dann löste er den Halsreif und knotete das Seil auf, das sie die ganze Zeit an die Garotte gefesselt hatte. So erleichtert sie war, sie wagte es nicht, sich zu bewegen. Was hatte er vor? Zunächst setzte er sich vor sie hin und schaute auf das leere Schachbrett. »Was will dein Onkel hier?«, fragte er plötzlich mit einem ganz anderen Ton in der Stimme und mit Augen, in denen etwas Irres, etwas Verrücktes wohnte.

»Wer?«

»Dein Onkel. Er ist auf der Fahrt von Südtirol nach Brandenburg. Und er hat sich bei der Polizei gemeldet. Was will er?«

»Ich weiß es nicht. Aber woher weißt du etwas von meinem Onkel?«

»Ich weiß noch viel mehr. Er ist ein Bulle, und er will mir alles kaputtmachen.«

»Was ist alles?«, fragte Berit nach, bemüht, das Gespräch am Laufen zu halten. Bellende Hunde beißen nicht.

»Meine Familie. Er hat auch seine Familie kaputtgemacht, und nun will er mir meine nehmen. Aber das werde ich verhindern.«

Er hörte auf zu sprechen, verflixt, was konnte sie sagen? »Warum hast du mich geschlagen?«

»Ich?«

»Ja, du.«

Er schüttelte den Kopf. »Ich schlage nicht. Das ist der andere gewesen. Meine Mutter sagt immer, dass er sehr böse ist. Ein Tier, das keine Mutter verdient hat.«

Seine Augen richteten sich jetzt wie glühende Zangen auf Berit. Das Irre in ihm hatte offenbar vollkommen das Zepter übernommen. »Ich werde dich eigenhändig abnicken, dich und deinen Onkel.«

»Warum? Was habe ich dir getan?«

»Du steckst mit deinem Onkel unter einer Decke. Und du bist ein Knacki, eine Schlampe, die es nicht verdient hat zu leben. Ich werde dich abnicken und dann auf deinen Onkel warten«, spuckte er heraus und griff nach Berits Oberarm. »Komm hoch, Biest.«

»Warte«, rief Berit. »Was ist mit dem Schachspiel?«

Er hielt kurz in seiner Bewegung inne und sah nach unten. Dann stieß er das Schachbrett mit einem Tritt weg, warf die Figuren hinterher, während seine Augen glühten wie zu schmiedendes Eisen.

»Los!«, schrie er. »Steh auf!« Dann griff er erneut Berits Oberarm und zerrte sie von der Garotte hoch.

Sie folgte dem Zug seines Armes. Er war kräftig. Aber Berit war nicht chancenlos. *Es kommt nicht auf das Brett und die Figuren an, sondern auf den Kopf.* Diese alte Schachweisheit gab ihr Kraft. Sie machte einen Schritt und ließ sich in dem Moment auf den Boden fallen, als sein Griff etwas lockerer wurde.

Mit einem Hechtsprung war er keine Sekunde später über ihr. Er packte sie mit Schraubstockhänden an der Schulter und riss sie herum, bis sie auf dem Rücken lag. Sein Antlitz glich dem des Teufels. Quer im Mund blitzte ein schmaler Dolch, den er mit den Zähnen hielt. Aber auch Berit hatte sofort reagiert. In dem Moment, als sie auf dem Boden aufgeschlagen war, hatte ihre rechte Hand einen schmalen Gegenstand umschlossen. Und den war sie nun gewillt einzusetzen. Mit aller Kraft schloss sie die Finger um die weiße Dame und rammte sie in sein linkes Auge.

»Schachmatt«, sagte Berit, als er brüllend von ihr herunterrollte. Dann erhob sie sich und rannte zur Tür.

## 38

Peu à peu hatte Barrus Information an Information gefügt. Martha war als Komplizin ausgefallen, denn nachdem von Abendorf über die Rattenlinie Italien verlassen hatte, war ihr Gewissen übermächtig geworden. Und als der Mann, der mittlerweile Doktor Butler hieß, auch noch seine Tochter nach Argentinien geholt hatte, war sie den Tertiärschwestern beigetreten, wo sie sich um Nikolaus Hueber kümmerte. Und eben auch um Anna Zöggeler, da sich Martha wegen ihres langen Schweigens schuldig fühlte. Auch sie gehörte nicht zu den Menschen in Mühlbach, die an einen Unfall des Staatsanwaltes glaubten.

Und nun brauchte Barrus nur noch ein Detail, den Schlussstein. Dann wäre sein Mosaik komplett. Er warf erneut Geld in den Schlitz am Telefonapparat und wählte die Nummer des Märkischen Kuriers. »Und?«

»Barrus, du versprichst mir, dass ich während eures Zugriffs dabei sein kann«, forderte Heiner Wassertor, der schon die Schlagzeile seiner Exklusivmeldung vor sich sah.

»Ja, und nun komm schon. Hast du ihn erreicht?«

»Nein. Von Abendorf ist weg, ausgeflogen wie ein Jungvogel.«

»Wohin?«

»Das weiß ich nicht. Seine Tochter hat mir gesagt, dass sie sich sehr wundere. Er hat wohl in den letzten Monaten keinen Schritt mehr ohne Begleitung vor die Tür gemacht. Und nun das. Er ist weg, ohne ein Wort zu sagen. Sie klang sehr besorgt.«

»Er ist also allein unterwegs?«

»Nein. Er ist in das Auto einer Frau gestiegen, die vor dem Gut auf ihn gewartet hat.«

»Gut, Heiner. Ich melde mich wieder.«

»Hast du alles?«, fragte Imre, als Barrus das Telefon auflegte.

»Nein. Der entscheidende Anruf fehlt noch. Das war nur Heiner.«

Dann wählte er erneut. »Hast du sie?«, fragte er voller Unruhe.

»Ja«, antwortete Thomas Weller, einer der Geheitris vom Belmondo, der im Einwohnermeldeamt von Brandenburg arbeitete und schon länger darauf hoffte, in die Sonntagsstammrunde aufzurücken. Dafür war er auch bereit, mal etwas Verbotenes zu tun. »Barrus, du weißt schon, dass Adoptionspapiere streng geheim sind.«

»Ja, das weiß ich. Nun lies endlich vor!«

»Bevor ich das tue … könntest du vielleicht bei den anderen … ich meine, ein gutes Wort …«

»Erzähl endlich, dann reden wir über alles.«

»Ich verlass mich auf dich. Also, das ist ja eine wahre Horrorgeschichte mit dieser Adoption. Der Vater des Mädchens ist vom Obersten Gericht der DDR wegen mehrerer Kriegsverbrechen zum Tode verurteilt worden. Ein gewisser Ernst Reiter. Da die Mutter des Mädchens, also Reiters Ehefrau, bereits gestorben war, wurde das Mädchen zur Adoption freigegeben. Sie kam zu einer Familie in Rostock, aber da sie kratzbürstig war, schickte man sie zurück ins Heim. Sie war nicht mehr zu vermitteln. Das blieb so, bis sie achtzehn und damit volljährig war, und dann veränderte der Staatsapparat ein zweites Mal ihr Leben. Er nahm sie unter seine Fittiche.«

»Wie heißt das Mädchen?«

»Edith«, sagte Weller, und Barrus wiederholte ungläubig den Namen. Obwohl er ja damit gerechnet hatte, schnürte es ihm den Hals zu.

»Das ist deine Cheffin, oder?«, fragte Imre.

»Ja. Und sie war es, die im Rosenhof abgestiegen ist. Ich hatte mich auch schon gewundert, als Gruber mir erzählt hat, dass er sie angerufen habe, um sich über mich zu erkundigen.«

»Warum? Das ist legitim doch.«

»Schon. Aber wenn du jemanden anrufst, dann meldet er sich normalerweise mit dem Nachnamen. Gruber aber sagte mir, dass er sich bei einer Edith Hoppe über mich erkundigt habe. Und das hat mich neugierig gemacht. Woher kannte er ihren Vornamen?«

»Und?«

»Edith hatte sich einen Tag vor Ulrich Zöggelers Unfall bei Gruber gemeldet und um Hilfe unter Kollegen gebeten. Sie suchte einen Staatsanwalt Zöggeler. Daher kannte er ihren vollständigen Namen.«

»Und Sie ist die Mörderin?«

»Zumindest steckt sie dahinter. Doktor Bremer hatte mir am Beetzsee erklärt, dass der Täter kein Anfänger ist, also über anatomische Kenntnisse verfügen muss, will er solch einen Stich ausführen. Und er musste Linkshänder sein. All das trifft auf Ediths Sohn zu. Der ist zwar irgendwann durchgedreht, hat aber einige Semester Medizin studiert und …« Barrus hob den Zeigefinger. »Er ist Linkshänder.«

# 39

In Brandenburg angekommen setzte sich Barrus mit dem Hundertschaftsführer der Bereitschaftspolizei in Verbindung und beorderte diesen vom Gut Fanum nach Brandenburg in die Neuendorfer Straße.

Nur wenig später waren die Wäscherei und die Heißmangel von Rolf Hoppe umstellt, und die Festnahmetrupps dabei, ihr Equipment anzulegen.

»Wie lange braucht ihr noch?«, fragte Barrus den Hundertschaftsführer.

»Fünf Minuten. Willst du vorher ein Megaphon?«

Barrus schüttelte den Kopf. »Ich gehe rein. Gib mir ein Funkgerät. Wenn ich mich in fünf Minuten nicht melde, dann könnt ihr stürmen.«

In dem modrigen und saunaartigen Keller musste er sich langsam vorantasten. Das trübe Licht verhinderte ein zügiges Vorankommen.

»Edith?«, rief er in den Gang.

»Hier. Jo, hier sind wir.«

Es war Berit, und Barrus' Herz schlug sofort schneller.

»Edith, lass sie gehen. Bitte.«

»Bist du allein?«, fragte Edith Hoppe.

»Nein. Ich habe den Einsatzzug aus Fanum dabei. Du hast keine Chance. Das weißt du doch.«

»Ich weiß, Jo. Dafür bist du noch nicht versoffen genug. Ein bisschen Professionalität hast du dir bewahrt … Wie lange weißt du es schon?«

»Seit ein paar Stunden erst.«

»Woher?«

»Deine Gier, Edith. Sie hat dich auffliegen lassen.«

»Meine Gier?«

»Ja. Du hast die Rechnung im Rosenhof auf die Polizei ausstellen lassen. Das hättest du nicht tun sollen. Dann wäre deine Spur verwischt gewesen. Und dann war da noch Berit.«

»Deine Nichte? Wie hätte sie dich auf die richtige Spur bringen können?«

»Wäre es einer wie Hanselmann, hätten wir Berit keine zwei Stunden nach ihrem Verschwinden irgendwo gefunden. Wahrscheinlich abgenickt. So aber war mir klar, dass der Täter sie als Geisel nimmt, um mich auszubremsen, falls ich ihm auf die Spur komme.«

»Und wie bist du auf mich gekommen?«

»Deine Adoptionspapiere. Ich habe sie mir besorgt, und sie weisen den Weg zu Reiter.«

Als Barrus diesen Namen aussprach, öffnete sich unweit von ihm eine Tür. Auf der Schwelle stand Edith Hoppe mit einer Pistole in der Hand.

»Bist du bewaffnet?«, fragte sie.

»Nein«, antwortete Barrus und öffnete sein Sakko ganz weit.

»Komm her.«

Barrus ging bis zu der Tür und dann an Edith vorbei in den Kellerraum. Dort saßen Doktor Butler alias Joachim von Abendorf und Berit auf dem Brett einer Garotte, vor der Ediths Sohn lag, eine Schachfigur im Auge.

»Ist er tot?«, fragte Barrus.

»Ja. Dein Miststück hat das gemacht.«

»Warum, Edith? Warum hast du ihn die beiden Lindners und deinen Vater umbringen lassen? Und warum Staatsanwalt Zöggeler?«

»Zöggeler tauchte Anfang des Jahres hier auf und erkundigte sich nach Lindner. Er hatte gerade mit seinen Recherchen angefangen und breitete alles vor mir aus, was er bereits in Erfahrung gebracht hatte. Ich musste nur eins und eins zusammenzählen, um auf meinen Vater zu kommen.«

»Woher wusstest du, dass dein Vater und Lindner sich kannten?«

»Von ihm selbst. Als er inhaftiert worden ist, war meine Mutter schon tot. Ihre Freundin hat mich zu sich genommen.«

»Weshalb ist er angeklagt worden? Sant'Anna kann es ja nicht gewesen sein«, unterbrach Barrus sie.

»Er war danach auch an dem Massaker von Marzabotto beteiligt. Ein weiteres Kriegsverbrechen, im Herbst neunzehnhundertvierundvierzig gemeinsam verübt von SS und Wehrmacht. Es war das schlimmste während des Zweiten Weltkrieges in Italien. Klar ist er zum Tode verurteilt worden. Er hat versucht, sein Leben zu retten, und der Stasi angeboten, Verstecke von Raubkunst preiszugeben. Um ihn zusätzlich unter Druck zu setzen, hat die Stasi mich in ein Heim gesteckt. Als sie mich dann aber sogar zur Adoption freigegeben haben, war ihm alles egal, er hat zugemacht. Und ich habe gegen diese von der Stasi ausgesuchte Familie rebelliert.« Sie zuckte die Schultern. »Hat mich doch nur zurückgebracht ins Heim. Dort haben sie mich dann gebrochen und mich zu einer von ihnen gemacht. Da sie die Todesstrafe schon in lebenslänglich umgewandelt hatten, blieb mein Vater am Leben, packte aber nie aus. Sie haben mich zur Topvernehmerin ausgebildet und auf ihn angesetzt.«

»Sie haben dich auf deinen Vater angesetzt?«

»Ja. Und er hat mich wiedererkannt und mir einige Verstecke genannt, in denen wahre Schätze liegen, die er dort deponiert hatte.«

»Und da hast du dir gesagt, dass du sie dir holen wirst und sie nicht dem Staat überlässt, der dich von deinem Vater getrennt und in ein Heim gesteckt hat.«

»Ja.«

»Aber dann wurde dir klar, dass all die Gemälde, die Bücher, das Gold und die Diamanten in Südtirol liegen, in einem Land …«

»Jo, hör auf.«

»... in einem Land liegen, das für dich unerreichbar war, bis die Mauer gefallen ist. Und als du dann endlich reisen konntest, waren all die Schätze bereits gehoben. Weg, verschwunden. Sie hatten dich wieder verarscht, Edith. Von Abendorf hat von Argentinien aus deinen Vater und Lindner ans Messer geliefert, um die Mitwisser auszuschalten. Allerdings gab es einen kleinen Schönheitsfehler: Lindner konnte man die Sache in Marzabotto nicht vorwerfen, da er zu der Zeit mit einer Schussverletzung im Lazarett lag. Hatte dein Vater einen Verdacht?«

»Nein, und Lindner wohl auch nicht.«

»Und nun hat dieser von Abendorf auch noch dich verarscht. Aber warum hast du die Lindners und deinen Vater von deinem Sohn umbringen lassen.«

»Kannst du dir das nicht denken?«

»Doch«, sagte Barrus. »Weil sie zu gefährlich für deinen Plan geworden sind. Gefährliche Mitwisser um die Beute, aber vor allem ein unkalkulierbares Risiko, dass durch die Ermittlungen Zöggelers nicht nur ihre Mittäterschaft in Sant'Anna auffliegen würde. Du wusstest von deinem Vater, dass auch von Abendorf dort gewesen und keineswegs danach bei einem Autounfall ums Leben gekommen ist, sondern gemeinsam mit ihm und Lindner Raubzüge unternommen hat. Mir ist nur noch nicht klar, wie du rausbekommen hast, dass der Major als Doktor Butler auf Gut Fanum wiederauferstanden ist. Aber du hast es rausbekommen. Du wolltest deinen Teil der Beute von ihm zurück. Dumm nur, dass Zöggeler den dreien auf den Fersen war ...«

»Und damit auch die Jewish Claims Conference. Mir wäre nichts geblieben von all dem Zeug«, ergänzte Edith. »Mir steht mehr zu als die drei lächerlichen Stundenbücher. Der hat mir alles genommen«, spie sie hervor und drehte ihren Arm mit der Pistole zu der Garotte.

»So einfach ist das nicht!«, schrie von Abendorf. »Ihr Vater und Lindner hätten mit mir nach Argentinien fliehen sollen. Aber nein, sie wollten zu ihren Verlobten zurück nach Hause. Sie hätten sie nachkommen lassen können. Sie wären freie Männer gewesen und hätten mit mir gemeinsam die Beute aus unseren Verstecken geholt. Und Sie wären in Argentinien als Tochter eines reichen Mannes geboren worden. Da kann doch ich nichts dafür, wenn Ihr Vater sich anders entschieden hat.«

»Das können Sie jetzt leicht sagen. Wieso haben Sie Ihnen denn von Ihrem Reichtum nichts abgegeben, als Sie zurückgekommen sind? Nein, Sie haben sich alles allein unter den Nagel gerissen. Und das werden Sie mir büßen. Und auch die kleine Schlampe, die meinen Sohn auf dem Gewissen hat, wird nicht ungeschoren davonkommen.«

»Tu es nicht, Edith. Überlass ihn mir, ich bitte dich. Und vertrau auf Heiner Wassertor und den Märkischen Kurier. Die werden sich diesen Adligen, diesen Kriegsgewinnler schon schnappen. Man wird seine Mittäterschaft aufdecken, so dass dem feinen Herrn die amerikanische Staatsbürgerschaft genauso wie seine auf Beutekunst beruhende Kunsthändlerdynastie nur so um die Ohren fliegen werden. Das ist schlimmer als ein Märtyrertod. Edith …«

»Was?«

»Und gib mir Berit zurück.«

»Sie hat Benny getötet. Mit einer Schachfigur, wo er doch dieses Spiel so sehr gehasst hat.«

»Berit ist eine Diebin, sie tötet nicht einmal eine Fliege. Sie klaut, und das wie ein Rabe, aber sie tötet nicht. Es sei denn aus Notwehr. Dein Sohn aber war ein Psychopath, den du als Tötungsmaschine eingesetzt hast. Edith, gib auf.«

»Du liebst sie, oder?«

»Ja, sehr sogar. Sie darf nicht … «

Ein ohrenbetäubender Krach ließ ihn verstummen. Blendgranaten blitzten auf und Schüsse fielen. Als sich der Dunst verzogen hatte und nur noch das Pfeifen in den Ohren geblieben war, nahm

Barrus die Hände vom Gesicht und suchte die Garotte. Dann stürzte er auf Berit zu und umarmte sie wie ein eigenes Kind.

»Ist sie tot?«, fragte Berit, die ihren Kopf tief unter Barrus' Sakko geschoben hatte.

Barrus schaute in Richtung Tür, wo noch immer die Kämpfer des SEK standen. »Ja«, sagte er. »Sie ist tot. Jetzt besteht keine Gefahr mehr.« Dann löste er sich von Berit und zog Doktor Butler am Kragen hoch, der hinter der Garotte Schutz gesucht hatte.

»Joachim von Abendorf, ich nehme Sie fest wegen des dringenden Verdachts, die Morde an fünf Mitgliedern der Jewish Claims Conference in Auftrag gegeben zu haben sowie wegen der Beteiligung an den Kriegsverbrechen der SS in Sant'Anna di Stazzema am zwölften August neunzehnhundertvierundvierzig.«

»Das können Sie mir niemals beweisen, Herr Barrus. Niemals.«

»Doch, das kann ich. Sie haben einen Menschen übersehen auf der Liste derer, die Ihnen gefährlich werden könnten. Und dieser Mensch hat Ihnen heute die Loyalität gekündigt.«

»Und wer soll das sein?«

»Schwester Martha. Die Mutter Ihrer Tochter ist bereit, vor Gericht gegen Sie auszusagen.«

ENDE

## Nachwort

Wie bei all meinen Kriminalromanen entstand auch die Idee für »Havelbande« nach dem Konsum eines Medienberichtes. Meine Fantasie hätte auch nicht ausgereicht, um mir die Gräuel, denen die Menschen in Sant'Anna di Stazzema am 12. August 1944 ausgesetzt waren, bis ins Detail auszumalen. Dieses schreckliche historische Ereignis habe ich als Ausgangspunkt für eine Geschichte genommen, in der meine Romanhelden einen von mir inszenierten Kriminalfall lösen. Dazu war es manchmal nötig, ein wenig von der historischen Wahrheit abzuweichen. So hat es niemals jemanden gegeben, der wegen Beteiligung an dem noch schrecklicheren Massaker in Marzabotto von einem DDR-Gericht zum Tode verurteilt worden wäre.

Den »Schrank der Schande« hat es tatsächlich gegeben, aber die Ermittlungen, die seine Öffnung sechzig Jahre nach dem Massaker in Sant'Anna di Stazzema, in Gang setzten, das Jahr in dem meine Geschichte spielt, zogen sich über viele Jahre hin. Erst zehn Jahre später wurde der Prozess eröffnet. Er endete mit der Verurteilung von zehn SS-Angehörigen im Jahr 2005 – die von Deutschland nicht an Italien ausgeliefert wurden. Die Staatsanwaltschaft Stuttgart nahm 2002 eigene Ermittlungen auf, stellte sie jedoch im Jahr 2012 ein, ohne dass es zu einer Anklage gekommen wäre. Nur gegen einen einzigen Beteiligten ermittelt derzeit die Staatsanwaltschaft Hamburg. So bleibt das Massaker von Sant'Anna di Stazzema bis heute ein sehr trauriges Kapitel der deutschen Geschichte

Viel weniger bedeutsam ist mein folgendes Geständnis: Ich weiß natürlich auch, dass es das Belmondo 1994 noch nicht am Neustädtischen Markt gab, aber ich habe es genau dort gebraucht, denn meine Planung für weitere Romane reicht bis in eine Zeit, zu der das einzigartige Weingeschäft dort bereits angesiedelt war.

Auch die Almencard gab es 1994 noch nicht. Heute können Sie damit Ihren Urlaub in dem wunderschönen Südtiroler Ort Mühlbach angenehm gestalten. Und wer weiß, vielleicht treffen wir uns dort einmal …

*Jean Wiersch*

# Vom selben Autor

Jean Wiersch
**Havelwasser**
Kommissar Manzetti ermittelt
Paperback, 235 Seiten
ISBN 978-3-935263-45-0

Jean Wiersch
**Havelsymphonie**
Manzettis zweiter Fall
Paperback, 224 Seiten
ISBN 978-3-935263-58-0

Jean Wiersch
**Haveljagd**
Manzettis dritter Fall
Paperback, 220 Seiten
ISBN 978-3-935263-66-5

Jean Wiersch
**Havelgeister**
Manzettis vierter Fall
Paperback, 224 Seiten
ISBN 978-3-935263-87-0

Jean Wiersch
**Havelgift**
Jo Barrus' zweiter Fall
Paperback, 210 Seiten
ISBN 978-3-95475-148-8